Andrea C. Hoffmann

Der Sanaa-Code

Wenn Ihnen dieses Buch gefallen hat, empfehlen wir Ihnen gerne weitere Titel aus unserem Programm. Schicken Sie einfach eine eMail mit dem Stichwort »*PRINT: Der Sanaa-Code*« an:

lesetipp@dotbooks.de

Wir nutzen Ihre an uns übermittelten Daten nur, um Ihre Anfrage beantworten zu können – danach werden sie ohne Auswertung, Weitergabe an Dritte oder zeitliche Verzögerung gelöscht.

Über die Autorin:
Dr. Andrea C. Hoffmann, geboren 1973 in Marburg, studierte Psychologie und Journalistik in Leipzig und Florenz und promovierte in Medienwissenschaften. Heute ist sie Nahost-Expertin des Magazins FOCUS. Daneben lehrt sie an verschiedenen Hochschulen, u. a. an der Universität Mannheim und der Swiss-German-University in Jakarta. Als Autorin veröffentlichte sie bislang ihren Thriller »Der Sanaa-Code« sowie erfolgreiche biografische Romane über muslimische und jesidische Frauen in aktuellen Krisenregionen, welche bereits in zahlreiche Sprachen übersetzt wurden.

Weitere Informationen über die Autorin unter:

www.andreachoffmann.com

Andrea C. Hoffmann

Der Sanaa-Code

Thriller

dotbooks.

Druckausgabe 2019

Redaktion: Ralf Reiter
Umschlaggestaltung: Nele Schütz Design unter Verwendung von
shutterstock/skyNext, Persian Graphics Studio
Printed in the EU

ISBN 978-3-96655-092-5

Prolog

Nachdem der Mond untergegangen war, lag die alte Villa in völliger Dunkelheit. Der Mann mit der Narbe im Gesicht verließ seine Deckung im nahe gelegenen Schilf und näherte sich dem Eingang des Gebäudes. Leise machte er sich an der Haustür zu schaffen. Offenbar hatte es der Besitzer nicht für nötig gehalten, in ein Sicherheitssystem zu investieren. Eine Fehlentscheidung. Der Eindringling berührte den Lauf der Walther PPK unter seiner Jacke. Er empfand kein Mitleid. Es war der Wille des Meisters, den er hier erfüllte.

Lautlos schlüpfte er in den Flur und erstarrte. Noch bevor er sich den intensiven Brandgeruch bewusst machen konnte, begann die Narbe in seinem Gesicht zu pochen, und sein Instinkt schaltete auf Fluchtmodus. BEHERRSCHE DICH! Die Stimme des Meisters in seinem Kopf dominierte die natürlichen Reflexe und zwang ihn, an Ort und Stelle zu bleiben.

Er schüttelte sich kurz und versuchte, weiter rational vorzugehen. Schwelte hier irgendwo ein Kabelbrand, oder hatte der Hausherr vergessen, eine Herdplatte auszuschalten? Was auch immer es sein mochte, bald würde es sowieso keine Rolle mehr spielen. Widerwillig atmete er die versengte Luft ein, als er an den langen Bücherregalen im Flur vorbeischlich. Nein, das war kein schmorendes Kabel. Es erinnerte eher an Kleider, die man nach einem Abend am Lagerfeuer zum Lüften ins Freie hängt.

Als er die Tür zum Salon des Hauses öffnete, wurde der Rauchgeruch fast unerträglich. Erneut musste er eine aufsteigende Panikwelle niederkämpfen. Schnell knipste er seine Halogenleuchte an und nahm das Bild, das sich ihm bot, in sich auf: Sämtliche Möbel waren rußig und verkohlt, ebenso die Wände. An einer Stelle klaffte ein riesiges Loch in der Mauer.

Er richtete den Lichtstrahl in den angrenzenden Raum, das Arbeitszimmer, und sah die Reste eines zerstörten Schreibtischs. Daneben stand ein verbogener, schwarzer Kasten aus Metall. Die Tür des kaputten Tresors stand offen. Er leuchtete hinein; natürlich war er leer.

Der Eindringling fluchte. Jemand war ihm zuvorgekommen.

Kapitel 1

15. August, frühmorgens, Washington
Grace Dumont markierte alle eMails, die den Absender »Pressestelle« trugen. Auf was für eine abstruse Idee war die Direktion da nur gekommen, den Mitarbeitern neuerdings die »Fanpost« weiterzuleiten? eMails, meist von amerikanischen Bürgern, die ihre Dankbarkeit gegenüber der Behörde ausdrückten: *Danke, dass Sie unser Land beschützen* oder *Danke, dass Sie unsere Botschaft in Libyen verteidigt haben!*

Seitdem es Grace vor einigen Monaten gelungen war, einen Anschlag auf den Super Bowl in Denver zu verhindern, konnte sie sich vor solchen Mails kaum mehr retten. Die Leute überschlugen sich nur so mit Lobeshymnen auf die CIA und damit auch auf ihre Arbeit.

Sie war es gewesen, die nach den Hinweisen auf eine Bombe in der Mannschaftsumkleide entschieden hatte, das Stadion räumen zu lassen. Trotz massiver Proteste hatte sie darauf bestanden, das Event in letzter Minute abzublasen. Die Sponsoren des Spiels, darunter potente Firmen wie Nike, Vodafone und Coca-Cola, waren fast ausgeflippt und hatten ihr die Politiker auf den Hals gehetzt. Alle hatten sie versucht, ihre Anordnung, die Besucher und Spieler sofort nach Hause zu schicken, zu unterbinden. Auch die Fernsehsender warnten, dass sie auf Rückerstattung ihrer ausgefallenen Werbehonorare klagen würden. Aber Grace hatte sich nicht beeindrucken lassen. Sollten sie doch zetern! Das war nicht ihr Problem. Sie hatte das Notwendige zum Schutz der

Menschen vor Ort unternommen. Das tat sie immer, egal wie unbequem die Konsequenzen sein mochten. Und mit ihren 56 Jahren fürchtete sie sich auch nicht mehr vor tobenden TV-Bossen, Bürgermeistern oder Vorgesetzten. Dazu war sie schon viel zu lange im Geschäft.

Natürlich wussten das die Verfasser der Mails nicht. Niemand außerhalb der Behörde ahnte schließlich, was sie tat oder nicht tat. Trotzdem leitete ihr die PR-Abteilung automatisch eine Kopie weiter, wenn der Inhalt einen ihrer Fälle berührte. Offiziell hieß es, dass darin ja wichtige Informationen enthalten sein könnten. Aber Grace hegte eher den Verdacht, dass es sich um eine neue Motivationsstrategie der Führungsetage handelte.

Als ob das bei ihr nötig wäre. Sie lebte ohnehin ganz und gar für ihre Arbeit. Und seit wann machte sich ein Geheimdienst von der öffentlichen Meinung abhängig? Sie selbst misstraute Leuten, die auf Komplimente schielten, grundsätzlich: Sie waren zu leicht beeinflussbar.

Also weg mit den Mails. Grace beförderte alle markierten Nachrichten in den virtuellen Papierkorb. Ihre Zeit war viel zu kostbar, um sich mit solchem Unfug zu befassen.

Gerade wollte sie das eMail-Programm schließen, als sie noch eine weitere Nachricht entdeckte. Sie war gestern Abend abgesendet worden und als *classified* markiert, also als geheim einzustufende Information. Das klang schon interessanter.

Absender war Jamie Curtis, ein Führungsoffizier des New Yorker Büros. Neugierig öffnete sie die Nachricht. Sie kannte Jamie von diversen Kooperationen. Insbesondere nach 9/11 hatte sie viel in New York gearbeitet und hatte sich zur Expertin für islamischen Terrorismus entwickelt. Ihre Einsätze hatten sie in den Irak, nach Afghanistan und nach Syrien geführt. Dass sie fließend Arabisch sprach, war dabei natürlich von Vorteil – und einer der wenigen Gründe, warum sie ihrer libanesischen Mutter gegenüber so etwas wie Dankbarkeit empfand. Nun, Dankbarkeit war vielleicht ein zu großes Wort, jedenfalls hatte ihre Mom in diesem einen Punkt nicht komplett versagt.

Es geht um die Angelegenheit im Metropolitan Museum of Art, schrieb Curtis. Grace hatte gestern davon im Internet gelesen: Die Online-Medien, die mit ihren Einschätzungen bekanntermaßen recht schnell waren, sprachen von einem versuchten Kunstraub, der sich in der Nacht zuvor ereignet hatte. Einige spekulierten aber auch, dass es sich um einen Terroranschlag handelte. Details hatte bislang niemand genannt.

Wir brauchen eine kompetente Einschätzung in dieser Sache, schrieb Curtis in seiner knappen Mitteilung. *Kannst du rüberkommen und einen Blick darauf werfen?*

Grace brauchte nicht zu überlegen; natürlich konnte sie In ihrem Büro stand immer eine gepackte Reisetasche Neben Waschartikeln, Schmink- und Sportzeug befand sich darin ein klassisches Designer-Business-Kostüm, ihre Standard-Arbeitskleidung, mit der sie überall auf der Welt richtig gekleidet war. Sie war immer einsatzbereit. Kurz entschlossen bat sie die Sekretärin, sie auf die nächste Maschine nach New York zu buchen. Sie würde sich die Sache ansehen.

Im Taxi zum Flughafen las sie Curtis' Mail erneut, nur um festzustellen, dass er mit keiner Silbe erwähnte, warum er glaubte, der Anschlag – oder was auch immer im Museum gestern Nacht geschehen war – könne für sie von Interesse sein. Das machte sie nur noch neugieriger. Irgendetwas Entscheidendes schien ihr der Kollege nicht per Mail mitteilen zu wollen.

15. August, morgens, Berlin-Kreuzberg

Mart Thewes liebte diese Stadt. Er kannte keinen Ort auf der Welt, der so hip und gleichzeitig so relaxed war. Die amerikanische Westküste? Kein Vergleich. Wer interessierte sich schon für Müsli futternde Google-Kids, die ihre Kreativität vorzugsweise an Indoor-Kletterwänden entfalteten. Künstlerschmiede New York? Viel zu teuer. Dort hatte er sich selbst als Junior-Professor kaum ein anständiges Apartement leisten können. Wie sollte sich da eine kreative Elite entwickeln können? Nein, die wahren Freaks lebten in Berlin, wo das Leben die Hälfte kostete – und dafür doppelt so cool war. Hier hing die wirkliche Avantgarde rum. Die Boheme, die sich die Nächte mit Partys und Poetry-Slams um die Ohren schlug und tagsüber in Bruchbuden für ein paar Euro schlief.

Diese Stadt ist wirklich etwas Besonderes, dachte Thewes, während er mit seinem Leih-Fahrrad durch die Oranienstraße radelte. Hier trudelten die verkaterten Kreativen um zwölf Uhr mittags gerade zum Frühstücken ein und zahlten für kein Getränk mehr als zwei Euro fünfzig. Schlecht gekleidet waren sie, schlechter als in irgendeiner anderen westlichen Metropole – und dennoch wirkten die Berlinerinnen in ihren Secondhandklamotten und mit ihren seltsamen Frisuren immer auf wundersame Weise sexy. Genau wie die Studentinnen, die den dreiwöchigen Sommerkurs in Alt-Orientalistik besuchten, den er an der Freien Universität anbot. Dort unterrichtete er im Rahmen eines deutsch-amerikanischen Austauschprogramms für Junior-Professoren. Drei Wochen, die viel zu schnell vorbeigehen würden, das wusste er bereits jetzt, zu Beginn der zweiten Woche.

Er wollte unbedingt länger in Berlin bleiben und hatte sich deshalb auf eine Stelle bei der Orient-Gesellschaft beworben. Diese suchte einen neuen Leiter für die Abteilung Arabischer Golf. Eigentlich war die Position eine Nummer zu groß für ihn, aber sein akademischer Hintergrund an den besten Universitäten der USA konnte ihm hier sicher von Vorteil sein.

Wie gut, dass man als Amerikaner in Deutschland immer noch so etwas wie einen natürlichen Wettbewerbsvorteil genoss, nicht nur was Frauen anging. Wenn man als amerikanischer Forscher an eine deutsche Uni kam, glaubten die Kollegen automatisch, man habe wissenschaftlich die Nase vorn. Manchmal stimmte das, oft aber auch nicht. Gerade, was die Orientalistik anging, blickten die europäischen Institute doch auf eine lange Tradition zurück. In Berlin lagerten Schätze, von denen viele amerikanische Einrichtungen nur träumen konnten: alte Keilschrift-Tafeln aus Mesopotamien oder der Pergamonaltar. Vieles waren Relikte aus der Kolonialzeit, als die europäischen Forscher wie Goldgräber durch den Nahen Osten gezogen waren und dort alles eingepackt und verschifft hatten, was nicht niet- und nagelfest gewesen war. Sogar Statuen und Säulen hatten sie abtransportieren lassen.

Zu den interessantesten und auf wundersame Weise immer noch ungehobenen Schätzen der Orient-Gesellschaft gehörte Thewes' Ansicht nach eine einzigartige Fotosammlung. In den Siebzigerjahren waren im Jemen sehr wertvolle alte Koran-Manuskripte gefunden worden. Damals hatten sich deutsche Forscher der Sache angenommen, unter ihnen auch der jetzige Leiter des Instituts, Professor Niemeyer, und hatten diese klugerweise abfotografiert. Doch seither schienen die Abzüge in den Archiven zu vermodern. Er jedenfalls hatte nie auch nur eine einzige deutsche Publikation zu den Jemen-Manuskripten gelesen. Das fand er schon mehr als erstaunlich. Wer sich der Erforschung dieser Bilder annahm, konnte enormes Renommee gewinnen. Niemeyer hatte seine Chance ungenutzt verstreichen lassen. Er schien an seiner Professur genug zu haben und sich lieber auf diesem Posten auszuruhen, als weiteren akademischen Ambitionen nachzujagen. Umso besser. Dann konnte er, Thewes, damit glänzen.

Das war seine Mission in Berlin. Anfang der Woche hatte er Niemeyer gebeten, ihm Zugang zu den Aufnahmen zu gewähren. Er wollte sie gerne vorab anschauen, bevor er sich dem Gespräch der Prüfungskommission stellte. Aber der Alte wachte geradezu eifersüchtig über seine Fotografien. »Das ist nicht so einfach, wie Sie sich das vorstellen. Normalerweise gewähren wir nur ausgewählten Kollegen unseres eigenen Stabs Zugang zu diesen wertvollen Dokumenten«, hatte er ihn wissen lassen.

Jetzt befand sich Thewes erneut auf dem Weg zu Niemeyer, um ihn noch einmal zu bearbeiten. Er wusste, dass ihre gegenseitige Antipathie ihm diese Aufgabe sehr erschwerte. Schon beim ersten Kennenlernen hatte er das Misstrauen des Alten ihm gegenüber deutlich gespürt. Und auch er konnte Niemeyer nicht besonders gut leiden. Diesen verstaubten Typ Professor, in grauem Anzug und mit buntem Einstecktuch, gab es wohl nur noch in Europa. Er wirkte einfach aus der Zeit gefallen. Niemeyer ließ sich jede eMail von seiner Sekretärin ausdrucken! Wo, bitte schön, gab es denn so was? Wann räumte diese Generation nur endlich ihre hoch dotierten Stellen und machte Platz für ambitionierte Jungwissenschaftler auf der Höhe der Zeit?

Aber Thewes konnte sich zusammenreißen, wenn es drauf ankam. Und jetzt kam es drauf an. Schließlich würde Niemeyers Stimme in der Berufungskommission maßgeblich zählen. Also gab er sich redlich Mühe, den Alten zu umgarnen. Zum Glück hatte seine Familie einigen Einfluss. Sein Vater, ein renommierter Historiker in Harvard, organisierte regelmäßig internationale Kongresse, und Thewes hatte vor, das heute im Gespräch beiläufig fallen zu lassen. Vielleicht konnte er Niemeyer mit der Aussicht auf eine Einladung zu einer dieser hochkarätigen Konferenzen locken. Eigentlich klappte das immer ganz gut.

Als er mit seinem Fahrrad in die Geschwister-Scholl-Straße einbog, sah er schon von Weitem die beiden blau-weißen Polizeiautos, die mitten auf der Straße parkten. Ihre Windschutzscheiben spiegelten die Augustsonne. Das war kein ungewohnter Anblick im Herzen von Berlin, in der Nähe der Museumsinsel gab es immer viele Touristen – und auch viele Polizisten. In Zeiten des internationalen Terrorismus hatte man sich daran gewöhnt, dass die Ordnungshüter mehr Präsenz zeigten. Aber diesmal schien es um mehr zu gehen: Rund um den Sitz der Orient-Gesellschaft, die in einem repräsentativen Gebäude zwischen den anderen Museumsprunkbauten untergebracht war, hatten die Beamten rot-weiß gestreifte Absperrbänder gespannt.

»Bedaure, kein Zutritt!«, stoppte ihn ein Polizist. Der Uniformierte hielt eine Schar von Schaulustigen in Schach, die sich vor der Absperrung versammelt hatte.

»Warum? *Why?*«, fragte Thewes. *»Do you speak English?«*

Der Beamte zuckte mit den Schultern, was entweder heißen konnte, dass er ihn nicht verstand oder nicht verstehen wollte. Leider sprach Thewes nur ein paar Brocken Deutsch. In Berlin kam man auch gut mit Englisch durch, und an den Unis waren englischsprachige Lehrveranstaltungen en vogue, sodass bislang keine Notwendigkeit bestanden hatte, sich ernsthaft um die deutsche Sprache zu bemühen. Für seinen Lebenslauf und die Bewerbung hatte er aber immerhin schon einen Grundkurs absolviert.

»Was ist los?«, machte er einen weiteren Versuch, den Polizisten zum Reden zu bewegen.

»Na, das sieht man doch«, kam brummelnd die Antwort. Mehr sagte der Mann nicht.

Hilfe suchend sah Thewes sich um. Bei einem Großteil der Schaulustigen handelte es sich offenbar um Touristen. Aber wo waren die Wissenschaftler des Instituts? Gab es denn niemanden, der ihm hier Auskunft geben konnte?

»Es hat einen Anschlag gegeben«, sagte eine junge Frau auf Englisch zu ihm. Sie hatte blasse Haut und ihre rötlichen Haare zu einem Dutt zusammengeknotet, wie es viele Frauen in Deutschland taten. Thewes glaubte, sie von irgendwoher zu kennen. War sie eine Studentin, die an seinem Seminar teilnahm? Nein, jetzt erinnerte er sich: Sie hatte in Niemeyers Büro gesessen, als er ihn um Erlaubnis gebeten hatte, die Fotosammlung einzusehen. Vermutlich war sie eine seiner Mitarbeiterinnen.

»Was für einen Anschlag?«, fragte er sie, ebenfalls in seiner Muttersprache. »Wo ist Niemeyer?«

»Oben in seinem Büro. Er hat mich angerufen.«

»Ich muss dringend zu ihm!«

Sie sah ihn an, als hätte er den Verstand verloren. »Sie sehen doch, dass das nicht möglich ist«, sagte sie und deutete auf das Absperrband. »Mich lassen sie auch nicht zu ihm hoch, niemanden.«

Thewes nickte. Er schob sein Fahrrad ein Stück zur Seite. »Was hat Niemeyer zu Ihnen gesagt?«, fragte er.

»Er …« Sie hielt inne, nicht sicher, was sie ihm erzählen durfte. »Er sagte, dass es einen Anschlag gab und dass die Polizei im Haus ist.«

»Was für einen Anschlag? Wurde jemand verletzt?«

»Nein.«

»Was dann?«

Sie zögerte.

»Bitte sagen Sie mir doch, was Sie wissen«, bat er sie sanft und sah ihr etwas länger als nötig in die Augen. Er wusste sehr wohl, welche Wirkung er damit erzielen konnte. Vielen Frauen gefiel er auf Anhieb, dafür musste er sich gar nicht anstrengen. Es war wohl sein angenehmes Äußeres, das volle, dunkle Haar, die blauen Augen und sein relativ großer, muskulöser Körper, der sie anzog. »Sie waren gestern doch bei unserem Gespräch dabei«, erinnerte er sie. »Sie müssen wissen, dass ich extra aus den USA angereist bin, um die berühmte Fotosammlung der Gesellschaft zu sehen.«

Sie schluckte und warf ihm einen mitleidigen Blick zu.

»Meinen Sie, Sie könnten den Professor wenigstens anrufen und ihn fragen, wann ich einen Blick darauf werfen kann?«, bettelte er. Aber sie schüttelte abweisend den Kopf.

»Warum nicht?«

»Weil es keine Fotos mehr gibt!«

»Was?«

Die Rothaarige nickte. »Sie haben richtig gehört. Professor Niemeyer hat heute Morgen entdeckt, dass die Abzüge sämtlicher Fotos mit Säure übergossen wurden – ebenso wie die Mikrofilme, auf denen die Negative gespeichert waren.«

»Oh mein Gott!«

»Das kann man wohl sagen. Er hat natürlich sofort die Polizei verständigt.«

Thewes schnappte nach Luft. Die Fotosammlung, der Schatz der Orient-Gesellschaft – zerstört? Das durfte nicht wahr sein! In diesem Fall konnte er seine Bewerbung gleich wieder zurückziehen. Die Stelle würde zum wissenschaftlichen Abstellgleis verkommen. Wenn es keine Fotosammlung gab, gab es dort auch keine Lorbeeren für ihn zu ernten.

In diesem Moment sah er Professor Niemeyer in Begleitung zweier Polizisten in Zivil durch den Torbogen des Gebäudes treten. Er trug wie schon gestern einen Anzug mit Einstecktuch, und seine graue Mähne fiel tadellos geföhnt fast bis auf die Schultern. Aber heute hielt Niemeyer den Blick strikt auf den Boden gerichtet. Sein Auftritt erinnerte Thewes an Fernsehbilder von Zeugen, die aus dem Gerichtssaal geführt wurden und sich nicht den Fragen der Presse stellen wollten. Es war ganz offensichtlich: Der Professor wollte mit niemandem reden.

Thewes versuchte es trotzdem. »Professor Niemeyer!«, rief er.

Der Alte hob kurz den Kopf und blickte feindselig zu ihm herüber. Dann wandte er den Blick wieder ab. Die Polizisten begleiteten ihn noch bis zum Eingang zur Tiefgarage, in der er dann allein verschwand.

15. August, mittags, New York, Metropolitan Museum of Art

Der FBI-Mann erwartete Grace neben einer der Säulen vor dem Eingang des Museums. Auf seiner Stirn glänzten feine Schweißperlen. Er war ein bulliger Typ, das hellblaue Hemd spannte über seinem Bauch, als er Grace die Hand hinstreckte. »O'Neill«, sagte er, »hatten Sie einen guten Flug?«

»Ja, vielen Dank.« Grace schüttelte ihm die Hand und fixierte ihn mit ihren klaren, blauen Augen. »Meine New Yorker Kollegen haben mich gebeten zu kommen.«

»Curtis, ich weiß«, sagte O'Neill. »Er war bereits gestern hier.« Der Polizist musterte die kleine, gut gekleidete Frau mit der durchtrainierten Figur und dem blonden Kurzhaarschnitt – und wusste auf den ersten Blick, dass sie in einer anderen Liga spielte. »Die scheinen das Ganze ja ziemlich wichtig zu nehmen.«

Grace überhörte seine implizite Frage. Sie war es gewohnt, dass die Kollegen vom FBI nicht gerade in Freudentaumel ausbrachen, wenn die CIA auftauchte. Jede Einrichtung hatte schließlich ihren Stolz und wollte ihre Fälle allein lösen. »Gehen wir?«

»Selbstverständlich, folgen Sie mir.«

»Danke schön.« Grace lächelte kühl.

O'Neill lotste sie an den Besucherschlangen vorbei bis zur Ticket-Kontrolle, die sie mit einem Kopfnicken passierten. Sie betraten die Säulenhalle, in der die Glyptothek untergebracht war, dahinter befand sich der Fahrstuhl ins Untergeschoss. Kaum öffnete sich die Tür, stieg Grace ein ätzender Geruch in die Nase.

»Es ist eine etwas merkwürdige Angelegenheit«, sagte O'Neill, während er vor ihr her durch den Korridor lief, von dem zu beiden Seiten Türen zu den Lagerräumen des Museums abgingen. »Das Personal dachte zuerst an Kunstraub.«

Sie näherten sich einer Tür, die frische Kratzer am Schloss aufwies. Offenbar war sie erst vor Kurzem gewaltsam geöffnet worden. *Vorderasien III,* las Grace auf dem Türschild. Der FBI-Mann überließ ihr den Vortritt. Der Geruch wurde beim Eintreten so stark, dass Grace ein Tuch aus ihrer Handtasche kramte und sich Mund und Nase damit zuhielt, um nicht husten zu müssen.

In dem schmalen Raum stand eine Schrankwand aus Metall, die bis unter die Decke reichte. Alle Schubladen waren nach einem Katalogsystem fein säuberlich mit Ortskennungen und Jahreszahlen beschriftet. Etliche von ihnen lagen ausgekippt auf dem Boden. Ihr Inhalt war bis zur Unkenntlichkeit deformiert – und bildete die Quelle des grässlichen Geruchs.

»Ein Säureanschlag«, konstatierte Grace.

Der FBI-Kollege nickte. »Wir haben alles so belassen, wie wir es gestern vorgefunden haben; Curtis hat es so angeordnet. Aber natürlich sind wir schon ein paar Schritte weiter: Wir konnten die Spur des Täters ziemlich genau nachvollziehen. Er ist tagsüber als Besucher ins Museum gekommen und hat sich dann in einem Raum einsperren lassen, den die Reinigungskräfte benutzen. So konnte er dann in der Nacht ungestört agieren.«

»Haben wir ihn auf den Sicherheitskameras?«

»Das Material wird noch ausgewertet. Aber es scheint, als habe er genau gewusst, wie er die Kameras unterlaufen konnte.«

»Und das nächtliche Wachpersonal hat nichts gemerkt?«

»Nein, absolut nichts.«

»Was wissen wir sonst noch?«

»Er hat wohl bis zum Morgen gewartet und das Museum dann zusammen mit den ersten Besuchern verlassen. Der Schaden wurde erst am späten Vormittag festgestellt.«

»Hm, sehr diskret.« Grace wiegte den Kopf. »Ein Profi also. Und entwendet hat er nichts?«

»Bislang wurde bis auf diese Sauerei«, er deutete auf die von der Säure zerstörten Dokumente auf dem Boden, »kein Verlust registriert.«

»Erstaunlich. Ich brauche trotzdem eine vollständige Inventarliste aller Dinge, die hier in den Kellerräumen lagern.«

»Die habe ich besorgt.« O'Neill überreichte ihr einen Stoß Papier. »Die Dokumente, die in diesem Raum lagerten, sind ab Seite 156 aufgeführt. Es handelt sich wohl um alte Schriften aus dem Orient, beziehungsweise um Fotos von ihnen.«

»Schriften aus dem Orient?« Sie überflog die Eintragungen und zog die Brauen hoch. »Koran-Fragmente!«

»Ich habe bereits die Leiterin der Abteilung rufen lassen, um mehr darüber zu erfahren.«

»Gut«, kommentierte Grace. »Ich übernehme ihre Befragung.« Sie betrachtete den stinkenden Haufen. Langsam verstand sie, warum Curtis sie hinzugezogen hatte.

»Ganz wie Sie wünschen«, sagte O'Neill. Grace registrierte seine Enttäuschung, aber Islam und Islamismus waren nun einmal ihr Gebiet.

15. August, mittags, Berlin, Werkstatt für Papier-Restauration der Staatlichen Museen zu Berlin

Katharina Sternberg hatte ihr langes, honigblondes Haar streng nach hinten gebunden, damit es sie bei der Arbeit nicht störte. Konzentriert beugte sie sich über ihr »Puzzle«: Hunderte kleinster Schnipsel eines alten Pergaments lagen in besonderer Ordnung auf dem Arbeitstisch. Sie stammten aus den Ruinen einer Kirche in Rom, über die italienische Bauarbeiter kürzlich beim Bau einer Tiefgarage gestolpert waren. Nun sollte sie die Bruchstücke wieder zusammensetzen. Wochenlang war sie damit beschäftigt gewesen, sie in die richtige Ordnung zu bringen. Zuerst hatte sie mit digitalen Fotografien am Bildschirm vorgearbeitet, nun war sie so weit, sich an die Originale zu wagen. Es war eine Arbeit, die hohe Konzentration erforderte. Schon ein kräftiger Atemzug konnte alles zerstören.

Sie trat kurz vom Tisch zurück und rief nach ihrem Praktikanten: »Sind Sie fertig, Patrick?«

Der junge Mann mit den blonden Locken brachte ihr einen nach Chemikalien stinkenden Topf – die neue Leimmischung. Sie überprüfte Temperatur und Konsistenz, bevor sie den Chemie-Cocktail mit einer Pipette aufnahm. Jetzt galt es zügig und konzentriert vorzugehen. Vorsichtig träufelte sie das Gemisch auf die einzelnen Puzzleteile, um sie aneinander zu fixieren. Sie musste alles verteilen, solange der Leim noch frisch war. Denn mit dem Erkalten erstarrte der Mix, hielt die Schnipsel in ihrer jeweiligen Position fest und versiegelte gleichzeitig ihre Poren, damit sie vor weiterer Zerstörung geschützt waren.

Katharina war so sehr in die Arbeit vertieft, dass sie zusammenschrak, als plötzlich das Labortelefon schrillte. *Nicht jetzt!*, dachte sie und versuchte, konzentriert zu bleiben. Aber bereits nach wenigen Minuten klingelte das Telefon erneut. Vielleicht war es etwas Dringendes, wenn jemand so insistierte. »Würdest du bitte mal schauen, wer da anruft?«, bat sie Patrick, ohne ihre Position zu verändern.

Er inspizierte das Telefon. »Unbekannte Nummer.«

»Nächstes Mal gehst du ran«, bat sie ihn. »Sag demjenigen, dass es jetzt nicht geht. Dass ich später zurückrufe.«

»Okay, Boss.«

Sie brauchten nicht lange zu warten, bis der Apparat erneut klingelte. Wie verabredet nahm Patrick das Gespräch an. »Archäologisches Labor, Schoner«, meldete er sich professionell. Es entstand eine kurze Pause, während der Katharina konzentriert weiterarbeitete.

»Ja, selbstverständlich, sofort«, hörte sie Patrick sagen. Wie bitte? Sie hatte doch wirklich klargemacht, dass sie den Anrufer zurückrufen würde. Fassungslos beobachtete sie, wie er ihr den Hörer hinhielt und ihr die Pipette aus der Hand nahm.

»Keine Sorge, ich mache das schon«, sagte er.

»Von wegen, Finger weg!«, fauchte sie. »Wehe, du gehst mit dem Leim an die Papiere! Lass einfach alles so, wie es ist. Ja, hallo?«

»Bundeskriminalamt«, meldete sich eine Stimme am anderen Ende. Pause. »Hallo? Spreche ich mit Frau Katharina Sternberg?«

»Richtig, das bin ich.«

»Kommissar Matthes. Es tut mir leid, dass ich störe, aber ich habe eine wichtige Frage: Wissen Sie, wo sich Ihr Vater aktuell aufhält?«

»Mein Vater? Nein, keine Ahnung.«

»Sie wissen also nicht, wo er sich in den vergangenen Tagen aufgehalten hat?«

»Nein.«

»Hatte er irgendwelche Reisen geplant?«

»Warum wollen Sie das denn wissen?«

»Im Haus Ihres Vaters hat es einen Vorfall gegeben.«

»Einen Vorfall? Was für einen Vorfall?«

Der Kriminalbeamte zögerte einen Moment. »Das wissen wir leider noch nicht genau. Wahrscheinlich eine Gasexplosion.«

Katharina spürte, wie es ihr den Hals zuschnürte. »Und mein Vater?«

»Deshalb rufe ich ja an. Wir müssten dringend mit ihm sprechen. Also wenn Sie uns bitte sagen könnten, wo wir ihn finden.«

»Ich sagte Ihnen doch bereits: Ich weiß es nicht.«

»Aber irgendeine Vermutung werden Sie doch haben!«, insistierte der Polizist am anderen Ende. Er schien ihr die Unkenntnis nicht abzunehmen.

»Wir haben … in letzter Zeit nicht oft miteinander gesprochen«, stammelte sie erschrocken. Wo war Vater? Was war mit ihm passiert?

»Könnten Sie heute Nachmittag zu mir ins Polizeipräsidium Werder kommen?«

»Ich komme sofort. In einer Dreiviertelstunde bin ich da«, sagte sie spontan.

»Ganz wie Sie wünschen, Frau Sternberg. Matthes ist mein Name. Bitte fragen Sie an der Pforte nach mir.«

Nachdem sie das Gespräch beendet hatte, musste Katharina erst einmal tief Luft holen. Patrick sah sie neugierig an, traute sich aber glücklicherweise nicht, sie irgendetwas zu fragen. Sie begutachtete ihre Arbeit. »Das muss jetzt leider warten«, sagte sie. »Schmeiß den Kleber weg, nicht dass er antrocknet und den Topf versaut. Wir machen heute Nachmittag weiter. Komm mit raus.«

Patrick nickte beflissen. »Kein Problem, Boss.«

»Und wenn jemand nach mir fragt, sagst du, ich sei nach der Mittagspause wieder zurück.«

Katharina verließ nach ihm das Büro und schloss die Tür zweifach ab. Außer ihr hatte niemand Zugang zu ihrem Raum im Institut.

15. August, mittags, Berlin, Parkplatz vor der Papierwerkstatt

Durch die verdunkelten Scheiben seines Audis beobachtete der Mann mit der Narbe, wie Sternbergs Tochter über den Parkplatz zu einem schwarzen Polo hastete, einem schrottreifen Modell. Seine Besitzerin war dagegen eine echte Schönheit. Mit ihrem wohlgeformten Gesicht, den hohen Wangenknochen und ausdrucksstarken Augen, deren Farbe irgendwo zwischen Grün und Braun schwankte, hätte sie bestimmt auch als Modell Karriere machen können. Ihr langes, blondes Haar fiel ihr nun, da sie es im Gehen löste, in leichten Wellen über die Schulter. Und die Jeans schmeichelte ihrer schlanken Figur.

Er sah zu, wie sie die Tür des Polos aufschloss und ihre Handtasche schwungvoll auf den Beifahrersitz warf, bevor sie sich ans Steuer setzte. Offenbar besaß sie Temperament – ganz der Papa.

Ob sie über die Explosion in der Villa Sternberg bereits informiert war? Er konnte sich kaum vorstellen, dass es nicht so war. Zwar wusste er nicht, wie eng das Verhältnis zwischen Vater und Tochter war, aber immerhin waren sie vom selben Fach. Vielleicht also hatte der Alte sie in seine Geheimnisse eingeweiht; vielleicht machte sie gemeinsame Sache mit ihm.

Nun ließ sie den Motor an. Der alte Polo ließ sich ein paarmal bitten, doch dann erwachte er mit lautem Knattern zum Leben. Langsam rollte sie in der alten Blechtrommel vom Parkplatz. Der Mann wartete einen Moment, bis sie hinter der nächsten Ecke verschwunden war, dann nahm er die Verfolgung auf. Mit dem Audi war es ein Leichtes, sie einzuholen. Glücklicherweise war der nicht besonders auffällig im Stadtverkehr. Bereits an der nächsten Ampel gelang es ihm, sich an ihre Fersen zu heften. Unbemerkt folgte er ihr kreuz und quer durch Berlin.

Als sie zuerst den Wannsee und dann die dahinter liegende Seenlandschaft der Havel ansteuerte, ließ er sich ein wenig zurückfallen. Hier auf der Landstraße musste er ihr ja nicht direkt auf der Stoßstange hängen. Jetzt hatte er keine Zweifel mehr, wohin die Fahrt ging. Und er zweifelte auch nicht mehr, dass sie wusste, was mit ihrem Vater geschehen war.

Katharina würde ihn zu Anton Sternberg führen, wenn auch gegen ihren Willen.

15. August, mittags, Berlin, Werder

Während sie sich mit ihrem Polo durch den Berliner Stadtverkehr schlängelte, fuhren Katharinas Gedanken Karussell. Eine Gasexplosion im Haus ihres Vaters? Konnten Gasleitungen einfach so explodieren? Er hatte die alte Villa doch erst vor ein paar Jahren von Grund auf sanieren lassen. Und wo war er gewesen, als sich das Unglück ereignete? Ihm war doch hoffentlich nichts zugestoßen? Nein, das hätte ihr der Polizist doch bestimmt sofort gesagt.

Sie langte nach ihrem Handy, das in der Handtasche auf dem Beifahrersitz lag. Während sie mit einem Auge den Verkehr im Blick behielt, drückte sie die Wahlwiederholungstaste. Der Apparat wählte dieselbe Nummer an, die sie bereits vor fünf Minuten ausprobiert hatte. Aber die Ansage hatte sich nicht verändert: Der Teilnehmer sei vorübergehend nicht erreichbar, teilte eine Frauenstimme mit. Wo zum Teufel war Papa? Und warum ging er nicht ans Telefon?

Nun gut, sie hatte ihn schon seit Monaten nicht mehr angerufen. Oder genauer gesagt, seit dem Tag im Frühling, ab dem sie ihm ihren Verlobten Bassam vorgestellt hatte. Ein Vorhaben, das auf ganzer Linie schiefgegangen war.

Die Begegnung der beiden war ihr wichtig gewesen. Da in Bassams Wertekodex die Familie eine hohe Stellung einnahm, hatte sie mit ihrem Vater vor ihm glänzen wollen. Er war schließlich das einzige Familienmitglied, das sie vorzeigen konnte. Denn Geschwister besaß sie nicht, und ihre Mutter war vor einigen Jahren bei einem Verkehrsunfall ums Leben gekommen. Es gab also nur ihn. Und er hatte alles vermasselt, der eigenbrötlerische Kauz.

Sie erinnerte sich noch genau an den Tag, an dem sie zusammen mit Bassam vor der Tür seiner Villa gestanden hatte. Bassam trug wie immer ein elegantes, dunkles Sakko und ein sorgfältig gebügeltes Hemd. Vielleicht hatte sich ihr Vater erschrocken, als ein Mann mit grauen Strähnen neben seiner Tochter stand, dachte Katharina heute. Sie selbst hatte es nie gestört, dass ihr Freund rund 20 Jahre älter war als sie. Denn Bassam war ein klassischer Typ, bei dem das Alter keine Rolle spielte. Außerdem achtete er sehr auf ein gepflegtes Äußeres. Bestimmt würde er in zehn Jahren noch genauso aussehen wie jetzt mit 50. Aber sie konnte sich schon vorstellen, dass Anton Sternberg der große Altersabstand irritiert hatte.

An Bassams Nationalität konnte es nicht liegen. Ihr Vater hatte sicher keine Schwierigkeiten damit, dass ihr Verlobter in Saudi-Arabien geboren war. Schließlich war er selbst ständig im Nahen Osten unterwegs und hatte viele arabische Freunde. Und die meiste Zeit hatte Bassam auch nicht in Saudi-Arabien, sondern im weltoffenen Libanon gelebt und seine Reiseagentur aufgebaut. Bis er vor einigen Jahren mit *Salam Travel* sogar den Sprung nach Europa geschafft hatte. Heute unterhielt er Filialen in London, Paris und zuletzt auch in Berlin. Die Agentur bot Reisen zu historisch bedeutenden Stätten des Islam an, denn schließlich gab es auch in Europa viele zahlungskräftige Muslime, die Heimweh nach ihren Wurzeln verspürten. Die Krise im Nahen Osten verlangte den Reiselustigen zwar einige Einschränkungen ab, aber trotzdem brummte das Geschäft.

Nein, er war keine schlechte Partie, ihr Verlobter, dachte Katharina, während sie in Richtung Havel bog. *Man kann sich mit ihm sehen lassen.* Dass Bassam bereits verheiratet gewesen war und aus seiner früheren Ehe Kinder hatte, fand sie normal für einen Mann in seinem Alter. Sie hatte Fotos seiner beiden Söhne und der Tochter gesehen: Die

17-jährigen Zwillingssöhne gingen in London zur Schule und standen kurz davor, ihr Studium aufzunehmen. Bassam wünschte sich natürlich, dass sie in Deutschland studierten. Manchmal träumte er auch davon, seine neunjährige Tochter zu sich zu holen, die bei ihrer Mutter in Dschidda lebte. Diese Details hatte sie ihrem Vater allerdings erst einmal erspart. Und trotzdem hatte er seltsam auf Bassam reagiert.

»Hallo, Papa, das ist Bassam!«

Schweigen. Der Alte zog lediglich eine Braue hoch.

»Dürfen wir reinkommen?«

»Selbstverständlich.« Zur Begrüßung reichte Sternberg seinem Schwiegersohn in spe förmlich die Hand.

Der große Salon, in den er sie führte, war von oben bis unten vollgestopft mit Antiquitäten: Skulpturen, Vasen, alten Tonscherben, Schmuck und anderen Artefakten. An den Wänden standen tiefe Schränke mit Stahlschubladen, in denen er Fotos und Schriftstücke aufbewahrte. Hier empfing er auch seine internationalen Kunden. Unter Antik-Liebhabern war ihr Vater ziemlich bekannt.

Auf einem silbernen Tisch inmitten einer Sitzecke aus orientalisch bestickten Kissen standen verschiedene Tortenstücke für sie bereit. Zufrieden registrierte Katharina, dass er seine Haushälterin eigens zum Bäcker geschickt hatte, um sie adäquat zu bewirten. Sie war sich ziemlich sicher, dass sowohl die Kissenbezüge als auch der Silbertisch, um den sie Platz nahmen, spätestens in einem Monat das Wohnzimmer irgendeines Orient-Fans in New York, Moskau oder Peking schmücken würden. Denn ihr Vater verscherbelte sein Mobiliar immer wieder im Internet; selten saß man bei ihm mehr als einmal auf demselben Stuhl.

Sie erinnerte sich gut daran, dass es ihre Mutter regelmäßig in den Wahnsinn getrieben hatte, wenn er kurzfristig dem Drängen eines Kunden nachgab und sämtliche Möbel verkaufte, ohne für Ersatz zu sorgen. Irgendwann hatte sie von seinen Eskapaden und seinen langen Reisen genug gehabt und ihn zusammen mit ihrer Tochter verlassen. Damals war Katharina elf Jahre alt gewesen.

Aber all das sollte natürlich keine Rolle spielen, als sie ihn an diesem Frühlingssonntag zusammen mit Bassam besuchte. An diesem Tag hatte sie nur einen einzigen Wunsch: Anton Sternberg möge eine gute Figur machen. Er möge sich als respektabler, älterer Herr präsentieren, der ihrem Verlobten bewies, dass sie aus einem guten Elternhaus kam.

Sie betrachtete ihn kritisch, während er ihr aus einer Porzellankanne Kaffee eingoss – einen Mann von 70 Jahren mit wachen, braunen Augen hinter seiner großen Brille, wuscheligen Augenbrauen, einem mittlerweile ergrauten Bart und immer etwas zerzaust wirkenden grauen Haaren. Sternberg war von mittlerer Statur, ungefähr einen Kopf kleiner als Bassam. Zur Feier des Tages hatte er sich einen knallroten Rollkragenpulli angezogen, der noch die Originalfalten aus der Verpackung trug. Darunter zeichnete sich ein kleiner Bauch ab. Nein, elegant konnte man seine Erscheinung wirklich nicht nennen. Ihr Vater war bestenfalls ein Original.

Katharina überlegte kurz, ob sie sich für ihn schämen musste. Seitdem sie mit Bassam zusammen war, der auf Etikette und Äußerlichkeiten Wert legte, achtete auch sie mehr darauf. Sie trug ein langes, blaues Kleid von der Art, wie es ihm gefiel: figurbetont, aber nicht zu kurz. Die feine silberne Kette mit den kleinen, funkelnden Diamanten an ihrem Hals hatte er ihr geschenkt. Sie mochte diesen Stil. Aber es war offensichtlich, dass sie und Bassam in anderen Welten lebten.

Nachdem die beiden Männer anfangs ziemlich verkrampft nach einem Gesprächsthema gesucht hatten, entdeckten sie bald das Reisen als Gemeinsamkeit. Bereitwillig gab Sternberg seinem Gast über den historischen Hintergrund verschiedener Objekte im Raum Auskunft. Er erzählte von seiner letzten Tour in den Jemen, wo er unter anderem den Silbertisch erworben hatte. Bassam griff das Thema höflich auf. Er berichtete, dass der Jemen auch bei den Touristen ein beliebtes Reiseziel gewesen sei, bis die Unruhen dort ausbrachen. Die denkmalgeschützte Bausubstanz der Hauptstadt und die Besichtigung der alten Koran-Manuskripte von Sanaa kamen vor allem bei seinen frommen Kunden gut an.

»Sind das die Manuskripte, die man in den Siebzigerjahren bei den Renovierungsarbeiten in der Alten Moschee gefunden hat?«, fragte Katharina ihren Verlobten.

»So ist es. Ihre Entdeckung war ein kleines Wunder«, erzählte Bassam. »Als die Arbeiter in einen Hohlraum zwischen dem inneren und dem äußeren Dach der Moschee eindrangen, stießen sie dort auf Papyri-Klumpen, die von Ratten- und Mäusekot verklebt waren. Da sie diese für Unrat hielten, packten sie sie in Säcke, um sie später wegzuschmeißen. Und wenn nicht zufällig der Leiter der Altertumsbehörde in einen dieser Säcke geschaut hätte, wären sie wohl auf dem Müll gelandet. Stellt euch das vor, die ältesten bislang gefundenen Koran-Manuskripte überhaupt – auf dem Müll!«, rief er, ganz der erfahrene Reiseleiter.

»Es wäre ein großer Verlust gewesen«, gab ihm Sternberg recht. »Aber leider hat die Welt ja trotzdem nicht viel von der Entdeckung gehabt. Die jemenitischen Behörden sind sehr eifersüchtig mit dem Fund umgegangen.«

»Eifersüchtig?« Bassam wirkte erstaunt. »Sie taten, was sie konnten, um den Schatz zu erhalten. Fast 15.000 Seiten wurden restauriert …«

»… und danach in einen Keller in Sanaa gesteckt und unter Verschluss gehalten.«

»Wie bitte? Die Schriften sind im Haus der Manuskripte doch öffentlich zugänglich. Ich habe schon viele Touristen dort hingeschickt, vielleicht sollten Sie mal mit uns kommen.«

Sternberg winkte ab. »Ich war schon oft im Haus der Manuskripte«, belehrte er seinen Gast. »Einer meiner besten Freunde, Hassan Ibn Talib, arbeitet für die Altertumsbehörde. Ganz nebenbei ist er auch einer der wenigen Menschen, die Zugang haben zu den Originalen …«

Und mit dem er bestimmt schon den ein oder anderen Deal gemacht hat, vermutete Katharina.

»Nein, ich spreche nicht von dem Kram, den man den Touristen vorführt, sondern von einer systematischen, wissenschaftlichen Untersuchung der Schriften, die in all den Jahren merkwürdigerweise nie stattgefunden hat.«

Eine wissenschaftliche Untersuchung, Katharina verdrehte innerlich die Augen. War er mal wieder bei seinem Lieblingsthema angekommen? »Wissenschaftler« und »die Wissenschaft« zu kritisieren, gehörte zu seinen Standard-Diskursen. Früher oder später tat er das bei jedem ihrer Besuche. Und dafür gab es einen Grund: Als junger Mann war er aus dem Wissenschaftsbetrieb rausgeflogen. Katharina wusste nicht genau, was damals passiert war. Die Geschichte war zu Hause tabu gewesen. Und in Archäologenkreisen hatte sie die wildesten Gerüchte gehört. Es hieß, ihr Vater habe sich nach einer Rechercheреise im Jemen mit dem damaligen Chef der Deutschen Orient-Gesellschaft überworfen. Aber warum? Was konnte er angestellt haben, um einen solchen Krach zu provozieren? Einer seiner damaligen Kollegen, der mit ihm im Jemen geforscht hatte, Niemeyer, hatte im Gegensatz zu ihm jedenfalls eine glänzende Karriere im Institut gemacht.

Nun ja, das alles war lange vorbei. Vielleicht wäre eine Laufbahn im herkömmlichen Forschungsbetrieb auch nicht das Richtige für ihn gewesen. Er langweilte sich viel zu schnell, wenn er an einem Ort bleiben musste. Und Studenten zu unterrichten, wäre ihm sicher ein Graus gewesen. Wahrscheinlich konnte er sich am Ende glücklich schätzen, dass ihm dieses dröge Leben erspart geblieben war. Auch ohne Karriere an der Uni galt er unter Insidern als Koryphäe auf seinem Gebiet.

»Im Grunde gibt es bei diesen Manuskripten ja auch nicht allzu viel zu erforschen«, meinte Bassam gerade, »jedenfalls nicht für die Historiker.«

Sternberg sah ihn verständnislos an. »Wie meinen Sie das?«

»Nun, der Inhalt der Schriften ist ja hinreichend bekannt und dürfte eher die Theologen als die Historiker beschäftigen.«

»Aber darum geht es doch gar nicht«, widersprach Sternberg ihm nun sehr heftig. »Es geht darum, dass man anhand der Skripte die Entstehung des Korans nachvollziehen könnte.«

»Die Entstehung des Korans?«, wiederholte Bassam irritiert. »Aber die kennen wir doch! Es gibt detaillierte Berichte über Mohammed und seine Offenbarungen.«

Katharinas Vater lächelte amüsiert. »Sie meinen doch nicht etwa die Geschichte mit dem Engel?«

Katharina sah, wie Bassam die Kinnlade herunterklappte. Am liebsten hätte sie ihren Vater für seine Bemerkung erwürgt. »Wie Ihnen sicher bekannt ist, lässt sich anhand verschiedener Quellen genau nachvollziehen, wann und wie die einzelnen Abschnitte des Korans offenbart wurden«, sagte Bassam beherrscht – und Katharina wusste, dass er allein ihr zuliebe die Contenance behielt. Als gläubiger Muslim waren für ihn jedwede Zweifel an der Entstehung des Korans ein absoluter Affront. Bassam ging fest davon aus, dass es sich beim Koran um das Wort Gottes handelte, das Mohammed durch den Erzengel Gabriel offenbart worden war. »Das Leben des Propheten und die Niederschrift der Worte, die ihm diktiert wurden, gehören zu den am besten dokumentierten Ereignissen in der Geschichte der Religionen. Insbesondere, wenn man den Koran mit dem weithin unklaren Entstehungsprozess der Bibel vergleicht«, sagte Bassam und klopfte sich einen Kuchenkrümel vom Sakko. »Aber ich kenne Leute wie Sie, die glauben, alles untersuchen und auseinandernehmen zu müssen. Sogar in meiner Familie gibt es solche Leute.«

»Das klingt interessant. Bestimmt würde ich mich gut mit ihnen verstehen.«

»Das mag sein. Aber ich nicht. Ich meide Menschen, die andere vom Glauben abbringen wollen.«

Sternberg zog die Brauen hoch. »Oh, ich verstehe.« Und dann wusste keiner der Männer mehr, was er noch sagen sollte. Die erste Begegnung war grandios gescheitert.

Nach jenem schrecklichen Nachmittag hatte Katharina den Kontakt zu ihrem Vater abgebrochen, ohne sich bewusst dafür zu entscheiden. Sie hatte sich einfach nicht mehr gemeldet. Am Anfang war es ihr selbst gar nicht aufgefallen, denn sie hatten sich nie viel zu sagen gehabt. Aber irgendwann musste sie sich eingestehen, dass es nicht nur Nachlässigkeit war, die sie davon abhielt, seine Nähe zu suchen. Sie war wütend auf ihn. Wenigstens dieses eine Mal hätte er sich doch zusammenreißen und sich die Provokation verkneifen können. Oder war das zu viel verlangt?

Über die Landstraße näherte sie sich jetzt dem Örtchen Werder, das inmitten einer Seenlandschaft lag und von allen Seiten vom Wasser der Havel umgeben war: Schwielowsee, Glindower See, Großer Plessower See und Großer Zernsee umringten das kleine, historische Städtchen.

Als nach dem Zusammenbruch der DDR Anfang der Neunziger hier marode Immobilien zu Spottpreisen verscherbelt wurden, hatte ihr Vater zugeschlagen und die baufällige Villa erworben. Zunächst diente sie ihm nur als Lager. Erst nach jahrelangen Renovierungsarbeiten war sie in einem Zustand, dass man in ihr auch leben konnte. Nach der Trennung von seiner Frau hatte er sich dorthin zurückgezogen – und war geblieben. Zumindest wenn er nicht gerade in der Welt unterwegs war, fühlte er sich dort, inmitten seiner Schätze, am wohlsten.

An der Ampel kurz hinter dem Ortseingang zögerte Katharina. Sie hatte Kommissar Matthes gesagt, dass sie in einer Dreiviertelstunde bei ihm wäre. Sie sah auf die Uhr. 40 Minuten hatte sie gebraucht. Wenn sie nach der Mittagspause zurück sein wollte, müsste sie eigentlich sofort ins Polizeirevier fahren. Trotzdem verspürte sie den Impuls, zuerst selbst nach der Villa zu sehen.

Die Ampel sprang auf Grün. Katharina erwartete ein Hupkonzert des Protests, weil sie sich nicht rechtzeitig entscheiden konnte. Aber der Wagen hinter ihr, ein silberfarbener Audi, wartete geduldig, bis sie ein paar Sekunden später Gas gab. Er folgte ihr auch, als sie, anstatt ins Stadtzentrum zu fahren, auf den Weg zur Uferstraße einbog.

15. August, nachmittags, Berlin

Der Anschlag hatte Thewes kalt erwischt. Unentschlossen stand er zwischen den Touristen und Schaulustigen und wusste nicht recht, was er mit dem Rest des Tages anfangen sollte – oder mit dem Rest seines Lebens. Auch die rothaarige Frau wirkte etwas orientierungslos.

»Gehen wir auf den Schock etwas trinken?«, fragte er sie spontan.

Ihre Augen weiteten sich vor Überraschung. »Ja, warum nicht?«, antwortete sie dann. »Das Arbeiten fällt heute ja sowieso flach.«

Sie liefen in Richtung Spree. Thewes schob sein Fahrrad neben sich her. In Berlin wimmelte es nur so von Cafés, sodass sie schnell ein Lokal mit freien Tischen in der Sonne fanden.

Sie bestellten Aperol-Spritz, das Modegetränk des Sommers. Es schmeckte herrlich süß, und in der Augusthitze vernebelte es bereits nach dem zweiten Glas auf wunderbare Weise die Sinne. Thewes zeigte sich von seiner spendablen Seite. Nachdem irgendein Irrer gerade seine Karrierepläne ruiniert hatte, hatte er nichts Besseres zu tun, als eine gehörige Menge Alkohol zu sich zu nehmen und mit einer attraktiven Frau den üblichen akademischen Small Talk zu führen.

»Auf die gemeinsame Zukunft, die wir am Institut hätten haben können«, sagte er beim ersten Schluck des dritten Glases bereits reichlich beschwipst und prostete ihr zu.

»Wie meinen Sie das?«

»Na, so wie ich es sage. Wenn es die verdammte Sammlung noch gäbe, hätte ich vielleicht dort angefangen.«

»Ach, Sie wollten sich auf die ausgeschriebene Stelle bewerben? Und jetzt wollen Sie wohl nicht mehr?«

Thewes zuckte mit den Schultern. Er wusste selbst gerade nicht mehr genau, was er wollte oder nicht wollte. Er wusste nur, dass er sich nicht mit irgendeinem unbedeutenden Posten abfinden konnte. Seine gesamte Familie bestand aus akademischen Überfliegern. Nicht nur sein Vater hatte es bis nach Harvard gebracht, auch seine Mutter war dort Professorin für Jura. Und seine kleine Schwester, die ebenfalls Jura studiert hatte, war auf dem besten Weg, eine Stelle als wissenschaftliche Mitarbeiterin zu ergattern, auf der sie promovieren wollte. Wenn er sich in seiner Familie auch nur einen Funken Respekt verdienen wollte, konnte er keine x-beliebige Stelle annehmen. Es sollte schon eine Professur mit Potenzial sein. Eine, die ihm die Möglichkeit bot, sich wissenschaftlich international zu profilieren und weiterzuentwickeln.

»Aber die Bewerbungsfrist ist doch längst abgelaufen«, sagte Lara gerade. »Und wenn mich nicht alles täuscht …« Sie kicherte und hielt sich die Hand vor den Mund. Irgendetwas schien sie über das Verfahren zu wissen. Am Ende saß sie noch in der Kommission. Verdammt, jetzt musste er wirklich aufpassen, was er sagte. Er wusste ja rein gar nichts über sie.

»Wollen Sie jetzt etwa zurückziehen?«, nahm sie den Gesprächsfaden wieder auf.

»Ich? Nein! Ich finde es nur unglaublich ärgerlich, dass so etwas passieren konnte. Man hätte die Sammlung besser schützen müssen.«

»Glauben Sie mir, Professor Niemeyer hat sie wie seinen Augapfel gehütet.«

Das kann man wohl sagen, dachte Thewes bitter. So gründlich sogar, dass kein Mensch sie je zu Gesicht bekommen hatte. Wie konnte die Welt nur so ungerecht sein!

Er beneidete die Forscher aus Niemeyers Generation. Die hatten früher wirklich noch andere Möglichkeiten gehabt als er und seine Kollegen. Damals war es ein Leichtes gewesen, Mittel für Projekte vor Ort zu akquirieren und sich monatelang für »Recherchen« im Nahen Osten herumzutreiben. Und natürlich fette Beute mit nach Hause zu bringen: die Schätze, die heute Archive und Museen füllten und für die man sie zu allem Überfluss auch noch als Pioniere der Orientalistik feierte.

Könnte er doch nur die Zeit zurückdrehen! Heute gab es kaum noch Gelder für Reisen und Abenteuer. Wenn junge Wissenschaftler entsprechende Anträge stellten, mussten sie sich ganz schön was einfallen lassen. Meist wurden sie mit einem Hinweis auf die aktuelle Sicherheitslage abgespeist, die wissenschaftliches Arbeiten vor Ort angeblich unmöglich machte. Zudem belehrte man sie, dass in den Archiven noch genug Material schlummere, das es zu bearbeiten gab.

Ja, aber was für Material! Thewes wollte schließlich nicht irgendetwas erforschen, nur weil ihm langweilig war oder ihm in seinem Leben nichts Besseres einfiel. Er wollte einen Scoop landen, etwas Außergewöhnliches entdecken. Etwas, worauf noch seine Enkel stolz sein würden – oder für den Anfang zumindest seine Eltern und seine kleine Schwester.

Er müsste selbst losziehen und einen Schatz nach Hause tragen, genauso wie Niemeyer es getan hatte. Ja, das wäre überhaupt die Lösung! Dann wäre er von niemandem mehr abhängig; die Universitäten würden ihn anbetteln, zu ihnen zu kommen. Renommierte Forschungsinstitute würden ihm die Stellen hinterhertragen. Er würde sich kaum entscheiden können zwischen den ganzen attraktiven Angeboten aus Berlin, London und New York, wenn er erst zum Archäologiepapst avanciert wäre.

Thewes blinzelte träumerisch in die Sonne, während er seinen hochfliegenden Träumen nachhing. Er merkte, wie sich unter dem Einfluss des Alkohols die Anspannung allmählich löste. Lara lächelte ihn an. War das ein kokettes oder eher ein mitleidiges Lächeln? Er konnte es nicht mit Sicherheit einordnen. Jedenfalls schien sie den Alkohol nicht so zu spüren wie er. Berliner Frauen eben!

»Das renkt sich schon wieder ein, morgen ist auch noch ein Tag«, hörte er sie sagen.

»Nimmst du auch noch einen?«, fragte er sie, ohne darauf einzugehen.

Sie nickte, lächelte und griff sich in den Nacken, um kurz ihr Haar zu lösen und den Dutt neu zu richten. Trotz seiner Trunkenheit hatte er das sichere Gefühl, dass sie ihn mochte. Und er würde sich die Gelegenheit sicher nicht entgehen lassen herauszufinden, wie sehr.

15. August, nachmittags, Werder, Polizeirevier

»Frau Sternberg, haben Sie den Weg noch gefunden!« Der Kommissar, ein Mann um die 40, streckte Katharina seine Hand entgegen. »Haben Sie sich verfahren?«

»Nein, es war viel Verkehr«, log sie. »Bitte entschuldigen Sie die Verspätung.«

»Kein Problem, Hauptsache, Sie sind hier«, sagte er und führte sie in das Büro. Es war eine typische deutsche Amtsstube. Aus einem geöffneten Metallschrank quollen Akten, und der Computer gehörte der vorvorletzten Generation an. Der Kommissar wies ihr einen Platz auf einem mit vergilbtem Stoff bezogenen Stuhl gegenüber dem Schreibtisch zu. »Ich bin selbst nur zu Gast hier«, sagte er. Fast klang es entschuldigend. »Normalerweise sitze ich in Berlin … Möchten Sie Kaffee?«

Katharina nickte. Sie fühlte sich etwas wackelig auf den Beinen und hatte Angst, dass sie womöglich umkippen würde, wenn sie nicht sofort etwas zu sich nahm. Der Polizist schien das zu spüren. »Milch? Zucker?« Ohne eine Antwort abzuwarten, stellte er Milchdöschen und Zuckertüten vor Katharina auf den Schreibtisch und sah dabei zu, wie sie beides mit einem Löffel in ihr Getränk rührte. »Geht es Ihnen gut?«, fragte er prüfend.

»Ja, es ist nur …« Sollte sie ihm beichten, dass sie gerade zur Villa gefahren war? Minutenlang hatte sie auf der Straße gestanden und mit klopfendem Herzen auf das von der Polizei abgesperrte Gelände gestarrt. Was, wenn ihr Vater doch dort drinnen gestorben war? So ganz sicher war sich der Kommissar da ja wohl nicht gewesen. Sie mochte sich gar nicht ausmalen, wie das Haus jetzt von innen aussah. Ob sie es wagen sollte, einen Blick hineinzuwerfen? Sie besaß einen Schlüssel.

Sie war unter dem Absperrband hindurchgetaucht und zur Gartenpforte gegangen. Der Weg zum Haupteingang der Villa führte sie über die Auffahrt durch einen üppig wuchernden Garten. Unter ihren Füßen knirschte der Kies. Kurz vor der Haustür sah sie, dass der Eingang zum Haus mit einem Vorhängeschloss gesichert worden war. Die Beamten wollten offenbar wirklich verhindern, dass irgendjemand unbefugt dort eintrat.

Schuldbewusst machte sie kehrt. Da bemerkte sie einen silberfarbenen Wagen, der nur ein kurzes Stück hinter ihrem Polo auf der Straße parkte. War das derselbe, der an der Ampel so geduldig ihre Entscheidung abgewartet hatte? Verfolgte er sie etwa? Durch die verdunkelten Scheiben konnte sie die Person, die darin saß, nicht erkennen.

Plötzlich bekam sie es mit der Angst zu tun. Sie hastete zurück zu ihrem Wagen und ließ den Motor an. Nichts wie weg hier! Doch kaum war sie die ersten Meter gerollt, fing sie am ganzen Körper an zu zittern. Sie fühlte sich völlig verloren. Sie hatte wirklich keinen blassen Dunst, was eigentlich los war. Wenn er während der Explosion nicht im Haus gewesen war, was machte ihr Vater dann, wo konnte er sein? Wie eine heiße Welle überrollte sie das Schamgefühl. Sie kannte ihn wirklich überhaupt nicht. Was war sie nur für eine Rabentochter.

»Mein Vater war nicht in der Villa, als sich die Explosion ereignete«, fragte sie Matthes mit zittriger Stimme. »Oder? Bitte sagen Sie es mir, falls es so ist.«

»Im Moment haben wir noch keine absolute Klarheit. Wir haben keine Leiche gefunden, aber durchaus Gewebespuren. Die Proben werden derzeit im Labor analysiert …«

Katharina atmete aus. Sie musste sich zusammenreißen, dass sie nicht auf der Stelle in Tränen ausbrach.

»Es tut mir leid«, sagte er. »Ich kann mir vorstellen, dass Sie das alles mitnimmt.« Er reichte ihr ein Tempo-Taschentuch.

»Bitte entschuldigen Sie«, sagte sie und schnäuzte sich die Nase.

Er wartete, bis sie sich wieder halbwegs beruhigt hatte. »Trotzdem möchte ich Ihnen gerne noch ein paar Fragen stellen, beziehungsweise über ein paar Dinge mit Ihnen reden.«

»Ich weiß wirklich nicht, wo er ist!«, wiederholte Katharina schrill, noch bevor er sie irgendetwas fragen konnte. »Ich habe es Ihnen ja bereits gesagt: In den vergangenen Monaten hatte ich überhaupt keinen Kontakt mit ihm.«

»Warum denn nicht?«

Sie winkte ab. »Ein Streit zwischen meinem Verlobten und ihm, nichts Bedeutsames.«

Er hakte nach. »Worum ging es dabei?«

»Sie hatten unterschiedliche Auffassungen über die Genese des Korans.« Katharina verdrehte gequält die Augen. »Das ist nicht weiter erstaunlich, weil mein Verlobter ein frommer Muslim ist – und mein Vater ein provokanter Atheist.«

»Ach, das ist ja hochinteressant!«, entfuhr es dem Ermittler.

»Was soll daran interessant sein?«

»Wir haben im Haus Dinge gefunden, die darauf hindeuten, dass sich Ihr Vater recht intensiv mit dem Islam beschäftigte.«

Katharina zuckte mit den Achseln. »Das kann schon sein« antwortete sie unbeeindruckt. »Er hat sich ja auf den Nahen Osten spezialisiert«, sagte sie, um gegenüber Matthes den Eindruck zu erwecken, dass sie zumindest in groben Zügen in Sternbergs Tätigkeit eingeweiht war. »Da ist es nur natürlich, dass er sich mit der Religion der Region befasst. Viele Artefakte beziehen sich ja auf religiöse Motive.«

In Wahrheit wusste sie auch darüber kaum Bescheid. Ihre Mutter hatte Sternbergs Arbeitswut stets als Grund für die Trennung angeführt. Immer sei er unterwegs gewesen und habe sich nicht genug um die beiden gekümmert. So war wohl auch in Katharina ein Groll gegen seine Arbeit gewachsen. Als Teenager hatte sie ihm deshalb die Hölle heiß gemacht, hatte ihm vorgeworfen, er sei selbstsüchtig und habe sie für seine Antiquitätenjagd im Stich gelassen. Erst nach Mutters Tod entspannte sich das Verhältnis etwas, wurde aber nie wirklich herzlich. Jedenfalls nicht so herzlich, wie sie es sich gewünscht hätte. Und auf einer kindischen Verhaltensweise beharrte Katharina auch über den Tod der Mutter hinaus: Sie zeigte nie mehr das geringste Interesse für die Schätze ihres Vaters, selbst als sie bereits auf einem ähnlichen Feld als Restauratorin arbeitete.

»Ja, aber sein Interesse ging schon etwas tiefer, oder?«

»Ich fürchte, ich verstehe nicht«, musste sie zugeben.

»Publizierte Ihr Vater auch zu diesem Thema?«

»Nun, er war früher einmal an der Uni. Und in gewissen Kreisen gilt er wohl immer noch als Fachmann. Aber dass er aktuell veröffentlichte, ist mir nicht bekannt.« Sie stockte.

Matthes runzelte die Stirn. Ihn schien ihre Unkenntnis stutzig zu machen. Er langte nach einem Buch, das auf dem Schreibtisch lag. Es hatte einen grünen Umschlag, der deutliche Rußspuren aufwies. Auf der Vorderseite prangte ein goldenes Emblem mit dem Titel: *Ibn Ishaq: Das Leben des Propheten.*

»Sagt Ihnen das etwas?«, fragte der Ermittler.

Katharina schüttelte den Kopf. »Darf ich mal sehen?« Sie wollte nach dem Buch greifen, aber der Kommissar machte keine Anstalten, es ihr zu überlassen.

»Es ist eine Biografie des islamischen Propheten Mohammed, die wir im Haus Ihres Vaters gefunden haben.«

»Ja, und?« Sie sah ihn verständnislos an.

»Bemerkenswert ist die Art und Weise, wie Ihr Vater es benutzt hat«, sagte Matthes und legte das Buch zwischen sie auf den Tisch. Vorsichtig schlug er eine beliebige Seite auf. Neben dem gedruckten Text waren handschriftliche Notizen vermerkt. *Widerspruch! Siehe: Skript IX, Zeile 23,* lautete eine der Eintragungen. *Vgl. Skript III, Zeile 14,* stand darunter.

»Ist das die Handschrift Ihres Vaters?«, fragte Matthes.

»Ja, das ist sie.«

»Er hat dieses Buch als eine Art Register verwendet«, erklärte Matthes. »Sämtliche Eintragungen verweisen entweder auf Manuskripte oder andere Objekte, die sich offenbar im Haus befanden ...«

»... bevor die Explosion sie zerstört hat«, vollendete Katharina den Satz.

Matthes wiegte nachdenklich den Kopf. »Sagen wir mal so: Zumindest sind sie jetzt nicht mehr dort.«

»Was wollen Sie damit sagen?«

»Gar nichts, Frau Sternberg. Wir stehen schließlich noch ganz am Anfang unserer Ermittlungen. Ich möchte Sie nur mit dem Gedanken vertraut machen, dass eventuell mehr als eine marode Gasleitung hinter der Explosion im Haus Ihres Vaters steckt.«

15. August, abends, Berlin, Treptower Park / New York

Eigentlich hatte Volker Matthes längst Feierabend, aber der neue Fall ließ ihm keine Ruhe. Nach seinem Einsatz in Werder war er deshalb nicht nach Hause, sondern zurück in sein eigenes Büro gefahren. Den ganzen Abend hatte er damit verbracht, in jenem merkwürdigen Buch zu stöbern – und in den eMails von Anton Sternberg, die die IT-Spezialisten der Behörde für ihn zugänglich gemacht hatten. Da sie teilweise auf Arabisch waren, konnte er leider nicht alle lesen. Jedenfalls hatte er mit vielerlei Auktionshäusern sowie Kunden und Kollegen aus dem Nahen Osten in Kontakt gestanden. Vor drei Tagen, dem ungefähren Zeitpunkt der Explosion also, die Sternbergs Haushälterin erst später entdeckt und gemeldet hatte, brach die Kommunikation plötzlich ab.

Konnte es sein, dass die Explosion einen islamistischen Hintergrund hatte? Sein Herz schlug schon allein bei dem Gedanken schneller. Aber es war bislang mehr eine Hoffnung als ein konkreter Verdacht. Keine sehr professionelle Herangehensweise, wie er selbst wusste. Doch warum sollte er sich in die Tasche lügen? Es elektrisierte ihn, wenn er mal an einen Fall geriet, der einen Tick spannender war als das tägliche Einerlei.

Er musste unbedingt Grace davon erzählen. Grace, seine Freundin von der CIA. Nun ja, Freundin war vielleicht zu hoch gegriffen, aber zumindest eine gute Bekannte.

Vor Jahren hatte er an einer Fortbildung für junge deutsche Polizisten in den USA teilnehmen dürfen. Grace Dumont, eine supertaffe Agentin, hatte dort einen Vortrag über die neuesten Ermittlungstechniken der CIA gehalten. Matthes hatte sie danach angesprochen, weil er noch ein paar Fragen hatte. Und zusammen mit ein paar anderen Kollegen waren sie schließlich noch etwas trinken gegangen. Er hatte sich sehr geehrt gefühlt, als sie ihm ihre Kontaktdaten überließ. So eine Frau lernte man nicht alle Tage kennen. Seitdem telefonierten oder chatteten sie manchmal miteinander. Meist war es Matthes, der den Kontakt suchte. Er freute sich immer, wenn Grace ihn ein wenig an ihrer spannenden Welt teilhaben ließ – natürlich ohne dabei irgendwelche Staatsgeheimnisse preiszugeben. Und manchmal schämte er sich auch, weil sein Alltag beim BKA nicht annähernd so spannend war.

Aber die Explosion in der Villa Sternberg, die hatte es in sich. Da konnte er Grace, eine ausgewiesene Islamexpertin, sogar guten Gewissens um ihren professionellen Rat fragen. Er öffnete sein Skype-Programm und suchte in der Kontaktliste nach »Betty B.«. Das war nur einer der Namen, die sie online verwendete. Oft wechselte sie sie. *Hi, wie geht's?*, schrieb er ihr, um zu testen, ob sie gerade darunter erreichbar war. *Alles klar?*

Hi, kam wenig später die Antwort. *Nett, von dir zu hören! Kann ich dich kurz anrufen?*

In 10 Minuten, antwortete sie knapp.

Matthes wartete geduldig. Er liebte Grace' präzise Ansagen. Sie war so unglaublich professionell. Die ganze Art, wie sie auftrat und kommunizierte, faszinierte ihn.

Da kam schon ihr Rückruf. Matthes schaltete das Video ein, und ihr Blondschopf erschien auf dem Bildschirm. Ja, sie war eine sehr attraktive Frau. Zwar ein paar Jahre älter als er, aber sehr anziehend und wie immer sorgfältig geschminkt.

»Hallo, Grace! Schön, dich zu sehen«, sagte er in seinem etwas holprigen Englisch – und meinte es auch so.

»Hi, Volker«, begrüßte sie ihn. »Wie geht es dir?«

»Gut. Und dir? Wo bist du gerade?«

»In New York.« Grace schwenkte mit der Kamera ihres Tablets auf die Straße hinter sich, von der sie durch eine gläserne Fensterfront getrennt war. Offenbar saß sie gerade in irgendeinem schicken Bistro in Manhattan. Matthes beneidete sie um ihr Leben.

»Das ist toll«, sagte er – und zögerte einen Moment. Sollte er ihr wirklich von seinem Fall erzählen?

»Und was ist bei dir los?«, fragte Grace.

»Ich recherchiere gerade im Fall einer Explosion, die sich im Haus eines Antiquitätenhändlers ereignet hat«, erzählte er. »Zuerst dachten wir, die Gasleitungen seien marode gewesen. Aber dem ist nicht so. Alles war erst vor Kurzem frisch renoviert worden.«

»Aha.«

»Ja, und nun geht meine Vermutung dahin, dass alles nur vorgetäuscht sein könnte. Verstehst du? Dass irgendjemand die Explosion mutwillig ausgelöst hat, um Artefakte oder wichtige Dokumente verschwinden zu lassen, die der Hausherr dort lagerte. Er war, wie gesagt, Antiquitätenhändler.«

»Verstehe.«

Ja, sie verstand. *Aber es interessiert sie kein bisschen,* dachte Matthes. Schon ärgerte er sich, dass er das Thema überhaupt angeschnitten hatte. Sicher beschäftigte sie sich in New York mit viel spannenderen Dingen. »Na ja, so ist es«, sagte er enttäuscht. »Ach ja, und was ich dich in dem Zusammenhang fragen wollte: Kennst du die Mohammed-Biografie eines gewissen Ibn Ishaq?«

»Aber natürlich«, sagte sie sofort. »Sie ist eine der wichtigsten Quellen der islamischen Geschichtsschreibung und das erste Werk über das Leben des Propheten überhaupt. Warum?«

»Wir haben diese verkohlte Ausgabe in dem Haus gefunden.« Er hielt das Buch vor die Kamera.

»Hm.« Grace zog die Brauen hoch.

»Dieser Antiquitätenhändler hat es wohl als eine Art Inventar-Register verwendet«, erklärte er. »Überall finden sich Verweise auf irgendwelche Dinge, die er gesammelt hatte – und die vermutlich im Haus lagerten und wohl durch die Explosion zerstört wurden. Alte Münzen aus Damaskus, Fotos von Koran-Manuskripten aus dem Jemen …«

»Halt! Stopp!«, unterbrach ihn Grace am anderen Ende des Atlantiks. »Koran-Manuskripte aus dem Jemen? Habe ich da richtig gehört?«

»Ja«, bestätigte Matthes. »Damit handelte er wohl.«

»Das ist ja interessant«, sagte sie, jetzt in einem ganz anderen Ton als zuvor. »Hochinteressant!«

Matthes freute sich, aber er stand trotzdem auf dem Schlauch. »Was meinst du?«, fragte er sie.

»Hier in New York, im Metropolitan Museum of Art, wurden ebenfalls Fotos von Koran-Manuskripten vernichtet«, sagte sie. »Und rate mal, woher sie stammen.«

»Ebenfalls aus dem Jemen?«

»Exakt.«

Nun blieb Matthes die Luft weg. Seine Freude war so groß, dass er nicht wusste, was er sagen sollte. Auf so einen Fall hatte er gehofft.

15. August, abends, Berlin

»Die Polizei glaubt nicht an ein Unglück«, sagte Katharina zu Bassam, der gerade damit beschäftigt war, einen Tomaten-und-Mozzarella-Salat für das Abendessen herzurichten; eine Lasagne schmorte auch im Ofen. »Sie vermutet wohl einen islamistischen Hintergrund.«

»Wie bitte?«

»Ja. So deutlich hat es der Kommissar zwar nicht formuliert, aber seine Fragen bei unserem Treffen heute gingen in die Richtung.«

Bassam ließ die Flasche mit dem Balsamico-Essig sinken. »Unglaublich. Da explodiert eine Gasleitung – und die deutsche Polizei denkt an Islamismus? So weit ist es also schon mit der Islamphobie in diesem Land«, sagte er.

»Sie haben eine Mohammed-Biografie im Haus gefunden«, sagte sie. Fast klang es wie eine Rechtfertigung. »Da hat Vater alle möglichen Querverweise zu Koran-Manuskripten hineingekritzelt.«

»Ach, und da haben die Polizisten zwei und zwei zusammengezählt und geschlossen, dass radikale Muslime auf deinen Vater einen Anschlag verübt haben müssen.« Bassam lachte bitter und vollendete seine Kreation mit ein paar Basilikumblättern. »Bitte sag mir, dass es nicht so simpel ist.«

»Na ja, und außerdem haben sie in seinen eMails wohl die Korrespondenz mit einem Verlag gefunden, bei dem er zu dem Thema publizieren wollte. Das hat mir der Kommissar gerade noch am Telefon gesagt.«

»Na wunderbar! Da scheint ja ein besonders talentierter Fahnder am Werk zu sein. Sicher wird er deinen Vater mit diesen überaus ausgefeilten Methoden bald wiederfinden.«

Katharina verspürte einen Stich. Sie konnte Bassams Wut über die ständige Verdächtigung von Muslimen zwar verstehen – auch sie registrierte die Anfeindungen, mit denen er und seine Glaubensbrüder permanent konfrontiert waren –, aber die Erwähnung ihres Vaters fühlte sich in diesem Zusammenhang nicht gut an. Vor allem, da noch nicht wirklich sicher war, ob er noch lebte. Auch wenn sie sich weigerte, das ernsthaft anzunehmen, schwebte die Angst doch wie eine dunkle Wolke über ihr.

»Tut mir leid, das hab ich nicht so gemeint«, sagte er.

»Ist schon gut«, erwiderte sie gepresst.

Katharina sah ihm zu, während er mithilfe einer Gabel den Fortschritt der Lasagne im Ofen prüfte. Den Teig hatte er selbst zubereitet, eigens für sie. »Das Buch war von Ibn Ishaq. Kennst du das?«

»Aber natürlich«, sagte er, während er die Backofentür wieder schloss. »Das ist die älteste Mohammed-Biografie überhaupt. Sie wurde von den Zeitzeugen Mohammeds verfasst.«

Katharina googelte auf ihrem Handy danach. Ibn Ishaq fand sie schnell. *»Ibn Ishaq verfasste um 760 das erste umfassende Geschichtsbuch der islamischen Welt«*, las sie laut aus dem Wikipedia-Eintrag vor. Sie rechnete. »Aber Mohammed hat doch nur bis 632 gelebt; da kann der Autor doch kein Zeitzeuge gewesen sein.«

»Doch«, insistierte er, »denn er hat die Kinder und Enkel von Mohammeds Gefährten gefragt, hatte also Informationen aus erster Hand.«

»*Das Werk ist in seiner ursprünglichen Form nicht erhalten*«, las sie laut weiter.

»Das kann man so nicht sagen. Denn zumindest haben die Informationen, die er gesammelt hat, ja überdauert.«

»*Fragmente von Ibn Ishaqs Werk wurden von Ibn Hisham bearbeitet und veröffentlicht. Er starb 830 in Ägypten*«, las Katharina und unterbrach sich. »830! Wusstest du das?«

»Nein, aber wo ist das Problem?«, fragte er zunehmend gereizt.

»Das bedeutet im Klartext: Die älteste Beschreibung von Mohammeds Leben wurde erst 200 Jahre nach seinem Tod verfasst«, stellte sie fest.

»Nun, wie auch immer«, grummelte er. Und sie wusste, was ihn störte: Wie alle gläubigen Muslime legte Bassam großen Wert darauf, dass das Leben Mohammeds genau dokumentiert sei. »Wir wissen viel mehr über Mohammed als ihr über euren Jesus«, hatte er einmal zu ihr gesagt. Nun fragte sie sich allerdings, ob das wirklich stimmen konnte. Aber sie wollte nicht mit ihm streiten. Religion war doch per se Glaubenssache. Warum sollte sie damit ihre Beziehung vergiften?

»Ich kann dir versichern, dass kein Islamist der Welt Anstoß daran genommen hätte, dass dein Vater sich mit diesem Buch beschäftigt. Das ist Allgemeingut. Sein Wortlaut ist sicher auch im Internet zu finden.«

Während er den Tisch deckte, suchte sie danach und wurde schnell fündig. In der Berliner Staatsbibliothek konnte sie sich mit wenigen Klicks eine digitale Version aufs Handy laden.

»*Zu den Prophezeiungen, die Jesus, der Sohn Mariens, im Evangelium, das für die Christen von Gott zu ihm kam, über den Propheten gemacht hat, gehört das, was der Apostel Johannes nach dem Testament Jesu im Evangelium schrieb*«, las sie laut. »*Nämlich dass Jesus sprach: ›Wer mich hasst, der hasst auch den Herrn …‹* Nanu?«, sagte sie erstaunt. »Da wird ja Jesus zitiert!«

»Warum nicht?«

»*Wenn aber Munhamanna gekommen sein wird, den Gott euch senden wird aus der Gegenwart des Herrn, dann wird er Zeugnis geben von mir, und auch ihr werdet Zeugnis geben, weil ihr von Anfang an bei mir wart. Darüber habe ich zu euch gesprochen, damit ihr nicht klagt.* So weit die Worte Jesu. Munhamanna bedeutet auf Syrisch Muhammad, auf Griechisch ist es Paraklit.«

Katharina legte das Smartphone beiseite und runzelte die Stirn. Ein merkwürdiger Text. Anscheinend war er tatsächlich als wörtliche Rede von Jesus Christus gemeint.

»Jesus prophezeit hier das Kommen des Propheten Mohammed«, sagte Bassam.

»Wie seltsam.« Und warum erwähnte der Autor im Nachsatz dann auch noch den griechischen Namen für Mohammed? »Das klingt ja fast so, als würde der Islam vom Christentum seine Existenzberechtigung einfordern«, dachte Katharina laut.

»Einfordern? Die muss er nicht einfordern! Der Islam ist bereits im Christentum angelegt. Und früher wussten die Leute das auch noch. Schließlich war es Bahira, ein christlicher Mönch, der bei Mohammed das Siegel des Propheten zwischen den Schultern entdeckte. Er erkannte ihn, weil er ein uraltes christliches Buch besaß, in dem das geschrieben stand. Aber später habt ihr Christen eure Bücher gefälscht.«

Katharina sah ihn zweifelnd an.

»Glaub mir! Wenn die Bibel heute noch in ihrem Originalzustand wäre, könntest du die Ankündigung, dass ein weiterer Prophet kommen wird, auch dort nachlesen. Aber das ist ja leider das Dilemma eurer Religion: dass die Lehre Jesu im Gegensatz zu den Worten Mohammeds nicht im Original erhalten geblieben ist. Und genau das macht den Islam dem Christentum überlegen.«

»Hm …« Katharina wusste nicht recht, was sie ihrem Verlobten erwidern sollte. Sie störte sich nicht daran, dass er mit dem Christentum so hart ins Gericht ging. Schließlich war sie nicht sonderlich gläubig. Nur dass er dabei so unkritisch gegenüber seiner eigenen Religion blieb, irritierte sie etwas. »Und den Koran hältst du für völlig authentisch?«

»Ja, der Koran ist das Wort Gottes und über jeden Zweifel erhaben.«

Dem war nichts mehr hinzuzufügen. Katharina verzichtete darauf, das Thema weiter zu vertiefen. Die Diskussion, die Bassam bei dem letzten Treffen mit ihrem Vater geführt hatte, haftete ihr noch im Gedächtnis. Auch damals hatte er schon darauf bestanden, dass der Koran als wortwörtliche Rede Gottes zu verstehen sei. Wie stark sich sein Denken doch von dem ihres Vaters und dessen liberalen muslimischen Freunden unterschied.

Sie konnte sich noch gut daran erinnern, wie es war, wenn Vater seine Kollegen mit nach Hause brachte: Männer aus allen möglichen arabischen Ländern, die er entweder bei seinem Forschungsaufenthalt als junger Wissenschaftler im Jemen oder auf späteren Reisen kennengelernt hatte. Ganz besonders hatte sie Omran, den Münzexperten aus Jordanien, gemocht, den sie einmal gemeinsam in Amman besucht hatten. Aber auch die anderen; sie waren allesamt lustige und kluge Leute. Und Freigeister. Stets war bei ihren Treffen lautstark diskutiert worden – und viel Wein geflossen. Bassam hingegen rührte keinen Tropfen an.

»Was macht unser Essen?«, fragte sie ihn, um das Thema zu wechseln. »Ist es nicht bald fertig?«

»Fix und fertig«, antwortete er nun wieder in seiner vertrauten, liebevollen Art. Auch Bassam schien erleichtert, sich nicht weiter mit diesen Dingen befassen zu müssen. Und die Lasagne duftete verlockend.

»Ich sterbe vor Hunger«, behauptete Katharina, während er die heiße Auflaufform aus dem Ofen holte. Sie setzten sich an den Tisch und zündeten eine Kerze an. Anstelle des Weins gab es Apfelsaft, was auch nicht weiter schlimm war. Sie mussten sich eben aufeinander einstellen, wenn sie miteinander leben wollten.

»Guten Appetit«, sagte sie.

»Lass es dir schmecken.«

»Hm, köstlich!«, schwärmte sie nach dem ersten Bissen. »Du bist wirklich ein erstklassiger Koch.«

Er lächelte geschmeichelt. Katharina sah in seine großen, braunen Augen und verlor sich darin. *Ja,* dachte sie, *ich liebe diesen Mann.* Auch wenn sie beide sehr verschieden waren.

16. August, morgens, Berlin

Mart Thewes erwachte mit einem flauen Gefühl im Magen. Er lag in einem Zimmer, das er nicht kannte. Blinzelnd inspizierte er die Umgebung: Stuhl, Schreibtisch, jede Menge Kleidungsstücke, die wild durcheinanderlagen, die weißen Laken und die noch weißere Frau, die darin lag. All das hätte ihm vermutlich irgendetwas sagen sollen. Aber es sagte ihm nichts – Filmriss.

Wer zum Teufel war die Frau? Und wo war die Toilette? Er machte einen Versuch aufzustehen, doch sein Kopf hämmerte zu stark. Kraftlos ließ er sich zurück ins Bett sinken. Die Sonnenstrahlen, die durch das ungeputzte Fenster drangen, schienen sich über ihn lustig zu machen. Unbarmherzig beleuchteten sie eine Situation, die er hasste und der er eigentlich hatte abschwören wollen: dem Morgen danach. Einem Morgen in irgendeiner fremden Wohnung neben einer Frau, die er weder kannte noch kennenzulernen gedachte. Warum hatte er sich gestern Nacht nicht einfach ein Taxi genommen, nachdem es vorbei war? Es ärgerte ihn, dass er immer wieder in diese Falle tappte. Schließlich war er kein Anfänger mehr.

Er kannte die Spielregeln: Selbst eine Frau, die er am Abend noch so sehr begehrte, wirkte im Licht der Morgensonne fahl und unattraktiv. Der Rotschopf bildete da keine Ausnahme. Dass er nackt war, nahm Thewes kaum noch zur Kenntnis. Stattdessen überlegte er, warum um Himmels willen sie in dieser merkwürdigen Position verharrte, auf dem Bauch liegend wie ein Käfer, der alle viere von sich streckte. Die Züge ihres Gesichts, das sie schlafend in seine Richtung gewandt hatte, wirkten erschlafft und erheblich weniger hübsch als gestern. Wie hieß sie doch gleich? Lara, richtig, eine Mitarbeiterin Niemeyers. Sie waren gestern zusammen abgestürzt … oh nein!

Langsam kehrten die Ereignisse des Vortags bruchstückhaft in sein Gedächtnis zurück: das Absperrband, die Polizeiautos, Niemeyer. Und je mehr Details Thewes erinnerte, desto miserabler fühlte er sich. Der ganze Tag war ein Desaster gewesen. Zumindest karrieretechnisch hatte er ihn zurück in die Steinzeit katapultiert. Wenn das so weiterging, würde ihn sogar noch seine kleine Schwester überholen. Sie war auf dem besten Wege. Und was sollten dann seine Eltern denken?

Sie hatten ihm immer gesagt, dass er alles erreichen könne, was er wollte. Nicht weil sie ihm schmeicheln wollten, sondern weil es sich in ihren Augen so verhielt. Wenn man sich etwas in den Kopf setzte, dann klappte es auch. Ob nun in puncto Beruf oder bei den Frauen, er musste sich nur richtig ins Zeug legen, dann erreichte er sein Ziel auch. Es gab niemanden und nichts, das ihn aufhalten konnte.

Er wusste nicht, ob er ihnen dankbar sein sollte, dass sie ihn nach diesem Motto erzogen hatten. Denn dieser Leitsatz brachte auch eine nicht zu unterschätzende Verantwortung mit sich. Schließlich ließ er keinen Raum, keinerlei Entschuldigung für ein Scheitern. Der Erfolg war eine Verpflichtung.

Schon jetzt wusste er, wie sie reagieren würden, wenn er ihnen von seinem Misserfolg in Europa berichtete. Sie würden behaupten, er habe sich nicht genügend angestrengt – und hätten wahrscheinlich recht damit. Aber was sollte er denn tun?

Sein Blick fiel auf einen elektronischen Wecker, der 8:10 Uhr zeigte. Oh mein Gott! Um 8:45 Uhr begann sein Seminar an der Uni. Hastig schlug er die Decke zur Seite. Nichts wie weg hier! Beim Aufstehen versuchte er, keinen Lärm zu machen, damit Lara nicht aufwachte. Nichts wäre ihm unangenehmer, als jetzt auch noch mit ihr Small Talk machen zu müssen.

Er hatte schon vor längerer Zeit beschlossen, dass jede engere Bindung zu Frauen in seinem Leben eigentlich nur Ballast bedeutete. Vor Jahren hatte er mal eine feste Freundin gehabt, Stella. Sie hatten sogar zusammen gewohnt, bevor sie feststellten, dass sie sehr unterschiedliche Vorstellungen von der Zukunft hatten. Sie wollte in der Nähe von New York bleiben, wollte Kinder. Aber Thewes war nicht bereit, sich auf irgendetwas festzulegen, bevor seine Karriere nicht in trockenen Tüchern wäre. Denn natürlich musste er noch ein paarmal Ort und Job wechseln, wenn er es zu etwas bringen wollte. Anders ging es heutzutage gar nicht. Man brauchte als Wissenschaftler diese Flexibilität.

Seitdem vermied er feste Beziehungen. Seine Affären genügten ihm völlig. So hielt er den Kopf für wichtigere Dinge frei.

»Hey, gehst du schon?«, sagte Lara, als er sich gerade seine Hose anzog.

Thewes hielt ertappt inne. »Oh, guten Morgen. Ich wollte dich nicht wecken.«

»Macht nichts.« Sie richtete sich im Bett auf. Die roten Strähnen fielen ihr ins müde wirkende Gesicht. »In der Küche gibt es Kaffee.«

»Danke, aber …« *Wie sagt man einer Fremden, mit der man gerade erst vor ein paar Stunden geschlafen hat, dass man sie nie wiedersehen will?* Es war jedes Mal wieder eine Herausforderung. »Ich muss gleich an die Uni.«

»Verstehe«, antwortete sie beleidigt. »Dann sehen wir uns im Institut wieder?«

»Oh ja, klar!« Verdammt, darum würde er wohl nicht herumkommen.

Eilig raffte Thewes seine Klamotten zusammen und verließ Laras Wohnung.

16. August, nachmittags, Berlin, Knösel Verlag

Der Lektor winkte ab. »Nein, mit Sternberg sind wir nicht ins Geschäft gekommen«, sagte er missmutig. Das hatte er bereits dem Kommissar gesagt. Was wollten nur all diese

Menschen von ihm? Erst tauchte heute Morgen der BKA-Beamte auf und jetzt, ein paar Stunden später, die Tochter des Autors, Katharina Sternberg. Beide mit derselben Frage: woran Anton Sternberg genau gearbeitet habe. Und warum er, Kistenfeger, sein Projekt abgelehnt habe.

Heinrich Kistenfeger strich sich durch sein schütteres, weißes Haar. Die Sekretärin brachte der Besucherin ein Glas Tee herein. Er seufzte innerlich. Nun würde sie noch länger bleiben.

»Es ist genau so, wie ich es Ihnen gesagt habe: Ich habe mit Ihrem Vater zwar über die Sache gesprochen, mich aber letztlich doch dagegen entschieden. Das ist in unserer Branche eher die Regel als die Ausnahme.«

»Und warum?«

»Warum, warum … Es gibt bereits genug Mohammed-Biografien auf dem Markt. Und der Ansatz Ihres Vaters erschien mir, mit Verlaub, nicht sehr vielversprechend. Entschuldigen Sie, wenn ich so offen spreche.« Was für eine unangenehme Konversation, sich vor der Tochter eines gerade verunglückten Autors für die Ablehnung eines Buchprojekts rechtfertigen zu müssen. Das fiel ihm ja schon unter normalen Umständen nicht leicht.

Kommissar Matthes hatte ihm von der Gasexplosion in Sternbergs Villa erzählt, ein tragischer Unfall. Es passierte leider in so vielen alten Häusern. Wenn die Bewohner Pech hatten, waren sie gerade im falschen Moment anwesend – und peng! Das Leben war so unendlich fragil.

Kistenfeger verstand nur nicht, wie Matthes und Katharina Sternberg auf die Idee kamen, das Ganze könnte etwas mit dem Buch zu tun haben, das Anton Sternberg zu schreiben gedachte – oder gar mit ihm, seinem potenziellen Lektor. Oder vermuteten sie etwa, der Autor habe aufgrund seines Desinteresses Selbstmord begangen? Gott bewahre!

»Hören Sie! Ich kenne eine Menge Bücher, die erst beim zweiten oder dritten Anlauf von einem Verlag akzeptiert wurden. Sollte Ihr Vater ein Skript hinterlassen haben, dann probieren Sie es doch einfach bei …«

»Darum geht es nicht«, unterbrach ihn die Frau, die vom Alter her seine Tochter hätte sein können. »Wie ich Ihnen bereits gesagt habe, möchte ich lediglich herausfinden, womit sich mein Vater befasst hat, als er … Sie wissen schon.« Sie starrte auf ihre Teetasse.

Kistenfeger wurde weich. »Er wollte über die Figur des Propheten Mohammed im Kontext seiner Zeit schreiben. Soweit ich verstanden habe, war er ja Antiquitätenhändler und ist viel im Nahen Osten herumgekommen. Auf seinen Reisen hat er wohl zahlreiche Dokumente und Artefakte aus jener Zeit zusammengetragen.«

»Und diese Idee überzeugte Sie nicht?«

»Nein.« Kistenfeger kämpfte erneut gegen den Impuls an, sich vor seiner Besucherin zu rechtfertigen. »Antiquitäten gehören meiner Meinung nach ins Museum.«

»Aber es gibt doch genug Muslime, die sich für den Propheten und seine Zeit interessieren. Sie wären vielleicht dankbar für eine solche Publikation.«

Was verstehst du schon vom Buchmarkt, Mädchen? »Muslimische Leser bevorzugen in der Regel von Muslimen verfasste Biografien«, erklärte er. »Für diese Klientel wäre das Werk Ihres Vaters kaum geeignet gewesen.«

»Er verfolgte also einen wissenschaftlichen Ansatz?«

»Soweit ein Antiquitätenhändler dazu imstande ist.« Kistenfeger lächelte gequält. Dies war ein weiteres Argument gegen Sternbergs Arbeit gewesen: Durch den fehlenden

Professorentitel mangelte es ihm an Glaubwürdigkeit. Zudem hatte Professor Niemeyer, ein ausgewiesener Islamexperte und Leiter der Orient-Gesellschaft, ihn ziemlich ausdrücklich und vehement vor den »unwissenschaftlichen« Thesen des Hobby-Forschers Sternberg gewarnt.

»Hat mein Vater Ihnen verraten, aus welchen Dokumenten er zitieren wollte?«

Kistenfeger schüttelte den Kopf.

»Aber irgendwelche Beispiele wird er doch genannt haben!«

»Ich bedaure, nein.« Er seufzte. Nun überfiel Kistenfeger – gegen seinen Willen – doch der Anflug eines schlechten Gewissens. In Wahrheit hatte er die Einladung Sternbergs, ihn in seiner Villa zu besuchen und die Fundstücke in Augenschein zu nehmen, schlichtweg ausgeschlagen, nachdem Niemeyer ein so vernichtendes Urteil über die Qualität der Arbeit gefällt hatte. »So weit sind wir in unserem Diskurs leider nie gekommen.«

»Zu dumm.« Die junge Frau sah enttäuscht aus.

»Es tut mir leid, wenn ich Ihnen nicht weiterhelfen konnte«, sagte Kistenfeger. Das stimmte sogar. Würde sie jetzt endlich gehen?

»Haben Sie vielleicht eine Ahnung, wohin mein Vater gereist sein könnte, um für sein Buch zu recherchieren?«, fragte sie ihn plötzlich.

Kistenfeger starrte sie mit offenem Mund an. »Mein liebes Kind, Sie wissen doch …«, sagte er und brachte den Satz nicht zu Ende. Offenbar konnte sie sich nicht mit der grausamen Wirklichkeit abfinden. Vermutlich war sie vor lauter Trauer um ihren Vater durchgedreht. Wie herzzerreißend!

»Wann hatten Sie zuletzt Kontakt mit ihm?«, sagte Katharina in seinen Gefühlsaufruhr hinein.

»Da müsste ich nachschauen«, stammelte Kistenfeger. Er blätterte in seinem Kalender, in dem das Telefonat mit Sternberg jedoch nicht vermerkt war. »Ich glaube, vor ungefähr einer Woche.«

»Sprach er zu diesem Zeitpunkt von Reiseplänen?«

Der Lektor nickte. Das hatte Sternberg in der Tat getan. Und er hatte auch angekündigt, sich nach seiner Reise wieder bei ihm zu melden – für den Fall, dass er seine Meinung über das Buchprojekt bis dahin geändert hätte. Aber durfte er seiner Tochter das sagen? Kistenfeger rang mit sich. Auf der einen Seite rührte ihn Katharina Sternbergs hartnäckiger Glauben daran, dass ihr Vater trotz der Gasexplosion noch lebte. Auf der anderen hielt er es für unlauter, ihre Hoffnung zu nähren. »Ich glaube, er erwähnte so etwas«, hörte er sich sagen und registrierte, wie ihre Augen zu leuchten begannen. Er biss sich auf die Lippen.

Kistenfeger erhob sich, um seiner Besucherin zu signalisieren, dass er ihr Gespräch jetzt für beendet hielt. Er hatte nichts mehr zu sagen.

16. August, nachmittags, New York

Grace beugte sich über einen Leitz-Ordner, den ihr die Buchhalterin herausgesucht hatte. Es war schon der zwölfte, den sie an diesem Nachmittag durchsah. Darin abgeheftet waren fein säuberlich, sortiert nach Fachgebiet und Datum, die Quittungen sämtlicher Anschaffungen des Museums. Sie gähnte. Das Metropolitan hatte in den Neunzigern ziemlich viel Zeug zusammengekauft.

Die Stücke kamen von Auktionen, von kleineren Museen und manchmal auch von Privatsammlern oder Händlern. Ihre Wege waren in jedem Einzelfall genauestens dokumentiert worden. »Wir legen sehr viel Wert darauf, dass in unseren Vitrinen nur ›saubere‹ Artefakte ausgestellt werden«, hatte Mrs. Blythe, die Leiterin der Abteilung Vorderasien, eine streng gescheitelte Mittvierzigerin, ihr versichert. »Kunstraub unterstützen wir nicht.«

»Das unterstelle ich Ihnen auch nicht«, hatte Grace sie beruhigt. »Ich möchte einfach wissen, wo Sie die Fotos erworben haben.« Dass aber auch alle immer gleich so nervös wurden, sobald sie anfing zu recherchieren.

Trotzdem hatte ihr das Gespräch mit Mrs. Blythe in Bezug auf die Manuskripte vieles klarer gemacht. Zum Beispiel die Frage, warum ein Museum wie das Metropolitan sich überhaupt mit Fotos von ihnen abgab und nicht den Originalen hinterherjagte. »Die Jemeniten haben nur ganz kurz, nachdem die Skripte in der Alten Moschee von Sanaa entdeckt wurden, erlaubt, dass Ausländer sie zu Gesicht bekommen und sich mit ihnen befassen. Mit anderen Worten: Etwas anderes ist nicht auf dem Markt«, erklärte sie ihr.

»Und was ist so besonders an ihnen?«

»Es sind vermutlich die ältesten Koran-Manuskripte der Welt«, sagte die Frau.

Aha, dachte Grace, *das klingt doch sehr nach einer Vernichtungsaktion islamistischer Kreise.* Die hatten häufig Probleme mit sehr alten Koran-Versionen, vor allem, wenn diese nicht der später kanonisierten Form entsprachen. Schon die geringsten Abweichungen in dem Text, den sie für das Wort Gottes hielten, waren für sie inakzeptabel. Das wäre ein Motiv. Welche gab es sonst noch? Forscher, die kaschieren wollten, dass sie sich mit der Datierung geirrt hatten? Oder Kunsthändler, die einer Fälschung aufgesessen waren?

Bei welcher Gelegenheit die Fotos von ihnen angeschafft worden waren und wer an dem Deal beteiligt gewesen war, wusste Mrs. Blythe nicht. »Das ist bestimmt 20 Jahre her«, sagte sie entschuldigend. Und nein, leider habe man es bislang versäumt, sie zu digitalisieren. »Wir sind im Moment dabei, aber es braucht seine Zeit, bis wir mit allen durch sind.«

Die einzige Spur, die Grace blieb, war also der Anschaffungsbeleg, den sie nun bereits seit Stunden akribisch in den Ordnern suchte. Es war eine Fleißarbeit, die bislang nicht zum erhofften Erfolg geführt hatte …

Halt! Hatte sie da nicht etwas gesehen? Aufgeregt rückte sie ihre Lesebrille zurecht. *10 Schwarz-Weiß-Abzüge von Koran-Manuskripten. Entstehungsort, -datum: 1.4.82, Sanaa, Jemen,* entzifferte sie den Vermerk – und jubelte innerlich. Darunter war das Verkaufsdatum angegeben: *3.9.1998*. Und der Preis: *2000 Dollar*. 200 Dollar pro Foto hatte das Museum also berappt. Signiert hatte die Quittung ein gewisser *Anton Sternberg,* wohnhaft in: *Berlin, Waldemarstraße.*

Nicht wahr! War das etwa derselbe? Aufgeregt fummelte Grace das Smartphone aus der Handtasche, um sofort ein Foto von ihrer Entdeckung zu machen. Dann schickte sie das Dokument mit zittrigen Händen über den Atlantik zu ihrem Freund Volker Matthes. *Dein Antiquitätenhändler?*, schrieb sie im Betreff.

Angespannt starrte sie auf das Display. Sie konnte seine Antwort kaum erwarten.

16. August, abends, Werder

»Hier ist es«, sagte Katharina zu Bassam, während sie in den Stadtteil Derwitz einbogen. Sie kannte die Gegend. »Dort drüben, das Mehrfamilienhaus.«

Bassam hielt den Wagen an. »Soll ich unten warten?«, fragte er.

Katharina schüttelte den Kopf. »Nein, warum denn?« Sie hatte ihn gerne an ihrer Seite. Und dass die islamistischen Verschwörungstheorien der Polizei irgendeinen Keil zwischen sie trieben, ließ sie schon gleich dreimal nicht zu. »Ich habe keine Geheimnisse vor dir.«

Gemeinsam gingen sie zum Haus hinüber und studierten die Klingelschilder, bis sie den Namen *Gerlach* entdeckten. Sie wohnte im zweiten Stock.

»Hallo?«, fragte eine Frau über die Sprechanlage.

»Hallo, Frau Gerlach, hier ist Katharina Sternberg.«

Im nächsten Moment ertönte das Summen des Öffners, sie drückte die Tür auf.

»Mein Vater hält große Stücke auf sie«, erklärte sie Bassam, während sie die Treppe hochstiegen. »Sie schmeißt ihm schon seit Jahren den Haushalt.« Ohne Frau Gerlach wäre ihr Vater vermutlich verhungert. Sie kam zweimal pro Woche zu ihm, um zu putzen und zu kochen. Vor allem aber gab sie ihm ein Stück der Geborgenheit zurück, die er als Ehemann und Familienvater stets verschmäht hatte. Vielleicht, dachte Katharina mit einem Anflug von schlechtem Gewissen, war Frau Gerlach sogar die Person, die ihm im Moment am nächsten stand. *Abgesehen von seinem Kater Felix, teilt sie am meisten Alltag mit ihm, oder besser gesagt: teilte.*

Im zweiten Stock wartete sie bereits. Frau Gerlach war eine grobschlächtige Frau mittleren Alters mit einer mächtigen Statur und leuchtend rot gefärbten Haaren; Katharina glaubte, dass sie auch in ihrer Jugend nie hübsch gewesen sein konnte. »Sie sind doch die Tochter von Herrn Sternberg«, erkannte sie sie, obwohl sie sich nur wenige Male begegnet waren.

»Ja, das bin ich.« Katharina streckte ihr die Hand hin. »Und das ist mein Verlobter Bassam al-Nur.«

Frau Gerlach betrachtete vor allem Bassam mit unverhohlener Neugierde. »Bitte kommen Sie doch rein«, bat sie, als sie sich vom Schreck des unerwarteten Besuchs einigermaßen erholt hatte.

Sie betraten einen mit viel Krimskrams zugestellten Flur und ein Wohnzimmer, in dem vor einem grünen Plüschsofa ein übergroßer Fernseher thronte. Geistesgegenwärtig schaltete Frau Gerlach die Quiz-Show, die sie gerade geschaut hatte, auf stumm.

»Bitte entschuldigen Sie, dass wir hier einfach so vorbeikommen«, sagte Katharina.

»Das ist völlig in Ordnung«, versicherte ihr Frau Gerlach. »Waren Sie bei der Polizei? Es tut mir so leid …«

»Für Sie muss es ebenfalls ein Schock gewesen sein.«

»Oh ja, als ich gestern Morgen zum Saubermachen kam, habe ich gleich gemerkt, dass etwas nicht stimmte, dieser Geruch nach Verschmortem …« Sie schüttelte sich bei der Erinnerung. »Gibt es inzwischen neue Erkenntnisse?«

»Ja«, sagte Katharina. »Mein Vater ist zum Zeitpunkt des Unglücks nicht zu Hause gewesen.«

Frau Gerlach seufzte erleichtert, schien aber nicht wirklich überrascht. »Mir fällt ein Stein vom Herzen. Und die Gewebespuren, die die Polizei gefunden haben will?«

»Nun ja …« Katharina sah auf den Boden. »Sie gehören wohl … Felix.«

»Ach herrje!«

»Laut Polizei hat er im Schrank gelegen, als es passierte.«

»Das war sein neuestes Versteck«, bestätigte sie. »Das arme Tier.«

»Nun ja, immer noch besser der Kater als …«

»Ja, natürlich«, beeilte sich Frau Gerlach zu versichern.

Katharina fasste sich ein Herz. »Sagen Sie … Hat mein Vater Ihnen gegenüber vielleicht erwähnt, dass er in der nächsten Zeit verreisen wollte?«

»Nein«, antwortete sie. »Leider sagt er mir nur selten, was er plant.«

Das konnte sich Katharina lebhaft vorstellen. In diesem Leben würde er wohl nicht mehr lernen, die Leute in seinem Umfeld adäquat zu informieren. »Zu dumm«, sagte sie, halb zu Frau Gerlach, halb zu sich selbst. »Und haben Sie sonst etwas bemerkt, etwas, das auf eine geplante Reise hindeutete?«

Sie schien zu zögern. »Mir ist nichts aufgefallen …« Frau Gerlach mied ihren Blick. Katharina wusste nicht recht, was sie von ihren Kommentaren halten sollte. Sie hatte das komische Gefühl, die Frau verschwieg ihr etwas. »Frau Gerlach, bitte verstehen Sie, es ist ziemlich wichtig für mich zu wissen, wo mein Vater ist. Womöglich schwebt er in Gefahr!«

»Wie kommen Sie darauf?«, fragte die Haushälterin, die mit einem Mal ziemlich alarmiert aussah. *Umso besser,* dachte Katharina. Sie brauchte ihre Hilfe.

»Was wissen Sie über seine Arbeit?«, fragte sie sie. »Hat er Ihnen nie etwas darüber erzählt?«

Die Haushälterin schüttelte den Kopf. »Sie wissen doch, wie er ist.«

Ja, Katharina wusste, wie er war: ein Geheimniskrämer. Auch ihrer Mutter und ihr hatte er damals nie Zugang zu seinem Arbeitszimmer gewährt. Nur einmal, als sie noch ein Kind war, hatte sie sich abends in sein Zimmer geschlichen und ihn auf frischer Tat ertappt, als er gerade über einer seiner geliebten alten Schriften saß. Und noch ehe er sie verscheuchen konnte, hatte sie sich auf seinen Schoß gesetzt und ihn mit Fragen bombardiert: »Was ist das, Papa? Woher hast du das?«

»Das ist ein Foto von einem sehr alten Text.«

»Und was steht darin?«

»Das erklär ich dir, wenn du einmal groß genug bist, um es zu verstehen.«

Verdammt, dachte Katharina. Warum hatte sie ihn später eigentlich nie danach gefragt, was ihn an den alten Manuskripten so faszinierte, dass er Nacht um Nacht mit ihnen verbrachte? Zumindest als Erwachsene hätte sie sich die Mühe machen können. Vielleicht hatte er etwas sehr Wichtiges in diesen Schriften entdeckt.

»Gab es in letzter Zeit irgendwelche besonderen Vorkommnisse?«, unternahm sie einen letzten Versuch, Frau Gerlach zum Reden zu bewegen. »Hatte er vielleicht Besuch?«

Die Frau überlegte einen Augenblick. »Ja, Besuch hatte er schon«, sagte sie unentschlossen.

»Von wem?«

»Ein alter Studienkollege hat ihn aufgesucht. Mittlerweile ist er wohl der Direktor von irgendeinem wichtigen Institut in Berlin. Niemeyer heißt er, glaube ich, ein ziemlich hohes Tier jedenfalls. Er kam ganz schnieke mit Anzug und Einstecktuch. Wusste, ehrlich gesagt, gar nicht, dass Ihr Vater mit solchen Leuten in Kontakt steht …«

Katharina sah sie gebannt an. »Meinen Sie etwa Professor Niemeyer, den Direktor der Orient-Gesellschaft?«, vergewisserte sie sich. Ihr Herz schlug schneller. »Was haben die beiden miteinander besprochen?«

»Das weiß ich nicht. Aber ich glaube, der andere wollte irgendetwas von ihm, etwas, was angeblich ihm gehörte. Das habe ich rein zufällig vom Nebenzimmer aus mitgehört.

Und dann drohte er noch, dass etwas Schreckliches passieren würde … Ein unangenehmer Typ, ich hasse solche Menschen!«

»Und dann?«

»Nun ja, Ihr Vater war danach natürlich ziemlich schlecht gelaunt. Das kann man ja verstehen. Ich meine, er machte sich wahrscheinlich Sorgen …«

»Wie lange ist das jetzt her?«

»Ungefähr eine Woche.«

Katharina sah ihr eindringlich in die Augen. »Und Sie wissen wirklich nicht, was Vater vorgehabt haben könnte?«

»Nein!«, behauptete sie schrill. »Das sagte ich doch bereits!« Und plötzlich begann sie zu weinen.

Katharina warf Bassam einen hilflosen Blick zu. Sie wusste nicht, was sie tun sollte. »Aber Frau Gerlach, bitte beruhigen Sie sich doch!«

»Er ist einfach so abgehauen, ohne mir etwas zu sagen!«, beteuerte die Frau. »Aber natürlich habe ich bemerkt, dass er seine Tasche gepackt hat …« Sie schniefte. »Und dann, wenige Tage später, komme ich zur Villa und sehe, dass alles zerstört ist. Können Sie sich vorstellen, was für ein Schock das war?«

Katharina nickte; ihr ging es nicht anders. Sie überlegte. Vielleicht hatte ihr Vater einfach Glück gehabt, dass er während der Explosion nicht im Haus war. Vielleicht hatte er aber auch geahnt, was passieren würde – und war deswegen verschwunden. »Ich mache mir schreckliche Sorgen um ihn«, gestand sie Frau Gerlach. »Wenn ich nur wüsste, wie ich ihn finden könnte.«

Die Haushälterin hatte inzwischen ihre Tränen getrocknet. Sie sah Katharina nachdenklich an. »Ich glaube, ich hätte da eine Idee«, sagte sie.

17. August, unbekannter Ort

Der Besucher der Bibliothek betrachtete die Papyri mit einer Lupe unter der Leselampe. Sie wiesen kaum Fingerabdrücke oder abgerissene Stellen auf, nur ein wenig porös war das alte Material. Dass es so gut erhalten geblieben war, lag vermutlich an dem trockenen Klima. Es förderte die Konservierung.

Er begann damit, sich all die Wörter herauszuschreiben, die ihm im modernen Arabischen nicht geläufig waren, um sie sodann in verschiedenen Wörterbüchern nachzuschlagen. Wurde er nicht fündig, so schaute er in die Vokabelsammlung des Alt-Syrischen. Ja, bei dem Text handelte es sich um eine frühe Form des Alt-Arabischen mit syrischem Einschlag, erkannte er schnell. Die Papyri mussten also ungefähr in derselben Epoche wie die Skripte aus dem Jemen entstanden sein. Oder gar früher. Waren sie das Verbindungsstück, nach dem er schon so lange suchte?

»Iqra bi-smi rabbak, alladi halaq – Ruf an den Namen deines Herrn, der erschaffen hat, erschaffen den Menschen vom Lehm. Rufe an, denn dein Herr ist gnädig, der mit der Schrift lehrte, lehrte den Menschen, was er nicht wusste«, übersetzte er.

Fast klang es wie ein Gebet.

18. August, abends, Potsdam, Heilandskirche Sacrow

Langsam bog der Audi in den Park an der nächtlichen Havel. Schwarze Bäume zogen rechts und links an der Lichtschneise des Scheinwerfers vorbei. Der Fahrer steuerte zur Heilandskirche am Port von Sacrow. Er hielt am Ufer direkt vor dem Glockenturm und wartete eine Weile.

Erst nachdem er sich überzeugt hatte, dass kein anderer Besucher zugegen war, stieg er aus. Ein Hase flüchtete ins

Gebüsch, als er zum Turm hinüberging. Sogar die Tiere, schien es, hatten Angst vor ihm. Und das, obwohl die Dunkelheit ihren Schleier über die Unansehnlichkeit seiner Person warf, über die Narbe, die in seinem Gesicht prangte und sich über die gesamte linke Hälfte seines Körpers erstreckte. Über das Brandmal, das Zeichen seiner Schande. Das Mal sollte ihn daran erinnern, dass Gott zornig auf ihn war. Dass er eine Bestrafung für seine Sünden verdiente. So jedenfalls hatte es ihm der Meister erklärt.

Die Tür zum Treppenhaus des Campanile fand der nächtliche Besucher nur angelehnt. Sein Herz klopfte aufgeregt. Der Meister musste bereits eingetroffen sein!

Hastig erklomm er die Stufen zur Empore. Aber mit jeder Stufe sank sein Mut. Denn was sollte er ihm berichten? Noch bevor er das Belvedere erreichte, fühlte er sich so nichtswürdig und nutzlos wie damals, als er noch ein kleiner Junge gewesen war und der Brand im Kinderheim getobt hatte. In jener schrecklichen Nacht, in der die Flammen nach ihm griffen und ihn peitschten, während er sich in seiner Matratze vergrub, weil sie ihn im Schlafsaal vergessen hatten.

Alle hatten sie ihn vergessen, seine Erzieher, die anderen Kinder, einfach alle, bis auf einen. Der Meister war es, der sich an ihn erinnerte und zu ihm in den Saal geeilt kam. Als die Flammen sich bereits in seine Haut fraßen, warf der Erwachsene eine Decke über seinen geschundenen Körper und erstickte sie, packte ihn mit starken Armen und trug ihn aus dem Inferno hinaus.

Der kleine Junge fühlte unendliche Dankbarkeit, hatte er ihm doch das Leben zurückgegeben, das Gott bereits auslöschen wollte. »Das waren die Flammen des Satans, mein Junge. Sie sind zu dir gekommen, um dich zu bestrafen, weil du nicht artig warst«, hatte er ihm erklärt. »Wirst du ab jetzt ein braver Junge sein, wirst du tun, was ich dir sage?« Und natürlich hatte er seinem Retter ewige Treue gelobt.

»Bei Gott, ich will dein Werkzeug werden«, hatte der Junge mit der Narbe geschworen und sein Leben in den Dienst des Mannes gestellt, den sie nach seinem Gelübde Ismael nannten. Er würde alles tun, was dieser von ihm verlangte – alles. War seine Existenz doch ein Geschenk aus Ismaels Händen.

»Guten Abend, mein Sohn«, begrüßte ihn eine vertraute Stimme auf dem Belvedere. Die massige Gestalt des Meisters stand neben der großen Bronzeglocke. Die Kapuze seiner Kutte hatte er tief ins Gesicht gezogen. »Bringst du mir gute Nachrichten?«

Der Mann mit der Narbe ging vor ihm auf die Knie. »Alles läuft nach Plan«, beteuerte er. »Die Sammlung in Berlin und die Exemplare in New York habe ich mit Säure übergossen. Davon ist nichts mehr übrig …«

»Gut. Steh auf«, sagte der Meister. »Und die Exemplare in der Villa Sternberg?«

»Sind vermutlich verkohlt.«

»Vermutlich? Was soll das, bitte schön, heißen?«

»Ich … bin mir nicht ganz sicher.«

»Willst du mich zum Narren halten?«

»Nein, Meister …« Er spürte die Narbe in seinem Gesicht pochen. Mit einem Mal fühlte er sich genauso hässlich wie damals, als alle ihre Blicke von ihm abwandten. Alle bis auf den Meister. »Meister, ich kann mir selbst keinen Reim darauf machen. Jedenfalls war die Villa bereits zerstört, als ich kam.«

»Und Sternberg?«

»Nicht anwesend.«

»Das darf doch nicht wahr sein!«

Der Meister schnappte nach Luft. Seine Enttäuschung schmerzte seinen Zögling mehr als jede körperliche Züchtigung. »Lasst mir nur noch etwas Zeit«, bat er. »Ich bin bereits dabei, Nachforschungen anzustellen. Ich werde alles in Ordnung bringen!«

»So? Und wie, wenn ich fragen darf?«

»Ich folge Sternbergs Tochter. Sie wird mich zu ihm bringen – und zu den restlichen Manuskripten.«

Der Meister schnaubte. »Du bist und bleibst ein Krüppel. Ein entstellter Nichtsnutz. Ach, hätte ich dich doch verbrennen lassen!«

»Habt Geduld, Herr! Bitte wendet Euch nicht ab von mir.« Der Mann fiel abermals auf die Knie. Er küsste die Hand des Meisters und versprach: »Bald schon wird alles zu Eurer vollsten Zufriedenheit erledigt sein.«

Kapitel 2

20. August, unbekannter Ort

Der alte Mann neigte das Gesicht zu Boden. Die Bewegung fiel ihm schwer, sein Körper war schon sehr gebrechlich. Doch er wollte darauf keine Rücksicht nehmen.

Unter Händen und Knien fühlte er den nackten Stein, mit dem er sein Schlafgemach hatte auslegen lassen. Er spürte die Wundmale auf der Haut. Und endlich floss das Blut und benetzte den Stein. *So ist es richtig,* dachte er. *Das Blut muss fließen, das Opfer vollbracht werden.*

Aber würde der Herr seine Gabe auch annehmen? Würde er seine Gebete erhören? Diese Frage peinigte den Alten. Bang sah er dem dunklen Strom nach, der in die Fugen zwischen den Steinen sickerte. *Der Fels ist mein Herr; der Herr verschlingt seinen Diener.*

Doch er wusste auch, dass kein Opfer der Welt das Versagen aufwiegen konnte, dessen er sich schuldig gemacht hatte. Die Aufgabe, die ihm gestellt worden war, war noch nicht erfüllt.

Die Schmach haftete an ihm, sie zermürbte ihn. Der Alte stieß erneut die Stirn auf den Stein, und Tränen liefen ihm übers Gesicht. *Herr, vergib mir! Vergib mir, dass ich zauderte.* Blut und Tränen versickerten. Ein Tribut an den Herrn. *Ich bin Deiner nicht würdig, mein Gott. Vergib mir! Vergib mir!*

Immer fester schlug er den Kopf auf den kalten Felsen. Er verdiente den Schmerz, er verdiente Bestrafung. »Hab Erbarmen mit mir«, bettelte er laut – und hasste sich für den jämmerlichen Auftritt. Er verdiente weder Barmherzigkeit noch Mitleid. Erst wenn er seiner Aufgabe gerecht wurde, durfte er auf Erlösung hoffen. Er musste sicherstellen, dass in den Herzen der Gläubigen kein Zweifel mehr gesät werden konnte. Niemals und von niemandem. Ja, er wollte das Übel an der Wurzel packen, jede zukünftige Irritation musste er bereits heute im Keim ersticken!

Wenn die einzige und wahre Lehre auch für künftige Generationen gesichert wäre, konnte er vor seinen Herrn treten. *Ich habe Dein Werk vollbracht,* würde er dann sagen. *Du hast zu Recht Vertrauen in mich gesetzt und mir all die irdische Macht zugesprochen.*

»Gib mir noch eine einzige Chance, die Dinge in Ordnung zu bringen«, bettelte der Alte. Er spürte es deutlich: Seine Zeit wurde knapp.

21. August, frühmorgens, zwischen Berlin und Sanaa

Mart Thewes lehnte sich in seinem Flugzeugsitz zurück und tätschelte die brandneue Kamera, die auf seinen Knien lag. Er hatte sich ein Profi-Gerät geleistet, sündhaft teuer. Aber selten hatte er bei einer Investition ein so gutes Gefühl gehabt. Auch zwei externe Festplatten hatte er vor Abflug noch erstanden. Bestimmt konnte er sich das Geld später von einem Institut oder einer Uni erstatten lassen. Jedenfalls fühlte er sich jetzt für seine Mission gewappnet.

Sein Plan war genial. Er wollte den verlorenen Schatz der Berliner Orient-Gesellschaft im Jemen auf eigene Faust zurückerobern. Er würde die Manuskripte einfach erneut abfotografieren. Warum denn auch nicht? Was der alte Niemeyer damals geschafft hatte, müsste doch auch ihm gelingen. Oder etwa nicht? Schlimmer als dieser arrogante Schnösel dürfte er sich kaum anstellen.

Der Rektor seiner Heimat-Uni in New York hatte jedenfalls ziemlich begeistert reagiert, als er ihn von Berlin aus angerufen und ihm von der Zerstörung der Fotosammlung sowie von seiner Idee erzählt hatte, sich im Jemen um eine Fotografiergenehmigung zu bemühen. »Machen Sie das, bevor irgendjemand anderes auf die Idee kommt«, hatte er sofort gesagt. »Können wir Sie irgendwie unterstützen?«

»Ja. Besorgen Sie mir schnell ein Forschungsvisum für den Jemen.«

»Betrachten Sie das als erledigt. Ich setze mich sofort mit der Botschaft in Verbindung«, hatte der Rektor ihm versprochen. Und tatsächlich, innerhalb weniger Tage hatte Thewes seinen Stempel im Pass gehabt.

Der alte Fuchs glaubte natürlich, dass der Schatz automatisch ihm und seiner Uni zufiele, wenn Thewes ihn ablichtete. Doch wenn er sich da nicht täuschte! Denn was diese Frage betraf, wollte Thewes durchaus flexibel agieren. Wenn er die Fotos erst einmal in den Händen hielte, würde er sie zu dem Institut oder der Hochschule bringen, die ihm das beste Angebot machte, ob in New York, Berlin oder sonst wo. Die Konditionen, die man ihm als Professor bot, zählten. Schließlich musste er auch mal an sich denken.

Die Maschine rappelte, sie befanden sich bereits im Landeanflug. »Bitte schnallen Sie sich an, und klappen Sie Ihre Tische ein«, ertönte die Stimme einer Stewardess aus dem Lautsprecher. Sorgsam verstaute Thewes die Kamera wieder im Handgepäck und setzte sich auf seinen Platz zurück.

Aus dem Fenster erhaschte er einen Blick auf die jemenitische Hauptstadt, die inmitten eines Gebirgszugs lag. Der Bürgerkrieg und die Luftangriffe der Saudis hatten deutliche Spuren hinterlassen, etliche Bauten in der Innenstadt waren zerstört. Aber die Minarette zahlreicher Moscheen ragten immer noch wie erhobene Zeigefinger in den Himmel. Auf einem Hügel erblickte er die Festung der Osmanen, die den Jemen bis ins 20. Jahrhundert regiert hatten. Über zwei Millionen Einwohner und unzählige Flüchtlinge lebten heute hier. Ihre Behausungen krochen bis in die staubigen Berge hinauf.

Das Flugzeug senkte sich abrupt und landete auf einer kurzen Rollbahn. Kaum zu glauben, jetzt war er tatsächlich hier! Thewes fühlte sich großartig. Er spürte, dass er die richtige Entscheidung gefällt hatte. Endlich nahm er selbst das Heft in die Hand und machte sich nicht länger von der Gunst irgendwelcher alternden Professoren abhängig. Er würde ganz groß rauskommen. Es wurde auch Zeit!

Beschwingt erhob er sich aus seinem Sitz, holte das Gepäck aus der Ablage und ging in Richtung der Kabinentür.

21. August, morgens, Berlin

Volker Matthes tapste von einem Fuß auf den anderen, während er immer wieder seine Armbanduhr kontrollierte. Es war kurz nach halb neun morgens. Wo blieb Grace nur so lange? Ihre Maschine aus New York war doch bereits vor 14 Minuten gelandet.

Nachdem er ihr davon berichtet hatte, dass es in Berlin noch an einem weiteren Ort einen Anschlag auf Fotos von Koran-Manuskripten gegeben hatte, war seine amerikanische Freundin hellhörig geworden und hatte ihn damit beauftragt, alles über diese mysteriösen Fotos und ihren Fotografen, den Antiquitätenhändler Anton Sternberg, in Erfahrung zu bringen. Im Zuge seiner Recherchen hatte Matthes allerdings herausgefunden, dass nicht nur der alte Sternberg damals die Manuskripte in Sanaa abgelichtet hatte, sondern auch Professor Niemeyer, der amtierende

Leiter der Orient-Gesellschaft, jener Gesellschaft, an deren Institut beinahe zeitgleich mit der Explosion im Hause Sternberg ebenfalls Fotos vernichtet worden waren.

Grace war wie elektrisiert gewesen, als er ihr diese Erkenntnisse mitteilte. »Das heißt, die beiden Männer waren zusammen in Sanaa, um die Manuskripte zu fotografieren? Und jetzt kommen sie ihnen zeitgleich abhanden?«, hatte sie bei einem ihrer Skype-Gespräche ungläubig gefragt. »Ich muss mir diesen Herrn Institutsdirektor vorknöpfen!«

Beide ahnten, dass dies keine harmlose Fehde unter Forschern war.

Matthes behielt die Glastür im Auge. Er hatte Grace mehrere Jahre lang nicht mehr gesehen und konnte kaum glauben, dass sie wirklich zu ihm kam.

Er hatte ihr ein Hotel reserviert. Etwas »Zentrales, Praktisches« hatte sie sich gewünscht, trotzdem hatte er vorsichtshalber etwas Hochpreisiges ausgewählt. Das Hyatt am Potsdamer Platz erschien ihm gerade edel genug. Ob er damit ihren Geschmack getroffen hatte? Wenn nicht, könnte er sicher umbuchen. Das Ritz und das Maritim lagen nur wenige Meter entfernt.

Und dann kam sie. Matthes hätte sie auch auf hundert Meter Entfernung erkannt. Grace war ungefähr einen halben Kopf kleiner als alle anderen Passagiere. Sie trug ein elegantes, beiges Kostüm und zog einen metallenen Rollkoffer hinter sich her. Ihre perfekt geschminkten blauen Augen strahlten hell in dem alterslosen Gesicht. Und obwohl gerade ein Transatlantikflug hinter ihr lag, saß die blonde Kurzhaarfrisur so perfekt, als hätte sie sie gerade noch auf der Flugzeugtoilette geföhnt, was er im Übrigen nicht für ausgeschlossen hielt.

»Nett von dir, dass du mich abholst!«, begrüßte sie ihn.

»Aber selbstverständlich«, stammelte er, während sie ihm Küsschen auf die Wange gab. »Hattest du einen guten Flug?«

»Wunderbar.«

»Du musst erschöpft sein. Ich bringe dich erst einmal ins Hotel«, sagte er und wollte nach ihrem Koffer greifen. Aber Grace hielt seine Hand fest.

»Ich habe mich im Flugzeug genug ausgeruht«, widersprach sie. »Lass uns lieber gleich zu diesem Institut fahren.«

»Ja, natürlich«, sagte er.

21. August, morgens, Sanaa

Die Hitze traf Thewes wie ein Schlag, als er aus dem Flugzeug stieg. Zusammen mit den anderen Gästen lief er übers Rollfeld in Richtung des Flughafengebäudes, das überall Einschusslöcher aufwies.

Soldaten lotsten sie in einen weißen Container. Dort saßen in lange arabische Gewänder gehüllte Beamte, die nach ihren Pässen verlangten. Mit gelangweilten Mienen prüften sie die Dokumente der wenigen Reisenden. Thewes' Nationalität fanden sie exotisch. »*Amrika?*«, erkundigte sich der Mann, der seinen Pass in den Händen hielt. Thewes nickte. Der Mann zog die Brauen hoch und notierte sich den Namen des Hotels, in dem er absteigen würde. Thewes war erleichtert, als er schließlich durchgewinkt wurde. Hinter dem Schalter nahm er seine Reisetasche in Empfang und passierte die Soldaten, die sich am Eingang zum Flughafenareal postiert hatten. Suchend sah er sich um.

»Mister Mart?«, sprach ihn ein junger Mann an. Er trug ein Jackett über seinem weißen Gehrock und einen Dolch am Gürtel, die landesübliche Tracht. Unter seinem Vollbart lächelte er und wies auf ein Schild, auf dem in unbeholfenen lateinischen Lettern Thewes' Vorname geschrieben stand.

»Das bin ich«, antwortete er auf Arabisch.

Der Dolchträger verstand ihn. »*Awan wa salan* – willkommen!«, sagte er. »Ich komme vom Davoud-Hotel, um Sie abzuholen.« Thewes registrierte, dass die jemenitische Aussprache des Mannes ziemlich nahe am Hocharabischen war. Gut, so würde er kaum Schwierigkeiten haben, sich zu verständigen.

Der Jemenit nahm Thewes die Reisetasche ab und eilte damit in Richtung Parkplatz. Thewes folgte ihm. Es schoss ihm durch den Kopf, dass er von dem Mann keinerlei Dokumente gesehen hatte, die ihn als Mitarbeiter des Hotels auswiesen. Sollte er danach fragen, oder war das übertrieben misstrauisch? Da er auf die Schnelle keine Antwort finden konnte, trabte er hinter dem vermeintlichen Hotelangestellten her bis zu einem Minibus, der ziemlich heruntergekommen wirkte. Ob er bei der Hotelbuchung im Internet vielleicht zu knauserig gewesen war? Aber die anderen Fahrzeuge auf dem Parkplatz sahen nicht viel besser aus. Der Mann öffnete die hintere Tür und verstaute die Reisetasche seines Gastes auf der Rückbank. Thewes lud er ein, sich neben ihn zu setzen.

»Was führt Sie zu uns?«, fragte der Fahrer, während er den Wagen auf eine trockene Piste lenkte. Thewes kurbelte das Fenster herunter, heißer Staub wirbelte ihm entgegen. Anhand der Schilder am Straßenrand vergewisserte er sich, dass sie auch wirklich auf dem Weg ins Stadtzentrum waren. Ja, alles in Ordnung. »Sind Sie von der CIA?«, fragte der Mann.

Thewes begann zu husten. »Wie bitte? Nein!« Wie kam der denn auf die Idee?

»Was machen Sie sonst hier?«

»Ich bin … Orientalist.«

»Orientalist. Aha, ich verstehe.« Sein Chauffeur musterte ihn von der Seite. Er schien ihm kein Wort zu glauben. Und irgendwie konnte Thewes das sogar verstehen. Schließlich verirrten sich derzeit keine Touristen oder Kulturinteressierte ins Land. Niemand, der keinen handfesten Grund hatte, wagte die Reise.

»Ich erforsche alte Manuskripte«, fühlte er sich verpflichtet hinzuzufügen. »In der Alten Moschee von Sanaa wurden doch Koran-Manuskripte gefunden. Es ist schon ein paar Jahrzehnte her.«

»Ah, die berühmten Manuskripte!«

»Sie haben von ihnen gehört?«

»Ja, natürlich, wer nicht? Aber da sollten Sie vorsichtig sein.«

»Wie meinen Sie das?«

»Als Westler sind Sie da nicht erwünscht.« Der Mann druckste herum. »Früher hat es nicht so eine große Rolle gespielt, aber heute reagieren einige Leute sensibel, wenn Nicht-Muslime sich für die Manuskripte interessieren.«

»Hm, danke für den Hinweis.«

»Sind diese Manuskripte so wichtig für Sie?«, fragte der Fahrer weiter. »Ich meine, dass Sie dafür extra hierherkommen?« *Mitten in ein Krisengebiet,* war das, was er nicht aussprach. Mit jedem Meter, den sie sich dem Stadtzentrum näherten, wurde dieser Umstand sichtbarer: An vielen Stellen klafften große Löcher in der Straße, während sich am Straßenrand Schutthaufen auftürmten. Sanaa wirkte bereits hier in den Außenbezirken übel zugerichtet.

»Ja, ich … äh …« Bevor er weitere Erklärungen abgeben konnte, vernahm Thewes ein dumpfes Grollen. Über den

Dächern erspähte er ein Kampfflugzeug, das extrem niedrig flog. Sein Herz begann, wie wild zu pochen. Was zum Teufel tat er hier?

»Keine Sorge«, brüllte sein Fahrer gegen den Lärm an. »Sie schüchtern die Leute nur ein!« Thewes wusste nicht, ob er das wirklich beruhigend finden sollte. In den Nachrichten hatte es so geklungen, als seien die Kämpfe inzwischen vorbei.

»Waren das die Saudis?«, fragte er, als die Maschine am Horizont verschwand und das Grollen abebbte. »Es hieß doch, sie hätten ihre Angriffe eingestellt.«

»Auf zivile Ziele, ja«, bestätigte der Jemenit. »Aber unsere Nachbarn stellen sicher, dass sich keine Terroristen hier herumtreiben. Also zumindest keine, die nicht auf ihrer Seite stehen.«

»Mitten in der Hauptstadt?«

»Wie Sie sehen.« Der Fahrer lachte bitter.

Kurz darauf erreichten sie das Stadtzentrum mit den vielen engen Gassen, die sich durch die für die Stadt typischen, mehrstöckigen Lehmziegel-Hochhäuser wanden. Einige von ihnen waren im Zuge der Luftangriffe zu Schuttbergen geworden, aber etliche hatten – wie bereits in den Jahrhunderten zuvor – standgehalten.

Vor einem dieser uralten Türme hielt der Jemenit an.

21. August, vormittags, Berlin

Sie saßen in Professor Niemeyers Büro. Der alte Akademiker wirkte zerknittert, die Zerstörung seines Fotoschatzes hatte ihn augenscheinlich mitgenommen. Jedenfalls sah er aus, als habe er in den vergangenen Nächten kaum geschlafen. »Sie und Ihre Kollegen waren doch schon hier«, sagte er zu Volker Matthes. »Ich habe Ihnen bereits alles gesagt, was ich zu den Ermittlungen beitragen konnte.«

»Ich weiß, ich weiß«, beschwichtigte der ihn. »Wir wissen Ihre Kooperation auch sehr zu schätzen. Das ist übrigens Grace Dumont, meine Kollegin von der CIA.«

»Von …?« Der Professor zog ungläubig die Brauen hoch.

»Sag ihm, er soll mir mehr über die Entstehung der Fotos erzählen«, verlangte Grace. Matthes übersetzte für sie, da er sich nicht sicher war, ob Niemeyer ausreichend Englisch sprach.

»Jaja, die Freude ist ganz meinerseits, die Dame«, brummelte Niemeyer mürrisch. »Die Entstehung, die Entstehung … Man sollte meinen, dass es, wenn die Sammlung vernichtet wird, andere Probleme als ihre Entstehung gibt.« Matthes traute sich kaum, sein Gebrummel ins Englische zu übertragen.

»Hat er die Fotos selbst angefertigt?«

»Ja, das habe ich«, antwortete Niemeyer ihr nun direkt auf Englisch. Offenbar reichten seine Sprachkenntnisse doch aus. »Darf ich fragen, was das zur Sache tut?«

»Ich benötige eine genaue Benennung des Zeitraums sowie der Anzahl an Fotografien, die von diesen Manuskripten angefertigt wurden. Und eine Auflistung der Personen, die an diesem Vorgang beteiligt waren.«

Niemeyer sah sie feindselig an. »Eine Auflistung wollen Sie? Die gesamte Fachwelt weiß, dass ich es war, der diese wertvolle Sammlung für die Orientalistik erschlossen hat. Das Renommee unseres Instituts gründet darauf. Aber anstatt in die Vergangenheit zu blicken und dort Dinge zutage zu fördern, die sowieso jedermann geläufig sind, sollten Sie Ihre Energie vielleicht lieber darauf verwenden, zu überlegen, wie öffentliche Forschungseinrichtungen besser gegen terroristische Anschläge geschützt werden können. Hier werden Sie ohnehin nichts mehr ausrichten. Die Fotosammlung ist unwiderruflich zerstört.«

»Aber Sie waren doch gar nicht die einzige Person, die solche Fotos besaß«, widersprach Grace kühl. »Sagt Ihnen der Name Sternberg etwas?«

Der Professor blickte vor sich auf den Schreibtisch, eine steile Falte bildete sich auf seiner Stirn. »Anton Sternberg, ja, doch …« Er wand sich. »Der war damals ebenfalls im Jemen.«

»War er an der Erforschung der Manuskripte beteiligt?«

»Bis zu einem gewissen Zeitpunkt, ja«, gab er zu. »Wir beide arbeiteten für Professor Kreut, meinen Vorgänger in der Orient-Gesellschaft. Wir waren Doktoranden bei ihm. Aber Sternbergs Vertrag wurde irgendwann nicht mehr verlängert.«

»Und warum?«

Niemeyer zuckte desinteressiert mit den Schultern. »Das war Professor Kreuts Entscheidung. Ich vermute mal, weil Sternberg zu schluderig arbeitete. Mit seiner Promotion ist er jedenfalls gescheitert.«

»Ist Ihnen bekannt, dass Sternberg einige Abzüge der Fotos, die sich offenbar in seinem Besitz befanden, an das Metropolitan Museum of Art verkauft hat?«

Niemeyers Gesicht wurde bleich. »Tatsächlich? Wenn das stimmt, muss er sich die illegal angeeignet haben.«

»Sie wurden etwa zeitgleich mit der Fotosammlung Ihres Instituts und den Exemplaren, die sich vermutlich in Sternbergs Privathaus befanden, vernichtet. Ein merkwürdiger Zufall, nicht wahr?«

»Allerdings.«

»Haben Sie irgendeine Vermutung, wer dahinterstecken könnte?«

»Nein, wie kommen Sie darauf?«

Grace fixierte Niemeyer mit ihren blauen Augen. *Du verheimlichst mir etwas,* warnten sie ihn. *Und ich werde auch bald herausgefunden haben, was.*

21. August, Mittag, Sanaa, Manuskript-Bibliothek

»Das ist nicht erlaubt«, sagte eine Frau, die aus dem Nirgendwo gekommen zu sein schien. Sie war klein und von Kopf bis Fuß in ein schwarzes Gewand gehüllt. Nur ihr Gesicht hatte sie nicht bedeckt. Dort prangte eine Brille, die ihr in Kombination mit dem restlichen Outfit nicht sonderlich gut stand. Energisch zeigte sie auf Thewes' Digitalkamera. Es gab wenig Spielraum für Interpretationen. Er übergab ihr den Apparat.

Schnell und sachkundig kontrollierte sie die Aufnahmen, die er in der Manuskript-Ausstellung gemacht hatte. Das Gebäude, in dem die Schriften ausgestellt wurden, lag in unmittelbarer Nähe der »Alten Moschee« Sanaas, in der sie vor Jahrzehnten gefunden worden waren. Das klobige Bauwerk war von einer hohen Mauer umfasst und hatte mindestens 1000 Jahre auf dem Buckel. Eine Gruppe von Bettlern, die vor dem Eingang der Moschee saß, hatte Thewes argwöhnisch beobachtet, als er zu der gegenüberliegenden Manuskript-Bibliothek ging.

Was für eine alberne Aktion, dachte er, während er der Frau in Schwarz zusah. Was hoffte sie denn auf der Kamera zu finden? In der Manuskript-Ausstellung gab es absolut nichts Spannendes zu sehen. Gezeigt wurden lediglich Farbkopien einiger besonders hübsch verzierter Seiten der historischen Manuskripte, die keineswegs zu den ältesten gehören konnten. Ganz sicher handelte es sich dabei nicht um Texte, die zu Mohammeds Zeiten entstanden waren. Solche

Verzierungen hatte es erst viel später gegeben. Daran gab es absolut nichts zu erforschen. Folglich hatte er auch nur dreimal auf den Auslöser gedrückt – und das mehr aus einem touristischen Reflex heraus als aus wissenschaftlichem Interesse.

»Ich werde die Kamera behalten müssen«, sagte die Frau.

»Wie bitte?«

Sie deutete auf die Schilder, die an der Wand des kargen und mit Neonlicht durchfluteten Ausstellungsraums hingen. *No fotos,* hieß es darauf klar und deutlich.

»Aber warum denn nicht? Es sind doch nur Kopien. Denen macht das Blitzlicht nichts aus.«

Die Frau ignorierte seinen Einwand. Offenbar war sie nicht in der Stimmung, lange Diskussionen zu führen. Sie drehte sich um und wollte gerade mitsamt seiner Kamera den Raum verlassen, als Thewes sie am Ärmel festhielt. Im selben Moment wusste er, dass er das nicht hätte tun dürfen. Die Frau funkelte ihn durch ihre Brillengläser an. »Wenn Sie nicht kooperieren, werde ich die Polizei rufen«, zischte sie.

»Entschuldigung«, bat Thewes. »Ich werde nicht mehr fotografieren. Aber bitte geben Sie mir die Kamera zurück. Ich werde die Aufnahmen löschen, einverstanden?«

Sie machte keine Anstalten, seiner Bitte nachzukommen.

»Hören Sie, ich bin Wissenschaftler und extra aus den USA gekommen, um die Manuskripte zu sehen«, versuchte er eine andere Tour. »Vielleicht gibt es einen Kollegen, mit dem ich über die Angelegenheit sprechen könnte?«

»Die einzige Wissenschaftlerin, mit der Sie sprechen können, bin ich«, erklärte sie mit einem Hauch von Eis in der Stimme. »Aber um ehrlich zu sein, wüsste ich nicht, was die Tatsache, ob Sie Wissenschaftler sind oder nicht, damit zu tun hat, dass Sie das Fotografierverbot verletzt haben. Es macht Ihr Delikt allenfalls gravierender. Denn wie Ihnen als Wissenschaftler ja bekannt sein dürfte, hat die jemenitische Altertumsbehörde die Entscheidung gefällt, sämtliche Kooperationen mit ausländischen Partnern abzubrechen. Die Untersuchungen werden ausschließlich von Jemeniten durchgeführt.«

Na, herzlichen Dank. Da hatte er sich selbst ja ein denkbar ungünstiges Entree beschert, um über ein erneutes Abfotografieren der Manuskripte zu verhandeln, dachte Thewes. Vermutlich würde es diese Frau sogar begrüßen, wenn er ihr vom Verlust der Fotosammlung berichtete.

»Wie kommt es zu diesem Sinneswandel?«, fragte er vorsichtig. »Früher haben Sie doch auch zum beiderseitigen Nutzen mit internationalen Forschungseinrichtungen wie der Berliner Orient-Gesellschaft kooperiert.«

Thewes nahm wahr, wie sich die Augen der Frau zu zwei Schlitzen verengten. »Haben Sie etwa mit denen zu tun?«, fragte sie.

»Mit wem?«

»Na, mit Professor Niemeyer und seinem Institut.«

»Nein, äh, nicht direkt«, stammelte er. »Kennen Sie Niemeyer? Er war ja, soweit ich weiß, einer der Ersten, die in den Jemen kamen, um bei der Bergung und Restauration der Manuskripte zu helfen …«

»… und nebenbei eine beträchtliche Anzahl illegaler Fotografien zu erstellen.«

Thewes war überrascht. »Ich bin immer davon ausgegangen, er hätte eine Genehmigung gehabt, die Manuskripte zu fotografieren?«

Die Frau lachte bitter. Anscheinend war sie überhaupt nicht gut auf den Professor zu sprechen. »Die deutschen Wissenschaftler wurden damals geholt, um unsere Leute anzuleiten. Sie sollten ihnen beibringen, die notwendigen Restaurierungsmaßnahmen selbst durchzuführen. Und was taten sie stattdessen? Sie fotografierten sie!«

»Aber es ist doch das Normalste auf der Welt, Fotos von Dokumenten zu erstellen, die man später restaurieren will. Das wird bei fast allen wissenschaftlichen Untersuchungen, die mit Maßnahmen zur Konservierung des Artefakts einhergehen, so gemacht.«

»Sie verbrachten *Monate* damit, auf ihre Auslöser zu drücken, während die Manuskripte verrotteten. Irgendwann musste uns einfach auffallen, dass sie uns gar nicht helfen wollten.«

»Sondern?«

»Sich bereichern! Sie wollten nur die Fotos, um sie zu Hause selbst zu untersuchen. Aus diesem Grund hat die Regierung später jede Zusammenarbeit mit Ausländern aufgekündigt. Insbesondere mit Professor *Nie*meyer.« Sie zog die erste Silbe des Namens angewidert in die Länge. »Der war nämlich ganz besonders eifrig damit befasst, sich die Taschen vollzustopfen.«

Thewes war erstaunt. In der internationalen Forscherszene hatte er bislang kein Wort darüber gehört, dass Niemeyer das Land im Streit verlassen hatte. »Aber es waren doch nur Fotos«, versuchte er, ihn in Schutz zu nehmen. »Die Originale sind doch hiergeblieben.«

»Auch die Fotos gehören uns«, erwiderte die Frau. »Und nur Jemeniten haben das Recht, sie zu erforschen.«

Mart Thewes schwieg. Er musste zugeben, dass er wenig Verständnis für solche »kulturellen Sensibilitäten« hatte. Sie kamen ihm vorgeschoben vor – und er fragte sich, ob man nicht in Wahrheit etwas ganz anderes zu verbergen suchte. So oder so war dies keine ideale Ausgangssituation für sein Vorhaben. Das musste er sich eingestehen.

»Hat Niemeyer Sie geschickt?«, fragte die Frau ihn direkt.

»Nein«, beeilte er sich zu versichern. »Er geht bald in Rente, und ich …« *Ich will seinen Posten in der Orient-Gesellschaft.* Nein, das würde er jetzt nicht sagen. »Ich arbeite als Wissenschaftler an einem ganz anderen Institut. Es tut mir leid, dass ich hier so reinstolpere. Ich wusste nicht, dass Ihre Beziehung mit den Deutschen belastet ist.«

Die Jemenitin horchte auf. »Niemeyer geht also in Rente. Und seine Fotos?« Schnell verbesserte sie sich. »Ich meine *unsere,* die geraubten Fotos. Wird er die zurückgeben?«

»Nein, äh … Ich fürchte nicht. Das ist sozusagen nicht mehr nötig. Sie wurden kürzlich bei einem Säureanschlag zerstört.« So, jetzt war es heraus.

Die jemenitische Wissenschaftlerin schüttelte ungläubig den Kopf. Ihr Blick wanderte zurück zu Thewes' Kamera, deren Display schwarz war. Sie berührte den Schalter, um die Ansicht des letzten Bildes zu reaktivieren. Es handelte sich um die Aufnahme eines Manuskripts, das im Ausstellungsraum lag. Thewes konnte ihr die Gedanken förmlich von der Stirn ablesen. Ob der Apparat vielleicht noch einen größeren Schatz barg? Ob er ebenfalls ein Räuber war?

»Es tut mir leid, aber ich muss die Behörden über diesen Vorfall unterrichten«, sagte sie und winkte einen der Wachposten heran.

»Was soll das?«, fragte Thewes, während sich der Griff des Uniformierten um sein Handgelenk schloss. »Was machen Sie mit mir? Ich bitte Sie! Nehmen Sie meinetwegen die Speicherkarte.«

Die Frau schüttelte den Kopf. »Die gesamte Kamera muss untersucht werden.«

»Dann nehmen Sie meinetwegen auch die Kamera, ich kann sie ja morgen wiederholen …«

Der Wächter schob ihn unsanft in Richtung Ausgang.

»Ich möchte sofort die amerikanische Botschaft anrufen!«

»Das können Sie machen, sobald wir fertig sind. Los, kommen Sie.«

21. August, Nachmittag, Berlin

Grace erwachte von dem *Pling*-Geräusch ihres Handys. Der Apparat lag auf dem Nachtkästchen neben ihrem Hotelbett. Sie kontrollierte das Display: eine SMS von Volker Matthes. *Ich bin unten in der Lobby,* schrieb er. *Komm, wann immer es dir passt.*

Grace wusste seine zuvorkommende Art wirklich zu schätzen. Dass er sie so rückhaltlos bewunderte und das auch nicht vor ihr versteckte, imponierte und schmeichelte ihr. Oft genug erlebte sie das Gegenteil: Kollegen, die sich berufen fühlten, ihr etwas vormachen zu müssen, nur weil sie eben Männer waren. Nichts ging ihr so sehr auf die Nerven wie selbst ernannte Alpha-Tiere, die ihr fachlich nicht das Wasser reichen konnten.

Volkers Strategie war ihr tausendmal lieber. Er haderte nicht damit, dass sie über mehr Erfahrung als er verfügte, und schätzte sich glücklich, die Nummer zwei in ihrem Team zu sein.

Sie warf einen prüfenden Blick in den Spiegel und puderte sich das Gesicht. Den hellen Teint hatte sie von ihrem irischen Vater geerbt. Dass sie mehr nach ihm und weniger nach ihrer libanesischen Mutter kam, betrachtete sie als glückliche Fügung. Sie streifte sich den Rock über und schlüpfte in die Pumps. Dass es draußen immer noch hell war, kam ihr komisch vor. Das war der Jetlag. Aber immerhin fühlte sie sich nach dem Nachmittagsschlaf frisch und einsatzbereit. Was ihr Volker wohl zu berichten hatte? Ob es ihm in der Zwischenzeit gelungen war, Professor Kreut, den gemeinsamen Doktorvater von Sternberg und Niemeyer, ausfindig zu machen?

Er stand sofort auf, als sie in die Lobby kam. Sie versuchte, seinen Gesichtsausdruck zu deuten. Brachte er positive oder negative Nachrichten? Matthes kam sofort zur Sache. »Kreut ist tot«, sagte er.

»Das ist schlecht.«

»Ja. Aber kaum überraschend. Er verstarb bereits vor neun Jahren im Alter von 87.«

»Ich verstehe«, sagte sie und zog ein langes Gesicht. »Und was ist mit dem Archiv der Orient-Gesellschaft? Bist du da weitergekommen?«

»In der Tat. Ich habe die alten Arbeitsverträge und die Reisekostenabrechnungen von Niemeyer und Sternberg gefunden.«

»Das klingt interessant.«

Volker Matthes zückte sein Handy, in dem er die Dokumente gespeichert hatte. Aber natürlich waren sie auf Deutsch, womit Grace wenig anfangen konnte. »Die beiden waren enge Kollegen«, erklärte er ihr. »Laut ihren Arbeitsverträgen waren sie exakt zur selben Zeit in Sanaa. Beide hatten als Mitarbeiter von Kreut Zeitverträge. Aber Niemeyer kehrte offenbar zwei Wochen vor Sternberg nach Deutschland zurück.«

»Oh. Kennen wir den Grund dafür?«

»Nein. Aber den Abrechnungen können wir entnehmen, dass beide mit derselben institutseigenen Kamera arbeiteten, die über ein besonders weiches Blitzlicht verfügte. Sternberg führt in seiner Abrechnung den Erwerb eines

Ersatzblitzes, eines Stativs und an die 100 Polaroid-Filme für dieses Gerät auf. Außerdem reicht er eine Rechnung für die Entwicklung von zwei Filmen in Sanaa ein.«

»Nur zwei?«

»Ja. Den Rest der Filme hat Niemeyer unmittelbar nach seiner Ankunft in Deutschland entwickeln lassen.«

»Hm. Mit anderen Worten: Niemeyer ist mit fast allen Filmen zurückgereist, während Sternberg in Sanaa zurückblieb oder dort feststeckte.«

»Ja, es ist merkwürdig, dass er nicht mit Niemeyer zurückflog.«

»Hat er die Filme vor oder nach Niemeyers Abreise entwickeln lassen?«

»Laut Beleg hat er die Fotos am Tag nach Niemeyers Abreise abgeholt. Wann er sie abgegeben hat, geht aus den Unterlagen nicht hervor.«

»Hm, jedenfalls muss Niemeyer noch im Land gewesen sein, als Sternberg sie abgab. Möglicherweise bekamen die beiden Ärger – wegen des Inhalts der Fotos?«

»Möglich wäre das«, meinte Matthes, »vor allem angesichts der lokalen Sensibilitäten, was islamische Schriften angeht.«

Grace sah ihn an. »Vielleicht ist Niemeyer früher abgereist, um die restlichen Filme vor dem Zugriff der Behörden zu bewahren«, schlug sie vor. »Eine Art Rettungsaktion. Wer außer den Beteiligten könnte noch darüber Bescheid wissen?«

Matthes überlegte. »Sternbergs Tochter?«

21. August, Nachmittag, Berlin, Professor Niemeyers Wohnung in Dahlem

Pünktlich um halb drei klingelte der Wecker des Professors. Um diese Uhrzeit pflegte er seinen Mittagsschlaf zu beenden. Eigentlich war es heute nicht nötig, denn er hatte sich für den Rest des Tages krankgemeldet. Die Tatsache, dass die Polizei – und nun sogar die CIA – die Zerstörung seiner Fotosammlung untersuchte, beunruhigte ihn.

Leila bellte, als er sich erhob. Der Labrador sah ihn erwartungsvoll an. Gönnerhaft nahm er die Leine vom Haken. Leila veranstaltete einen Freudentanz. Nur Niemeyers Frau Elisabeth sah ihn erstaunt an. »Gehst du heute mit ihr? Ich dachte, dir geht es nicht gut.«

»Mir ein bisschen die Beine zu vertreten, kann nicht schaden«, antwortete er vage.

Zusammen mit Leila lief er in Richtung Park. Sie versuchte unentwegt, seine Aufmerksamkeit zu erheischen, indem sie knurrte oder nach der Leine schnappte, aber er ließ sich auf keines ihrer Spielchen ein. Damit sie ihn nicht weiter nervte, leinte er sie ab, als er die Grünfläche erreicht hatte. Freudig fetzte sie auf die Wiese zu den anderen Hunden, während Niemeyer gedankenversunken den Weg weiterging. Bis er vernahm, dass der Kies hinter ihm knirschte.

Der Professor drehte sich um. Ein Mann, der in eine braune Kutte gehüllt war, ging dicht hinter ihm. »Guten Tag«, begrüßte er ihn mit seinem südlichen Akzent. Niemeyer kannte ihn gut. Sein rundes Gesicht wirkte etwas zerknitterter als früher, und sein dunkles Haar lag inzwischen wie ein Kranz um eine Halbglatze. Das war ihm schon bei ihrem ersten Wiedersehen aufgefallen. Aber ansonsten schien er sich bester Gesundheit zu erfreuen und hatte sich in den vielen Jahren, die sie sich nun kannten, kaum verändert.

»Guten Tag auch«, antwortete er. Leila kam angerannt und kläffte.

»Nehmen Sie das Vieh weg.«

»Schon gut, Leila. Geh spielen!«

Der Mann klopfte sich imaginierte Hundehaare aus seinem Umhang. »Sie haben unseren Wunsch berücksichtigt«, stellte er fest.

»Ja, das habe ich.« Was war ihm auch anderes übrig geblieben? Man hatte ihn vor die Alternative gestellt, entweder die Sammlung oder seinen Ruf als Wissenschaftler zu verlieren. Mit ihrer Vernichtung hatte er lediglich das kleinere von zwei Übeln gewählt. Selbst wenn es ihn kränkte, dass die Organisation dieser endgültigen Lösung ihrer langjährigen Kooperation den Vorzug gab.

»Auch wir werden uns an unseren Teil der Abmachung halten«, sagte der Mann. »Allerdings gibt es da noch ein Problem.«

»Sie sprechen von den Ermittlungen?«

»Nein, damit haben wir gerechnet. Ich spreche von Sternberg.«

»Ich dachte, dieses Problem sei gelöst«, erkundigte sich Niemeyer vorsichtig. »Ich hörte von einer Explosion …«

»Das ist richtig«, bestätigte sein Besucher. »Aber Sternberg hat uns ausgetrickst. Er war gar nicht anwesend. Und vermutlich waren auch seine Fotos und diverse andere Schätze nicht im Haus.«

Niemeyer seufzte. Sein alter Kollege hatte ihm und den Partnern schon immer Probleme bereitet. Wie hatte er ihnen nur über all die Jahre Widerstand leisten können? Selbst als er ihm kürzlich ihr Angebot unterbreitete, hatte er eine Kooperation erneut ausgeschlagen.

»Ich verstehe.«

Der Mann nickte zufrieden. »Ich bin mir sicher, Sie verstehen. Sie müssen uns helfen, Sternberg aufzuspüren. Ihn und den Amerikaner, der sich am Institut beworben hat.«

21. August, Nachmittag, Berlin, Werkstatt für Papier-Restauration der Staatlichen Museen zu Berlin

»Frau Sternberg hat Urlaub«, erklärte die Direktoratsassistentin abweisend. Offenbar irritierte es sie, dass plötzlich zwei Polizisten bei ihr im Büro standen. »Nein, ich weiß nicht, ob sie verreist ist.«

»Sie hat sich doch kürzlich verlobt«, versuchte es Volker Matthes auf eine andere Tour. »Erwähnte sie zufällig, ob sie mit ihrem Verlobten unterwegs sein würde?«

»Über solch privaten Dinge pflegen wir hier nicht zu sprechen, bedaure.«

Matthes bedeutete Grace mit den Augen, dass sie hier nicht weiterkamen. »Vielen Dank«, sagte er und wandte sich zum Gehen.

»Nichts zu danken«, rief ihnen die erleichtert klingende Sekretärin hinterher.

Kaum hatten sie das Gebäude verlassen, machte Matthes seiner Enttäuschung Luft. »Verdammt, ich hätte sie dazu verdonnern sollen, sich für die Ermittlungen bereitzuhalten«, schalt er sich. »Das war wirklich ein Anfängerfehler!«

Grace reagierte nicht. »Warum, meinst du, hat sie Urlaub genommen?«, fragte sie dann, während sie zu seinem Wagen gingen.

»Keine Ahnung. Sie war ziemlich aufgewühlt, als sie von der Explosion im Haus ihres Vaters erfahren hat. Sie macht sich wohl große Sorgen um ihn.«

»Verständlich«, sagte Grace. Heimlich fragte sie sich, ob ihre eigene Tochter wohl ebenso besorgt reagieren würde, wenn ihr etwas zustieße. Würde sie es überhaupt mitbekommen? Tina lebte in Kalifornien, und sie telefonierten nicht besonders häufig miteinander. Wenn sie von einer

Dienstreise nicht mehr nach Hause käme, würde sie es vielleicht gar nicht bemerken.

Tina trug ihr immer noch nach, dass sie damals, als sie klein war, so wenig Zeit für sie gehabt hatte. Aber dafür konnte Grace nichts. Als alleinerziehende Mutter war ihr gar nichts anderes übrig geblieben, als sie immer wieder in die Obhut anderer zu geben. Wie hätte sie denn sonst Vollzeit arbeiten können? Das Modell ihrer eigenen Mutter, die sich immer von anderen abhängig gemacht hatte, weil sie kein eigenes Einkommen besaß, war jedenfalls keine Alternative gewesen. Das würde Tina auch noch begreifen, wenn sie selbst vor der Frage stand, Kinder zu bekommen. Immerhin hatte sie sich ja gut entwickelt und machte jetzt als Juristin Karriere.

»Vielleicht ist Katharina auf eigene Faust losgezogen, um ihren Vater zu suchen?«, überlegte ihr deutscher Kollege laut.

»Durchaus möglich«, meinte sie und merkte, dass ihr diese Information einen weiteren Stich versetzte. Doch sie schob ihre privaten Gefühle beiseite und zwang sich, nüchtern zu überlegen, was das für ihre Recherche bedeutete. Und mit einem Mal war sie guter Dinge. »Das wäre doch ein Glücksfall für uns!«

21. August, später Nachmittag, Sanaa

Erschöpft von der langwierigen Befragung, trat Mart Thewes durch das Tor des Davoud-Hotels. Auf dem Polizeirevier war er noch einmal mit einem blauen Auge davongekommen. Die Beamten hatten ihm zwar »zwecks weiterer Untersuchungen« die Kamera abgeknöpft, aber immerhin hatten sie ihn selbst wieder ziehen lassen.

Im Innenhof, der von allen Seiten von dickem, weiß getünchtem Mauerwerk umgeben war, stand ein feuerroter

Pfefferbaum und darunter einige Bänke und Tische, an denen einige Hotelgäste saßen, vornehmlich Einheimische. Wie Thewes inzwischen herausgefunden hatte, war dies zugleich »Speisesaal und Restaurant« des Hotels. Der Duft von Gebratenem wehte ihm in die Nase und ließ seinen Magen knurren.

Aus den Augenwinkeln beobachtete er, wie aus dem Treppenhaus eine schwarz verhüllte Gestalt in den Hof trat und sich umschaute. Da alle anderen Tische besetzt waren, kam sie auf ihn zu. »Entschuldigen Sie, darf ich mich zu Ihnen setzen?«, sprach sie ihn auf Englisch an. Ihr Outfit irritierte ihn so sehr, dass er keinen Ton hervorbrachte.

Erst als sie ihren Gesichtsschleier abnahm und darunter europäische Züge sowie ein blonder Haarschopf zum Vorschein kamen, löste er sich aus seiner Erstarrung. »Warum verkleiden Sie sich?«, fragte er.

»Darf ich mich setzen?«, wiederholte sie.

»Natürlich.« Er bot ihr die Bank gegenüber an. Sie trug einen Ring mit einem kleinen Diamanten am Finger. Also war sie wohl verlobt. »Ich stehe normalerweise nicht so lange auf der Leitung«, entschuldigte er sich. »Ich war nur überrascht.«

»Wegen meiner Kleidung?« Sie lachte. »Ich versuche einfach, möglichst wenig aufzufallen. Und so kann ich mich in Sanaa völlig unbehelligt bewegen.«

»Reisen Sie allein?«

»Ja«, antwortete sie einsilbig.

»Und was führt Sie nach Sanaa?«

»Ach, nichts Besonderes.« Sie druckste herum. »Ich interessiere mich für Antiquitäten. Mein Vater handelt damit, und ich besuche einen seiner Geschäftspartner.«

»Suchen Sie etwas Bestimmtes?«, löcherte er sie weiter.

»Nein, äh … Alte Bücher interessieren mich.«

»Aber nicht die alten Manuskripte von Sanaa?« Er sah sie direkt an. Am Zucken ihrer Wimper merkte er, dass er ins Schwarze getroffen hatte. »Hat der Freund Ihres Vaters etwa Zugang zu ihnen?«

Sie nickte. Dann schüttelte sie den Kopf. »Keine Ahnung. Ich habe ihn noch nicht getroffen«, antwortete sie ausweichend. »Wie ich soeben von einem seiner Kollegen in der Altertumsbehörde erfahren habe, überwacht er gerade die Restaurationsarbeiten in der Alten Moschee.«

»Was Sie nicht sagen!« Er klang begeistert.

»Und Sie, was führt Sie hierher?«

»Ich bin Wissenschaftler.«

»Orientalist?«

»Ja, genau.«

»Das heißt, Sie forschen hier?«

»Nein. Nicht direkt. Ich schaue mir ein paar Sachen an, das Nationalmuseum, die Alte Moschee. Das übliche Programm halt.«

»Aha«, antwortete sie. Ein Orientalist, der im schönen Sanaa seine privaten Ferien verbrachte? Was sollte denn das für eine Story sein? Sie sah ihn forschend an. »Kenne ich Sie nicht?«

»Woher?«

»Aus Berlin.«

»Dort habe ich gerade einen Sommerkurs gegeben. An der Humboldt-Uni.«

»Ach, dann weiß ich, wer Sie sind!«

Er schaute sie erwartungsvoll an.

»Sie sind einer der Bewerber für die neu ausgeschriebene Professur in der Orient-Gesellschaft. Mart Thewes, richtig?«

»Sie sind gut informiert«, musste er zugeben.

»Ja, Berlin ist ein Dorf. Ich bin Papier-Restauratorin in den Staatlichen Museen.«

»Ich verstehe.«

»Aber warum sind Sie ausgerechnet jetzt, in der heißen Phase der Berufung, hier in Sanaa?«

Thewes fühlte sich ertappt. Er wusste nicht, was er ihr antworten sollte.

»Lassen Sie mich raten. Hängt es mit der Vernichtung der Fotosammlung zusammen? Hat Professor Niemeyer Sie geschickt?«

21. August, abends, Berlin, Professor Niemeyers privates Arbeitszimmer

Niemeyer wählte die Nummer, die seine Sekretärin für ihn recherchiert hatte, die amerikanische Heimat-Uni des Bewerbers Mart Thewes. Sein Englisch war ein bisschen eingerostet, aber er würde sich schon verständlich machen. *»I am the head of the Orient-Institute in Berlin«*, stammelte er. *»I am looking for Dr. Mart Thewes.«*

»Sorry«, hieß es am anderen Ende.

Es gelang ihm, dem Kollegen auf der anderen Seite des Atlantiks klarzumachen, dass er Thewes in spätestens zwei Tagen in Berlin sehen wollte. Die Berufungskommission habe seinen Probevortrag für dieses Datum angesetzt. Andernfalls könne seine Bewerbung nicht mehr berücksichtigt werden.

»Mart Thewes ist zur Recherche im Jemen«, sagte die englisch sprechende Stimme.

Ein Forschungsaufenthalt im Jemen? Niemeyer schnappte nach Luft, genau das hatte er befürchtet. Was bildete sich dieser junge Amerikaner eigentlich ein? Wochenlang hatte er mit seinen Anfragen genervt, die Sammlung in Augenschein nehmen zu dürfen. Glaubte er nun, da sie zerstört war, etwa, er könne sie auf eigene Faust wiederauferstehen lassen? Ein klassischer Fall von Selbstüberschätzung!

»Richten Sie ihm bitte aus, dass ich ihn umgehend in Berlin zurückerwarte«, brüllte er in den Hörer.

22. August, morgens, Sanaa

Mart Thewes stand am Fenster seines Hotelzimmers und rieb sich die Augen. Die Lehmtürme strahlten in der Morgensonne. Unter den Zweigen des Pfefferbaums im Innenhof frühstückte die Berlinerin. Thewes beobachtete, wie sie ihren Tee trank und ihr Omelett verspeiste. Kaum hatte sie sich erhoben, hastete er die Treppe hinunter. Er erreichte den Hof, just als sie zum Tor hinausging, und folgte ihr. Über Nacht hatte er einen neuen Plan geschmiedet. Er würde sich an ihre Fersen heften und versuchen, von ihren Kontakten zur Altertumsverwaltung zu profitieren. Auf diese Weise hätte er vielleicht doch noch eine Chance, zu den Manuskripten aus der Moschee zu gelangen und sie zumindest mit dem Handy zu fotografieren.

Er folgte ihr durch die Altstadt. In ihrem schwarzen Gewand sah sie aus wie alle anderen Frauen, die ihnen in den Gassen entgegenkamen. Thewes hingegen unterschied sich erheblich von den meist in Weiß gekleideten Männern, die ihn neugierig beäugten. Katharina durchquerte den Bazar, bis sie auf der anderen Seite auf die Umfassungsmauer der Alten Moschee stieß. Dort lenkte sie ihre Schritte zielstrebig zu der Steinkuppel am Eingang, wo wie tags zuvor die Bettler saßen. Keiner nahm von ihr Notiz. Plötzlich war sie in der Moschee verschwunden.

Thewes wartete auf der anderen Straßenseite. Nach ein paar Minuten senkte er den Blick und näherte sich ebenfalls der Kuppel. Sofort hörte er die Bettler abfällig raunen. Ausländer hätten in der Moschee nichts zu suchen, zischte einer. Aber bevor irgendjemand etwas unternehmen konnte, schlüpfte auch er ins Innere des Gotteshauses.

Er fand sich in einer Halle wieder. Mehrere klobige Steinsäulen stützten das massige, mittelalterliche Gemäuer. Zwischen ihnen waren Teppiche ausgelegt, auf denen die Gläubigen saßen. Einige von ihnen lasen in riesigen, sehr alt anmutenden Koran-Ausgaben, andere sagten aus dem Kopf Suren auf und ließen dabei ihre Gebetsketten durch die Finger gleiten. Thewes hielt nach Katharina Ausschau, aber er konnte weit und breit keine Frau entdecken. Also ging er schnurstracks durch die Halle, bis er auf der gegenüberliegenden Seite zu einem Innenhof gelangte.

Der rechteckige Hof erinnerte ihn an einen europäischen Klostergarten, denn er wurde von einem überdachten Wandelgang eingerahmt. An der Längsseite stand ein Gerüst. Dort diskutierte eine Gruppe von Männern und Frauen ziemlich laut miteinander. Thewes verstand, dass es um die Verteilung von Staubmasken ging, von denen es offenbar nicht genügend für alle Restauratoren gab. Die Männer argumentierten daher, dass die Frauen in ihrem Team sie doch gar nicht benötigten, da sie ohnehin verschleiert waren. Die Damen widersprachen dieser Einschätzung.

Etwas abgesondert vom Rest der Gruppe unterhielt sich eine Frau mit einem Mann, der deutlich älter aussah als die anderen. Er trug einen gestutzten, grauen Bart und hatte sein leicht gewelltes, ebenfalls graues Haar mit viel Pomade nach hinten frisiert. Über seinem weißen Kittel baumelte eine Lesebrille. Die Frau konnte Thewes nicht erkennen, weil sie ihm den Rücken zugekehrt hatte. Er wanderte um sie herum.

»Suchen Sie irgendetwas?«, stellte der Mann ihn zur Rede.

»Was machen Sie denn hier?«, fragte Katharina, die sich im selben Moment nach ihm umgedreht hatte.

»Ja, so was!« Thewes gab sich Mühe, ebenfalls verblüfft zu wirken. »Da laufen wir uns schon wieder über den Weg. Was für ein Zufall!«

»Kennen Sie beide sich?«, fragte der Jemenit.

»Ja, äh … Mart Thewes ist ebenfalls Orientalist. Er hat in diesem Sommer in Berlin unterrichtet«, stellte Katharina ihn vor. »Und das ist Doktor Ibn Talib von der hiesigen Altertumsverwaltung.«

»Sehr erfreut«, sagte Thewes und streckte seine Hand aus. Ibn Talib schüttelte sie.

»Sie arbeiten nicht zufällig für die Berliner Orient-Gesellschaft?«, erkundigte er sich.

»Nein, ich bin aus New York.«

»Doktor Thewes hat sich aber gerade auf eine Professur bei der Gesellschaft beworben«, verriet Katharina.

»Ach ja?« Der Jemenit zog die Brauen hoch und nahm Katharina ein Stück zur Seite. »Sicher wissen Sie, dass der Direktor der Orient-Gesellschaft, Professor Niemeyer, zu den schlimmsten Feinden Ihres Vaters zählt?«

»Wirklich?« Sie sah zu Thewes herüber.

»Es ging um die Manuskripte«, erklärte ihr der Jemenit. »Offiziell besaß allein die Orient-Gesellschaft Fotos von ihnen. Aber das stimmte nicht. In Wirklichkeit hatte Ihr Vater von Anfang an ebenfalls einige Exemplare. Und wie Sie sich denken können, passte Niemeyer das überhaupt nicht.«

Katharina schien überfordert mit der Interpretation dieser Informationen. »Und Sie meinen …?«

»Ich meine, dass wir uns hier nicht weiter unterhalten sollten«, sagte Ibn Talib, dessen Mitarbeiter inzwischen aufgehört hatten, sich zu streiten, und neugierig um ihn herumstanden. Dem Restaurationsleiter war anzusehen, dass er sich nicht wohl in seiner Haut fühlte. »Kommen Sie heute Nachmittag zu mir nach Hause. Dann können wir in Ruhe reden.« Auf einem Blatt Papier notierte er seine Adresse. »Wenn Sie diesen Zettel einem Taxifahrer geben, wird er Sie direkt zu mir bringen, Katharina. Und jetzt gehen Sie beide besser. Wie Sie wissen, ist es Ausländern eigentlich verboten, diese Moschee zu betreten.«

»Ja, natürlich.«

Ibn Talib wählte drei seiner Mitarbeiter aus, die sie zum Ausgang eskortieren sollten. Katharina ging mit einer Frau vorneweg, und Thewes folgte ihr, eingerahmt von zwei Männern. Auf diese Weise sah es so aus, als ob sie dem wissenschaftlichen Team angehörten. Ob die frommen Männer in der Halle ihnen das abnehmen würden? Beunruhigt nahm Thewes die zornigen Blicke wahr, die ihren kleinen Tross auf dem Rückweg verfolgten. Offenbar hatte sich ihre Anwesenheit inzwischen herumgesprochen.

Inmitten der Betenden entdeckte er einen Mann mit rotem Bart, der besonders grimmig dreinschaute. Thewes beeilte sich, den Ausgang zu erreichen. Doch der Rotbart war bereits aufgesprungen und kam hinter ihm her. Jetzt spürte er, wie er von hinten nach seiner Schulter grapschte. »*Kafir!*«, zischte er. »Ungläubiger! Was willst du hier?« Er versuchte, ihn zu Boden zu zerren.

»Lassen Sie mich los!«, wehrte sich Thewes, den nur noch wenige Meter von der Straße trennten. Endlich erreichte er die Schwelle und verließ fluchtartig das Gebäude.

»Lass dich nie wieder hier blicken!«, rief ihm der Rotbart hinterher.

22. August, Mittag, irgendwo im Abendland

»Mein lieber Ismael!« Der alte Mann schlurfte durch sein riesiges Bettgemach, um den Besucher zu empfangen. Seine Haltung war gebeugt, der Schritt schwerfällig. Die gesamte Erscheinung strahlte Gebrechlichkeit aus.

Aber auch der Raum hatte sich verändert, seitdem Ismael ihn zuletzt besucht hatte. Der Fußboden war nun aus blankem Stein, auch sämtliche Stoffe waren entfernt worden, selbst Decken und Gardinen fehlten. Anstatt auf der Polstergarnitur empfing der Alte seine Besucher nun auf unbequemen Holzstühlen. Er bevorzugte Mobiliar, das jeden Gedanken an Behaglichkeit verbot. Kein Zweifel, die Krankheit verzehrte nicht nur seinen Körper, sondern stählte ihn auch im Glauben. Ein Zeichen dafür, dass er Gott näher war, sagten einige.

Der Alte streckte ihm seine Hand hin, und Ismael küsste sie. »Habt Ihr Neuigkeiten für mich?«, fragte der Alte.

»Ich unternehme alles, was in meiner Macht steht.«

»Ich weiß, ich weiß. Aber wie weit seid Ihr inzwischen? Von welchen Fortschritten könnt Ihr mir berichten?« Ängstlich, fast flehend, sah er ihm in die Augen. Ismael wusste, was ihn bedrückte. Er sorgte sich, dass ihm für die Verwirklichung seines Vorhabens nicht mehr genug Zeit blieb. Eines äußerst wichtigen Vorhabens, denn es ging um nichts Geringeres als um die Bewahrung der Lehre, um die reine und immer gültige Botschaft Gottes.

»Wir sind auf einem guten Weg«, beruhigte er ihn. Unmöglich konnte er ihm beichten, dass gerade gar nichts nach Plan lief. Soeben hatte Professor Niemeyer seine schlimmsten Befürchtungen bestätigt: Der amerikanische Forscher war nach Sanaa gereist. Und auch die Tochter des Antiquitätenhändlers trieb sich dort herum. Es war genau das

Gegenteil von dem, was Ismael eigentlich hatte erreichen wollen. Anstatt Ruhe zu stiften, hatte er Staub aufgewirbelt. Wichtig war jedoch, dass der Alte nichts davon erfuhr, bevor er alles wieder eingerenkt hätte.

»Heißt das, die Fotos wurden aus der Welt geschafft? Alle?«

»Fast alle«, antwortete Ismael ausweichend.

»Was ist mit den anderen Gegenständen?«

»Eins nach dem anderen.«

»Ihr wisst, wie wichtig die Sache ist«, beschwor er ihn. »Das Seelenheil der Menschheit hängt davon ab!«

»Ja, natürlich, Herr«, beteuerte Ismael, der sein Bestes gab, um dem Herrn seine Wünsche zu erfüllen. Der Gedanke an die Belohnung, die er erwarten durfte, trieb ihn immer wieder zu neuen Höchstleistungen an. Er fasste den Alten bei seinen zittrigen Händen. »Ich bin mir meiner Verantwortung bewusst«, versicherte er ihm.

Der Alte würde das Vertrauen, das er in ihn setzte, nicht bereuen. Kaum hatte Ismael das Schlafgemach verlassen, wählte er auf dem Handy die Nummer in Sanaa. Schließlich gab es überall auf der Welt Gleichgesinnte, Menschen, die den Wert der Einzigartigkeit ihres Glaubens verstanden.

22. August, Nachmittag, Sanaa, Haus von Ibn Talib

Mart Thewes hatte die Frage ohne Vorwarnung gestellt. Und Katharina hatte »ja« gesagt. Das tat sie oft, wenn sie überrumpelt wurde, viel zu oft jedenfalls.

Als Bassam sie vor einigen Monaten in ein edles Restaurant ausführte und dann vorschlug, dass sie sich verloben sollten, war es nicht anders gewesen. Auf die Schnelle hatte sie überhaupt nicht gewusst, was sie antworten sollte. Aber auf eine solche Frage konnte man nicht einfach in Schweigen verharren. Es wäre unhöflich gewesen; Bassam hätte sich unwohl gefühlt. Aus lauter Verlegenheit hatte sie ihn angelächelt und »ja« gehaucht. Nicht, dass sie ihre Entscheidung bereut hätte, nein. Nur ein wenig erschrocken war sie über sich selbst.

Und nun war es ihr wieder passiert: Zusammen mit Mart Thewes stand sie vor der Villa des Altertumsverwalters, obwohl der ausdrücklich nur sie eingeladen hatte. Begeistert wirkte Ibn Talib nicht gerade, als er die Tür öffnete und sah, dass sie im Doppelpack gekommen waren. Allein die Gastfreundschaft verlangte, dass er gute Miene zum bösen Spiel machte. »Bitte kommen Sie doch herein«, bat er sie.

Der Jemenit führte sie in ein geräumiges Wohnzimmer, das sehr geschmackvoll mit einer Mischung aus jemenitischem Kunsthandwerk und westlichen Designermöbeln eingerichtet war. An den Wänden hingen Neo Rauch und Gerhard Richter. Eine Frau mit asiatischen Gesichtszügen und rosafarbenem Kopftuch scheuchte eine Gruppe Kinder hinaus. Katharina hielt sie zunächst für Ibn Talibs Ehefrau, aber dann kam die Frau mit einem Silbertablett mit dampfenden Teegläsern für sie wieder.

»Sie ist meine Hausangestellte und kommt von den Philippinen«, erklärte der Hausherr unaufgefordert. »Es ist sehr schwer, einheimische Haushaltshilfen zu finden.«

Ja, dachte Katharina, Ibn Talib war ein wohlhabender Mann. So wohlhabend, dass er es sich sogar leisten konnte, eine Arbeitskraft aus Fernost zu importieren. Und sicher ermöglichte ihm nicht allein der Job bei der Altertumsbehörde seinen gehobenen Lebensstandard.

»Es tut mir leid, dass ich Sie heute Morgen rausschmeißen musste«, entschuldigte er sich. »Aber Sie haben ja selbst gesehen, dass es in der Moschee brenzlig wurde.«

»Sind die Leute hier alle so schlecht auf Ausländer zu sprechen?«

»Leider gewinnen die Fundamentalisten immer mehr Einfluss«, beantwortete Ibn Talib Katharinas Frage. »Selbst in meiner Behörde hat sich die Stimmung gewandelt.«

»Hatten Sie und mein Vater deshalb Schwierigkeiten?«

»Tja, also ...« Ibn Talib zögerte. Offenbar war er sich unsicher, wie frei er sprechen konnte.

»Bitte sagen Sie mir, was Sie wissen«, drängte Katharina ihn. »Er ist Ihr bester Kunde, nicht wahr?«

Der Jemenit grinste. »Eine eher böswillige Beschreibung unserer langjährigen Freundschaft. Sie wissen doch, dass wir uns bereits seit dem Studium kennen.«

»Sie gehören zu dieser Gruppe von Forschern, von der er immer erzählte.«

»Ja. Wir waren ein eingeschworener Kreis hier in Sanaa, allesamt Historiker – vor allem aber Freigeister, die sich wenig um Konventionen und religiöse Befindlichkeiten scherten. Auch ein Israeli – ein Sprachexperte namens Tanner – und ein Archäologe aus Jordanien gehörten dazu. Wir trafen uns regelmäßig im Café *Safir,* in dem unter der Ladentheke selbst gebrannter Schnaps ausgeschenkt wurde. Dort tauschten wir unsere Forschungsergebnisse aus und diskutierten leidenschaftlich miteinander. Natürlich hatten wir alle unterschiedliche Ansichten; daran hat sich bis heute nichts geändert.«

»Stehen Sie denn noch miteinander in Kontakt?«

»Aber sicher. Der Stoff für Gespräche ist uns über die Jahre nicht ausgegangen. Und auch die Neugierde nicht. Bis auf eine unrühmliche Ausnahme.« Sein Blick fiel auf Thewes. »Professor Niemeyer hat die Seiten gewechselt.«

»Wie meinen Sie das?«, fragte Thewes überrascht.

»Anstelle der Wahrheitssuche verschrieb er sich der Aufgabe, diese zu verbergen. Oder ist Ihnen als Forscher jemals eine halbwegs interessante Publikation von Herrn Niemeyer untergekommen?«

Der Amerikaner schüttelte den Kopf. Allerdings hatte das nicht viel zu bedeuten. Wissenschaftler, die ihre Studien in einer anderen Sprache als dem Englischen veröffentlichten, wurden in seinem Heimatland grundsätzlich nicht wahrgenommen. Aber offenbar hatte Niemeyer auch auf Deutsch nichts Nennenswertes publiziert.

Ibn Talib räusperte sich. »Kurz bevor er und Sternberg ihr Projekt in Sanaa beendeten, geschahen hier merkwürdige Dinge. Niemeyer hatte zwei der Filme, die die beiden verschossen hatten, vorab entwickeln lassen. Angeblich, um ihre Qualität zu prüfen. Das war natürlich ein dummer Einfall, insbesondere, weil er dafür ein Labor auswählte, das von einem stadtbekannten Islamisten betrieben wurde.«

»Oje!«, entfuhr es Katharina. Davon hatte ihr Vater gar nichts erzählt.

»Ja, und als die Hardliner Wind vom Inhalt der Fotos bekamen, gab es natürlich Ärger. Die beiden Deutschen mussten ihre Beute schnell in Sicherheit bringen. Und Niemeyer hatte einen besonders smarten Plan, wie das geschehen sollte: Er reiste mit sämtlichen Fotos ab, während Sternberg noch hierbleiben sollte, angeblich, um die Wogen zu glätten.«

»Was vermutlich keine gute Idee war?«

»Nein, überhaupt nicht. Der Rest der Geschichte dürfte Ihnen ja zumindest bekannt sein. Während Sternberg sich hier noch mit den Behörden herumstritt, schwärzte Niemeyer ihn bei ihrem gemeinsamen Doktorvater an und behauptete, Sternbergs Fahrlässigkeit sei schuld daran, dass ihre gemeinsame Mission im Desaster endete. Obwohl das Gegenteil der Fall war. Das nützte Sternberg aber nichts mehr. Er verlor seinen Promotionsposten. Und die Fotos sah er nie wieder. Niemeyer hat Sternberg also schlichtweg übers Ohr gehauen.«

»Nicht zu fassen«, sagte Katharina, die mit einem Mal ein schlechtes Gewissen hatte, dass sie davon nichts wusste. Wahrscheinlich war ihr Vater schlicht zu stolz gewesen, ihr das Drama seines Lebens anzuvertrauen. »Wissen Sie, wo mein Vater sich derzeit aufhält?«, platzte sie heraus.

Ibn Talib blinzelte. »Ich befürchte, nein, liebes Kind. So viel Kontakt hatten wir nun auch nicht.«

Sie setzte eine enttäuschte Miene auf. »Aber Sie kennen sich doch gut, Sie haben Geschäfte miteinander gemacht.«

»Ja, das ist richtig.« Er druckste herum. Katharina hatte das Gefühl, dass er irgendeine Information vor ihr zurückhielt.

»Sie haben ihm auch Manuskripte verkauft?«, fragte Thewes.

»Nur einzelne Seiten. Seiten, die sich nicht zuordnen ließen und beschädigt waren. Nichts Illegales.«

»Nein, natürlich nicht.« Thewes wusste nicht recht, ob er empört oder entzückt sein sollte. Bislang war er fest davon ausgegangen, dass allein die Orient-Gesellschaft über Fotos von den Manuskripten aus Sanaa verfügte, Bilder, die für die Wissenschaft enorm wichtig waren. Und jetzt erfuhr er, dass mit den Dokumenten sogar gehandelt wurde. Und dass Ibn Talib offenbar Zugang zu ihnen hatte. In seinem Hirn arbeitete es. Vielleicht war dies die Chance seines Lebens, an die wertvollen Dokumente zu gelangen.

»Haben Sie nicht irgendeine Idee?«, bohrte Katharina unterdessen weiter.

Ibn Talib schüttelte bedauernd den Kopf.

»Wissen Sie von dem Buch, das mein Vater schreiben wollte?«

»Ah, das Buch, ja. Sein Lebenswerk. Daran werkelte er bereits seit Jahren. Er träumte davon, all seine Erkenntnisse darin einfließen zu lassen. Es handelt vom Propheten Mohammed und der Entstehung des Islam. Ich hielt es für eine sehr ambitionierte Arbeit. Sternberg hat viele Artefakte gesammelt, die er darin als Belege für seine Thesen aufführen wollte. Deshalb verschaffte ich ihm auch gelegentlich Zutritt zu den Handschriften.«

»Sagten Sie nicht, dass mein Vater selbst in ihrem Besitz war?«

»Nein. Er besaß, wie gesagt, nur ein paar Einzelseiten und die Fotos, die Niemeyer im Jemen zurückgelassen hatte. Aber es ging ihm ja darum, *Vergleiche* zwischen ihnen anzustellen. Sie müssen wissen, dass in der Alten Moschee Tausende von Koranen gefunden wurden, alle aus unterschiedlichen Epochen. Und als Forscher interessiert ihn natürlich der Gesamtkomplex. Manchmal war es beispielsweise nötig, dass er eine bestimmte Stelle mit derselben in einer noch älteren Abschrift verglich.«

Thewes konnte nicht länger an sich halten. »Würden Sie mir vielleicht ebenfalls einen Blick auf die Originale gestatten?«

Ibn Talib zog wenig begeistert die Mundwinkel nach unten. »Dazu habe ich leider nicht die Befugnis.«

Das war ganz klar eine Ausrede. Thewes grübelte. Vielleicht konnte er ihn wenigstens überreden, ein paar Schnappschüsse anzufertigen. Wenn er die der Berufungskommission vorlegte und von seinen guten Kontakten in den Jemen schwärmte, wäre ihm die Professur in Berlin sicher. Irgendwie musste er es schaffen.

»Ich würde diese Manuskripte auch gerne einmal sehen«, sprang ihm Katharina unerwartet zur Seite. »Das würde mir helfen, die Arbeit meines Vaters besser einzuschätzen.« Sie warf Thewes einen verschwörerischen Blick zu.

Ibn Talib wirkte unentschlossen.

»Bitte! Ich muss verstehen, was es mit ihnen auf sich hat«, drängte Katharina. »Sicher besitzen Sie einen Schlüssel zur Manuskript-Bibliothek?«

22. August, nachmittags, Sanaa, Flughafen

Der Mann mit der Narbe war Experte darin, sich vor den Augen seiner Mitmenschen in Luft aufzulösen. Das hatte er bereits als Junge gelernt. Wenn die anderen Kinder auf das hässliche Mal in seinem Gesicht starrten, verschwand er einfach. Er verhielt sich so unauffällig, dass sie seine Anwesenheit schlicht vergaßen.

Später, als er die Narbe längst mit einer Schicht Make-up kaschierte, funktionierte das noch genauso. Stundenlang konnte er sich in der Nähe einer Person aufhalten, ohne dass die Notiz von ihm nahm. Auch Katharina Sternberg hatte ihn nicht bemerkt, als er ihr in Berlin nachgestellt und sie bei den Reisevorbereitungen beobachtet hatte.

Er klopfte sich den Staub aus dem Sakko, den der Wind des jemenitischen Hochlandes zu ihm herübertrug. Mit seinem metallenen Rollkoffer schritt er über das Flughafengelände. Man hätte ihn für einen Geschäftsreisenden halten können. Und im Grunde war er das ja auch: ein Mann, der Geschäften nachging. Den Geschäften seines Meisters.

Er befahl dem jemenitischen Taxifahrer, ihn zum *Borge Salam* zu bringen, dem besten Hotel am Platz. Zudem lag es direkt neben dem Davoud-Hotel, in dem Katharina Sternberg und ihr amerikanischer Freund abgestiegen waren.

Das berichteten ihm die Unterstützer, die der Meister vor Ort organisiert hatte. Seine Helfer berichteten ebenso, dass die Tochter bereits auf den Spuren des Vaters wandelte und dessen Kontakte aktivierte, ganz wie es der Meister vorausgesehen hatte. Mit etwas Glück würde sie ihn nicht nur zu Sternberg selbst, sondern auch zu seinen Komplizen führen.

Er war zuversichtlich. Diesmal würde er den Meister vollends zufriedenstellen. Die Schmach, die ihm Sternberg angetan hatte, indem er ihn in ein verlassenes Haus lockte, würde er ihn sühnen lassen. Langsam und qualvoll würde der Antiquitätenhändler sterben.

Voller Vorfreude auf seinen Triumph brauste er mit dem Taxi in Richtung Stadt.

22. August, am Abend, Sanaa, Davoud-Hotel

Katharina drehte sich auf die Seite. Wenn sie nur endlich ein wenig schlafen könnte! Das Abendgebet war verstummt, und sie suchte nach einer komfortablen Position auf der harten Matratze. Aber sie fand keine. Außerdem fühlte sie sich einsam. Alles war so fremd und so verwirrend in diesem Land.

Warum hatte Bassam sie nur allein reisen lassen? Mit ihm an seiner Seite würde sie sich viel sicherer fühlen. Aber ausgerechnet jetzt, wo sie seine Unterstützung brauchte, stahl er sich aus der Verantwortung. Bereits als es darum ging, das Visum zu besorgen, hatte er sich überhaupt nicht hilfsbereit verhalten. Dabei wäre es ihm ein Leichtes gewesen, einen seiner Kumpel in der jemenitischen Botschaft um diesen Gefallen zu bitten. Stattdessen hatte er sie genötigt, es auf eigene Faust zu versuchen – wohl wissend, dass die Jemeniten derzeit aufgrund der unsicheren Lage im Land keine Visa vergaben.

Glücklicherweise aber hatte sie sich an den Trick erinnert, den ihr Vater immer anwandte, wenn es ihm in Deutschland zu kompliziert wurde. Damit, dass sie zuerst in den Libanon fliegen und sich dort auf dem Schwarzmarkt ein Visum besorgen würde, hatte Bassam wohl kaum gerechnet! *Tja, so lernt man sich gegenseitig kennen,* dachte sie halb triumphierend, halb gekränkt.

Sie überlegte, ob sie ihm eine SMS schreiben sollte. *Ich vermisse dich* – oder so. Aber sie wollte ihn nicht auch noch für sein schlechtes Betragen belohnen. Vorsichtshalber schwieg sie.

Ob Mart Thewes ihr helfen könnte, die Manuskripte, die ihr Vater besaß, zu verstehen? Immerhin war er Wissenschaftler und hatte sich mit der Materie befasst. Sie musste herausfinden, was um Himmels willen so brisant an ihnen war, dass irgendjemand glaubte, sie vernichten zu müssen. Dass sie ihm erneut über den Weg gelaufen war, betrachtete sie als glückliche Fügung. So war sie wenigstens nicht mehr ganz allein, jetzt, wo Bassam sich rarmachte. Schließlich brauchte sie einen Verbündeten in dieser Sache.

Mit einem leisen Surren meldete sich ihr Handy. In der Dunkelheit tastete Katharina nach dem Apparat, der auf dem Boden lag. *Wie geht es dir, mein Schatz?,* las sie Bassams Mitteilung. Na endlich!

Geht so, tippte sie mit den Daumen, *bislang fehlt jede Spur von meinem Vater.*

Das habe ich dir gleich gesagt, schrieb Bassam, der Besserwisser.

Wann kommst du nach Hause?, textete er, nachdem sie ihm eine Weile nicht geantwortet hatte.

Sie grübelte. Unterdessen vernahm sie von draußen ein leises Klopfen an ihrer Zimmertür. Sie knipste das Licht an und eilte zur Tür. Mart Thewes wirkte etwas verlegen, als sie ihn in Slip und T-Shirt empfing.

»Bist du noch nicht fertig?«, fragte er. »Wir sind spät dran!«

22. August, am Abend, Berlin

Volker Matthes brachte Grace nicht gerne zum Flughafen, das spürte sie. Und auch sie selbst wäre gerne noch länger in Berlin geblieben. Aber eine Überprüfung der Kreditkartenzahlungen von Katharina Sternberg hatte ergeben, dass sie Tickets nach Beirut und Sanaa erstanden hatte. »Bestimmt hat sie eine konkrete Spur ihres Vaters«, sagte sie zu Matthes, der seinen Wagen erneut in die Tiefgarage von Tegel lenkte.

Grace hatte beschlossen, Katharina hinterherzureisen, aber ihr Kollege war skeptisch. »Als ich mit ihr gesprochen habe, schien sie so gut wie nichts über seine Arbeit zu wissen.«

»Vielleicht weiß sie inzwischen mehr.«

»Warum teilt sie dieses Wissen dann nicht mit der Polizei?«

Grace zuckte mit den Achseln. Das war in der Tat eine gute Frage. Handelte die Tochter aus purer Besorgnis, oder hatte sie etwas zu verbergen?

»Katharina Sternberg ist mit einem Muslim verlobt.«

Grace sah ihn von der Seite an. Warum rückte er erst jetzt mit dieser Information heraus? »Den sollten wir uns näher ansehen.«

»Ich bin bereits an ihm dran«, versicherte Matthes, während er den Motor ausschaltete. Eilig ging er zu ihrer Seite des Wagens, um ihr die Tür aufzuhalten. Er holte ihren Rollkoffer aus dem Kofferraum und trug ihn zum Lift. Gemeinsam fuhren sie ins Erdgeschoss, wo sie ein elektronisches

Ticket aus dem Automaten löste. Dann erreichten sie die Sicherheitskontrollen. Es war Zeit, Abschied zu nehmen.

»Das ist jetzt sehr schnell gegangen«, sagte Matthes.

»Ja, ich weiß.«

»Zu schnell.« Er sah ihr tief in die Augen, und einen Augenblick geriet Grace innerlich ins Wanken. Hätte sie seinen Avancen vielleicht doch nachgeben sollen? Sie war nicht prüde und hatte immer mal wieder Affären mit jüngeren Männern, aber Matthes brauchte sie noch. Deshalb durfte sie ihr berufliches Verhältnis nicht aufs Spiel setzen. Das gehörte zu ihren Prinzipien. Nein, sie hatte richtig gehandelt.

»Halt mich auf dem Laufenden, was diesen Verlobten angeht«, sagte sie und küsste ihn scheinbar freundschaftlich auf die Wange. Grace konnte spüren, wie er unter der Berührung erstarrte.

»Für dich tu ich alles«, sagte er. »Das weißt du doch, Grace.«

22./23. August, nachts, Sanaa

An dem schnarchenden Rezeptionisten vorbei hatten sich Katharina und Thewes ins Freie geschlichen. Erleichtert atmeten sie die laue Nachtluft ein. Das Mondlicht ließ die schwarzen Lehm-Hochhäuser um sie herum wie Festungen wirken. Menschen waren zu dieser Stunde nirgendwo auf der Straße.

Schnellen Schritts liefen sie zur Moschee. Unter der Steinkuppel lagen die Bettler und schliefen. Sie huschten an ihnen vorbei und weiter bis zum Eingang der Manuskript-Bibliothek auf der gegenüberliegenden Seite. Dort wartete Ibn Talib. Statt einer Begrüßung legte er den Finger auf den Mund. Hastig öffnete er die Tür und ließ sie eintreten.

»Hat Sie jemand beobachtet?«, fragte er.

»Keine Menschenseele«, beteuerte Thewes.

Nachdem Ibn Talib die Tür wieder verschlossen hatte, schaltete er seine Taschenlampe ein und ging voraus ins Treppenhaus. Sie folgten ihm. Er führte sie die Stufen hinab in den Keller bis zu einer großen Stahltür. Fast mutete sie wie der Verschluss eines Safes an, massiv und undurchdringlich. Gummipolster isolierten die Ritzen zwischen Tür und Rahmen. Seitlich an der Wand befand sich eine Tastatur, in die Ibn Talib eine Nummernfolge tippte. Ein Piepsen bestätigte, dass er die richtige Kombination eingegeben hatte. Daraufhin ertönte jenseits der Tür ein schnaubendes Geräusch. Es klang wie ein Gebläse – die Sauerstoffversorgung des Raumes. Ibn Talib betätigte einen Drehknauf. Langsam und behäbig schwang die Tür auf.

Der Jemenit führte sie in einen großen, dunklen Saal. »So, da wären wir«, sagte er und schaltete die Deckenbeleuchtung ein, die den Raum in kühles Neonlicht tauchte. An den Wänden standen verglaste Regale, in denen sich Bücher stapelten – sehr, sehr alte Bücher. Tausende in Lederkladden gebundene Manuskriptseiten wurden hinter dem Glas aufbewahrt.

»Wow!«, entfuhr es Thewes. »Das ist also Ihre Schatzkammer.«

Ibn Talib runzelte die Stirn. »Sozusagen.«

Katharina trat näher an eine der Vitrinen heran. »Dürfen wir eines der Manuskripte herausnehmen?«

»Meinetwegen«, seufzte Ibn Talib. Er kramte einen großen Schlüsselbund aus seiner Sakkotasche, wählte einen kleinen, silbernen Schlüssel aus und steckte ihn in das Schloss am unteren Rand der Vitrine. »Welches hätten Sie denn gern?«

Katharina wählte einen in dunkles Leder gehüllten Wälzer mit ungeheuer dicken Seiten aus.

Ibn Talib zog sich ein Paar Plastikhandschuhe an und überreichte ihnen ebenfalls welche. Gehorsam streiften sie sie über. Dann nahm er das Buch heraus und legte es auf einen Tisch, der in der Mitte des Raumes stand und mit feiner Seide überzogen war.

Ehrfürchtig schlug Thewes die erste Seite auf. »Faszinierend!«, flüsterte er. Er kannte die klobigen Schriftzeichen, die mit schwarzer Tinte auf dem Papier aufgetragen worden waren, nur zu gut. Sie waren einzig im 7. und 8. Jahrhundert gebräuchlich gewesen.

»Sind das arabische Schriftzeichen?«, fragte Katharina.

Thewes wusste, was sie irritierte. Sie vermisste die Punkte, die im modernen Arabischen über und unter viele der Buchstaben gesetzt wurden. »Eine sehr, sehr alte Variante. Es handelt sich um die Hijazi-Schrift. Bei ihr gibt es noch keine Punkte.«

»Aber wie unterscheidet der Leser dann die einzelnen Buchstaben?«

»Das ist schwierig. Viele sind für sich genommen gar nicht zu unterscheiden, da sie lediglich aus einem Häkchen bestehen, hinter dem sich viele verschiedene Konsonanten verbergen können. Ihre Bedeutung erschließt sich aus dem Kontext.«

»Oje. Da gibt es aber viele Möglichkeiten!«

»Ja, verteufelt viele. 22 der insgesamt 28 Konsonanten sind ohne Punkte mehrdeutig. Und die Vokale werden im Arabischen bekanntlich ja bis heute nicht notiert. Das macht das Lesen zu einem regelrechten Ratespiel.«

»Ihr Vater arbeitete in Bezug auf diese sprachlichen Finessen oft mit unserem alten Freund Tanner im israelischen Nationalmuseum zusammen«, sagte Ibn Talib.

Katharina beäugte die Zeichen. »Können Sie entziffern, was da steht?«, fragte sie Thewes. Es war eine Aufforderung.

»Hm …« Er fühlte sich wie bei einer mündlichen Prüfung an der Uni. »Also, ich sehe hier ziemlich oft das Wort *Isa*, das heißt: Jesus. Und dort steht *Maryam,* also Maria. Es könnte sich um die Mariensure handeln.« Unwillkürlich suchte er nach einer Zahlenangabe, die aber nirgendwo zu finden war. Offenbar stammte das Schriftstück aus der Zeit, bevor man sich auf eine allgemeingültige Form des Korans geeinigt hatte; damals waren verschiedene Varianten im Umlauf. »Jesus sagt: *Ich bin der Abt Allahs,* der ›Knecht des Gottes‹.« So wurde Jesus in der Schrift oft genannt. *»Er hat mir die Schrift gegeben …«* Er stockte. »Nun ja, das Evangelium, könnte man vielleicht sagen …« Thewes kniff die Augen zusammen. *»Er hat mir das Evangelium versprochen …* Und das dahinten könnte das Wort für Prophet sein. Dann hieße es: *Und er hat mich zu einem Propheten gemacht,* oder: *Er wird mich zum Propheten machen.«*

»Das kommt mir bekannt vor«, sagte Katharina. »Steht das nicht auch in der Bibel?«

»Es gibt im Koran viele Anspielungen auf die ältere Schrift.«

Sie betrachtete die Seite über seine Schulter hinweg. Das Schriftbild war ebenmäßig. Nur an einigen Stellen wirkten die Häkchen etwas dunkler und gedrungener. Katharina zeigte auf einen solchen Abschnitt. »Da wurde anscheinend etwas eingefügt.«

Thewes folgte ihrem Fingerzeig. »Wie bitte? Das kann nicht sein! In einer Koran-Abschrift würde man *nie* Korrekturen vornehmen.«

»Doch!«, beharrte sie. »Ich kann die Kratzer ja mit bloßem Auge erkennen. Hier wurde die alte Schrift abgeschabt und ein Wort ersetzt.«

Thewes beugte sich über den Text und betrachtete ihn unter der Lupe. Jetzt konnte er sehen, dass Katharina recht hatte. Auf dem Manuskript waren winzige Kratzer erkennbar. Er glaubte seinen Augen kaum.

»Das ist nichts Besonderes«, behauptete Ibn Talib. »Da die Texte über Jahrhunderte in Gebrauch waren, mussten sie manchmal sprachlich überarbeitet werden …«

»Ein *Koran*-Manuskript? Überarbeitet?« Dass die Forschung ein so wichtiges Detail bislang übersehen haben sollte, erschien ihm ungeheuerlich. Auch Niemeyer mussten die Kratzer aufgefallen sein, als er die Fotos von den Manuskripten anfertigte. Warum zum Teufel hatte er das nicht groß publiziert? Der Befund von Korrekturen in den alten Manuskripten wäre *die* Sensation im Fachgebiet.

»Solche Verunreinigungen waren Sternbergs Hauptinteresse«, sagte Ibn Talib. »Je verkratzter und schmutziger eine Seite, desto lieber kaufte er sie.«

»Je *schmutziger?*«, fragte Katharina. »Was meinen Sie damit? Etwa diese Schatten am Rand?« Sie nahm Thewes die Lupe ab. Diesen »Schmutz« musste sie sich genauer ansehen.

22./23. August, nachts, Sanaa, Davoud-Hotel

Der Rezeptionist schreckte aus dem Schlaf. Hatte er etwas gehört? Nein, alles war ruhig, vermutlich nur ein schlechter Traum; am Nachmittag hatte er wieder zu viel Khat gekaut. Das verursachte wirre Fantasien. Wie spät war es? Er warf einen Blick auf die Wanduhr. Schon nach Mitternacht. Irgendwann im Laufe des Abends musste er eingenickt sein. Er rappelte sich auf, um zu kontrollieren, ob die Tür zum Innenhof verschlossen war. Normalerweise verriegelte er sie nach Sonnenuntergang. Die Gäste merkten das gar nicht.

Niemanden drängte es in die Stadt, in der es ohnehin kein Nachtleben gab.

Als er die Klinke drückte, gab die Tür sofort nach. Also hatte er sie nicht verriegelt. Er zögerte. Waren der Mann aus Amerika und die Frau aus Deutschland, die beiden einzigen Gäste im Hotel, überhaupt in ihren Zimmern? Besser, er sah dort mal nach dem Rechten. Es war sein Job, jede ihrer Bewegungen zu kontrollieren. Ein Job, für den man ihn besser bezahlte als für den Rezeptionsdienst.

Er hastete die Treppenstufen hinauf und lauschte im dritten Stock an der Tür: Keinerlei Geräusche drangen nach draußen, kein Lichtstrahl fiel über die Schwelle. Sicherlich schlief der Amerikaner bereits. Aber um ganz sicherzugehen, kramte er seinen Schlüssel hervor, steckte ihn ins Schloss und öffnete die Tür einen Spalt. Er linste in Richtung Bett, dessen Laken zerwühlt war. Aber da lag niemand.

Der Rezeptionist schüttelte sich, um richtig wach zu werden. Träumte er auch nicht? Er trat einen Schritt näher. Nein, kein Zweifel: Das Bett war leer und sein Hotelgast nicht anwesend. Eilig lief er zum Zimmer der Frau, um auch dort zu kontrollieren. Angestrengt lauschte er an ihrer Tür – nichts zu hören – und zückte den Schlüssel. Leise öffnete er und starrte in die Dunkelheit ihres Zimmers. Nichts. Kein Atmen, keine Menschenseele. Im Zimmer der Frau herrschte ebenfalls gähnende Leere. Bei Allah, wo waren die beiden?

Schuldbewusst rannte er die Treppe hinunter, griff sich sein Handy und wählte die Nummer, die er in den vergangenen beiden Tagen oft gewählt hatte. Diesmal dauerte es eine Weile, bis am anderen Ende jemand abnahm.

»Was gibt es denn?«, fragte eine verschlafene Stimme.

»Hier Hotel Davoud«, meldete er sich. »Es ist wegen der beiden Ausländer.«

»Ja?«

»Ich habe ihre Zimmer kontrolliert. Sie sind nicht mehr hier.«

22./23. August, nachts, Sanaa, Haus des Manuskripts

Mit der Lupe bewaffnet, begann Katharina, den unbeschriebenen Rand der Seite zu untersuchen, Zentimeter für Zentimeter. Dann richtete sie sie auf die Zeilenzwischenräume, die ebenfalls mit feinen Flecken und Schlieren überzogen waren. Die Restauratorin brauchte nicht lange, um ein Urteil zu fällen.

»Der Text wurde nicht nur mehrfach korrigiert und ergänzt, sondern auch mindestens einmal komplett abgewaschen. Und diese Schlieren«, sie deutete auf die Verunreinigungen, »sind nichts anderes als die Überbleibsel einer älteren Version.«

»Wie bitte?« Thewes traute seinen Ohren kaum. »Die gesamte Schrift wurde abgewaschen?«

»Ja, ganz bestimmt«, bekräftigte sie. »Hier am Rand ist es besonders gut zu erkennen. Der Schriftspiegel der ersten Version ist erheblich größer als der zweite. Die älteren Buchstaben ragen daher in den Rand der zweiten hinein.« Sie hielt ihm das Vergrößerungsglas hin und deutete auf die entsprechende Stelle. »Dieses Phänomen gibt es oft. Da die Pergamente damals kostbar waren, warf man sie nicht einfach weg, sondern wusch sie ab und recycelte das Material, wenn die ursprüngliche Beschriftung nicht mehr als zeitgemäß empfunden wurde.«

»Tatsächlich«, sagte Thewes aufgeregt. »Das sind verblasste Schriftzeichen!« Er musste unbedingt sicherstellen, dass er als Erster zu diesem Thema publizierte. Der Befund, dass sich unter den legendären Sanaa-Schriften eine noch ältere Schrift befand, würde die Forschung revolutionieren!

Er beugte sich noch tiefer über den Text und hielt das Vergrößerungsglas dabei so hoch, dass er die älteren Zeichen gut erkennen konnte. Sie waren im selben Duktus wie die auf Anhieb sichtbaren Buchstaben verfasst. Fast wirkten sie wie ein schattenhaftes, leicht vergrößertes Spiegelbild der jüngeren Schrift. »In der älteren Version wurde ebenfalls die Hijazi-Schrift verwendet«, befand er. »Die beiden Beschriftungen können zeitlich also nicht allzu weit auseinanderliegen.«

»Stimmt, sonst hätte sich der Schreibstil gravierender verändert«, stimmte ihm Katharina zu. »Hm … das finde ich merkwürdig. Normalerweise liegt zwischen der ersten und einer erneuten Beschriftung ein erheblicher Zeitraum. Denn es muss ja einen Grund dafür geben, den ursprünglichen Text zu überschreiben. Änderungen im Sprachgebrauch oder der Orthografie etwa.«

»Das ist hier nicht der Fall.«

»Bleibt der Inhalt des Textes.«

Thewes nickte. Er vertiefte sich in die Schattenzeichen. »Ismael«, entzifferte er eine Buchstabenkombination. Offenbar handelte es sich bei der älteren Schrift ebenfalls um einen religiösen Text. Er bemerkte, wie die Feststellung eine Gänsehaut bei ihm auslöste. Lag da etwa ein zunächst abgewaschener und dann neu aufgetragener Koran-Text vor ihnen?

Vorsichtig blätterte er eine Seite weiter, und dann noch eine. Die schwarzen Schatten fanden sich beim genaueren Hinsehen überall auf den Rändern und durchzogen den Text wie ein Hintergrundrelief. Das gesamte Buch war wohl überschrieben worden. Die Schattenzeichen, die er für das Wort »Ismael« hielt, tauchten abermals auf. Auf derselben Seite, weiter unten, identifizierte er die Namen der beiden Söhne »Ismael« und »Isaac«. *Oh Herr, bewahre mich und meine Kinder davor, die Götzen anzubeten,* las er und erkannte das Zitat. Es stammte aus der Abraham-Sure. Jetzt war es ganz klar: Auch bei dem älteren Skript handelte es sich um ein Fragment aus dem Koran.

Aber warum um Himmels willen war derselbe Text zunächst abgewaschen und dann wieder aufgetragen worden? Dafür konnte es nur eine Erklärung geben: weil es sich nicht um exakt denselben Text handelte. Es hatte Modifikationen gegeben!

Thewes hatte sich lange genug mit dem Islam befasst, um sofort zu begreifen, welche Sprengkraft eine solche Erkenntnis barg. Die Annahme, dass es sich beim Koran um eine wortwörtliche Ansprache Gottes handelte, gehörte zu den Grundfesten des Glaubens. Und jeder, der behauptete, dass es neben der jetzt kanonisierten Version andere gegeben hatte, brachte sich in Gefahr.

Nachdenklich betrachtete er die schattigen Buchstaben, dann ihren jemenitischen Führer – und er wusste: Dieser schweigsame Mann begriff haargenau deren Brisanz.

»Weiß sonst noch jemand von den Korrekturen und der Zweitschrift?«, erkundigte er sich vorsichtig.

Der Jemenit schien den Hintergrund seiner Frage zu ahnen. »Na, ich würde mal sagen, alle, die sie in natura gesehen haben. Also unser Studienkreis – Tanner, Omran, Niemeyer und Sternberg – sowie diverse islamische Gelehrte, die aus der gesamten muslimischen Welt angereist sind.«

So viele Menschen? Thewes wunderte sich, wie groß der Kreis war. Hatten sie alle aus Angst vor einer möglichen Rache der Islamisten auf eine Veröffentlichung ihres Wissens verzichtet?

Auch Katharina schien sich der Sprengkraft ihrer Entdeckung langsam bewusst zu werden. »Gab es bei anderen Wissenschaftlern, die die Manuskripte gesehen haben, ähnliche, äh, ›Unfälle‹ wie im Haus meines Vaters?«, fragte sie Ibn Talib.

Der sah die Tochter seines Freundes mit Bedauern an. »Im Laufe der Jahre gab es ein paar … Zwischenfälle.«

»Was für Zwischenfälle?«

Er räusperte sich. »Nun ja, sagen wir mal so: Die Forscher, die sich mit den Manuskripten befassten, waren gesundheitlich etwas labil …«

Katharinas Augen weiteten sich.

»Aber es gibt auch Forscher in der Runde, die sich bester Gesundheit erfreuen«, beeilte sich Ibn Talib zu versichern. »Professor Niemeyer beispielsweise.«

Ja, aber der publizierte auch nie etwas aus muslimischer Sicht Fragwürdiges, dachte Thewes.

Und auch Katharina schien das nicht wirklich zu beruhigen. »Wer«, fragte sie misstrauisch, »wusste außer Ihnen noch von Papas Plänen, diese Dinge zu publizieren?«

22./23. August, nachts, Sanaa, vor der Alten Moschee

Der Mann mit dem roten Bart hatte die beiden Westler beobachtet – und beobachten lassen. Nach der Mahnung aus dem Abendland waren er und seine Leute noch wachsamer als sonst. Ein Gefolgsmann des vorletzten Propheten hatte sie gewarnt, dass zwei Westler kommen und dass sie versuchen würden, die heiligen Schriften zu stehlen. Aber das würden er und seine Leute nicht zulassen. Die Hüter der Manuskripte hatten sich auf die Lauer gelegt.

Mitten in der Nacht hatte sein Informant Alarm geschlagen. Daraufhin hatte er seine Männer vor der Moschee versammelt und sie auf den Kampf eingeschworen; selbst die Bettler hatte er mit ein paar Münzen überzeugt, sich ihnen anzuschließen. Nun warteten sie darauf, dass die Ungläubigen aus ihrem Versteck kriechen würden. Sie und Hassan Ibn Talib, der ein Verräter seines eigenen Glaubens war.

Gerüchte über Ibn Talibs Machenschaften kursierten in Sanaa schon lange. Jeder anständige Bürger wusste, dass er und die anderen Gauner von der Altertumsbehörde in die eigene Tasche wirtschafteten. Sie verhökerten die Schätze an Ausländer, bald würden sie das ganze Land ausverkauft haben. Nicht einmal vor dem heiligsten aller Bücher machte ihre Raffgier halt. Und genau aus diesem Grund mussten sie ihm einen Denkzettel verpassen. Damit keiner es mehr wagte, sich der Manuskript-Bibliothek zu nähern.

Schon erlosch in den Kellerräumen das Licht. Lange konnte es nicht mehr dauern, bis die Eindringlinge auf die Straße treten würden. Die Stunde der Abrechnung rückte näher. Der Rotbart spielte mit seiner Gebetskette und murmelte lautlos einige Suren. Nein, er verspürte kein Mitleid mit denjenigen, über die sich der Zorn Gottes entladen würde. Weder mit den beiden Ungläubigen noch mit ihrem muslimischen Kollaborateur.

22./23. August, nachts, Sanaa, Haus des Manuskripts

Ibn Talib löschte das Deckenlicht und schaltete die Taschenlampe wieder ein. Er schob die schwere Panzertür zur Seite. Katharina und Thewes sprachen kein Wort, während sie ihm durchs Treppenhaus hinauf ins Erdgeschoss folgten und sich erneut durch den dunklen Ausstellungsraum führen ließen. Kurz vor dem Ausgang zur Straße verharrte Ibn Talib und legte mahnend den Finger auf den Mund.

»Haben Sie auch etwas gehört?«, fragte er und schaute in Richtung Tür. Draußen rappelte irgendetwas. Die drei verharrten regungslos.

»Was war das?«, fragte Thewes.

»Vielleicht eine Katze, die im Müll wühlt«, meinte Katharina.

Erst als alles wieder ganz still war, ging Ibn Talib zur Tür und öffnete sie einen Spalt weit. »Alles in Ordnung«, flüsterte er, nachdem er hinausgespäht hatte.

Eilig schlüpften sie hinaus, zuerst Thewes, dann Katharina; Ibn Talib verließ das Gebäude zuletzt. Sie schlugen verschiedene Richtungen ein. Ibn Talib nahm die Straße, die von der Moschee wegführte, Katharina und Thewes gingen abermals an der Umfassungsmauer entlang.

Aber irgendetwas an der Szenerie kam Thewes diesmal merkwürdig vor. Im ersten Moment wusste er nicht, was es war, und er blickte sich um. Die mächtige Mauer stand noch genauso still und stumm wie zuvor, nur der Mond hing niedriger. Und die Bettler vor dem Eingang zur Moschee waren verschwunden. Sein Herz begann zu rasen. Warum waren die Leute nicht mehr da? Alarmiert sah er Katharina an, aber ihr Gesicht zeigte keinerlei Beunruhigung. Hatte sie die Abwesenheit der Gruppe überhaupt bemerkt?

Plötzlich hörte er einen Schrei hinter sich. Es war ein fürchterlicher Schrei, ein Schrei der Todesangst. So als würde irgendwo ein Tier geschlachtet. Und er kam genau aus der Richtung, in die Ibn Talib eben verschwunden war. Thewes fuhr herum.

»Nein!«, hörte er im selben Moment Katharinas schrillen Ruf. »Nicht umdrehen! Nicht stehen bleiben! Lauf!«

Aber Thewes war starr vor Schreck. Der Verstand befahl ihm, sofort das Weite zu suchen, doch sein Körper wusste nicht, wie er das bewerkstelligen sollte. Er konnte sich einfach nicht bewegen, auch nicht, als die Männer auf ihn zukamen – ein Dutzend Kerle mit Schlagstöcken. Wie hypnotisiert starrte er ihnen entgegen.

22./23. August, nachts, Sanaa, Altstadt

Laut und verzweifelt dröhnte Ibn Talibs Schrei in Katharinas Ohren, während sie durch die Straßen rannte. Nichts wie weg hier, weg von der Moschee, weg von der aufgehetzten Meute mit den Knüppeln und den Messern, jenem Mob, dem Ibn Talib offenbar direkt in die Arme gelaufen war.

Was hatten die Männer ihm angetan? Und Thewes? Katharina registrierte, dass er nicht mehr an ihrer Seite war. Verdammt! Sie hatte ihm doch gesagt, dass er rennen sollte! Hastig warf sie einen Blick hinter sich. Nein, da war niemand zu sehen, weder Thewes noch Ibn Talib noch ihre Verfolger. Trotzdem lief sie weiter.

Erst nach einer Weile verlangsamte sie ihren Schritt. Das T-Shirt, das sie unter dem Niqab trug, klebte ihr schweißnass auf der Haut. Sie fühlte sich am Ende ihrer Kräfte. Erschöpft ließ sie sich in den Eingang eines halb zerstörten Hauses sinken.

Kaum hatte sie sich etwas abgekühlt, setzte das Zittern ein. Katharina schlang die Arme um sich, um sich vor der nächtlichen Hochland-Temperatur zu schützen. Aber es gelang ihr kaum, sich warm zu halten. Sie schlotterte am ganzen Körper. Jetzt nur nicht schlappmachen!

Sie überlegte. Die Angreifer hatten gesehen, dass sie weggelaufen war. Also würden sie nach ihr suchen. Was sie mit ihr anstellen würden, wollte sie sich lieber nicht vorstellen. Sie wusste nur, dass sie nicht zurück zum Hotel gehen konnte. Aber wohin sollte sie sonst? Vielleicht erst mal hierbleiben?

Zaghaft drückte sie die Holztür am Eingang der Ruine nach innen. Als sie eintrat, huschte etwas zur Seite. Katharina unterdrückte einen Schrei. Sie schüttelte sich vor Unbehagen bei dem Gedanken, dass es vermutlich eine Ratte gewesen war. Angestrengt horchte sie, ob sich noch weitere Lebewesen in dem Gebäude befanden, aber die staubigen Lehmziegelwände umfingen sie mit bedrückender Stille.

Am Ende des Flurs fand sie eine Treppe, die in den ersten Stock führte. Da es stockdunkel war, tastete sie sich an den Wänden entlang – und entdeckte dort weitere Stufen. Sie kletterte immer höher, bis sie schließlich auf eine Dachterrasse gelangte. Neugierig schritt sie das Areal ab, das vom Mondlicht beschienen wurde und lediglich durch eine niedrige Mauer von den anderen Häusern abgetrennt war.

Sie spähte nach unten. Direkt hinter der Ruine lag ein größerer Gebäudekomplex, mit einem Innenhof, der von einem Säulengang umrandet wurde. Konnte das sein? Es sah aus wie der Hof der Alten Moschee! Jetzt erkannte sie auch die Gerüste der Restauratoren, die an der Längsseite des viereckigen Hofs zum Dach gewandt lehnten. Anscheinend lag das Haus irgendwo an der weitläufigen Umfassungsmauer des Gotteshauses. Schlagartig wurde ihr klar, dass sie bei der Flucht im Kreis gelaufen sein musste, um wieder hierherzugelangen.

Waren ihre Angreifer ebenfalls in der Nähe?

22./23. August, nachts, Sanaa, in einer Kammer

Als Mart Thewes wieder zu sich kam, umfing ihn Dunkelheit. Jede Zelle seines Körpers schmerzte. Nur langsam begriff er seine Lage: Er war gefesselt und von Kopf bis Fuß in etwas eingewickelt, das nach einem alten Sack roch. Auch die Augen hatte man ihm mit ebendiesem Sack verbunden.

Mit einer zaghaften Bewegung versuchte er, sich aus der Position, in der die Männer ihn festgeknotet hatten, zu lösen. Aber sobald er sich rührte, schnitten die Fesseln tief in sein Fleisch. Er stöhnte. Nur wenn er vollkommen stillhielt, waren die Schmerzen erträglich.

Seine Gedanken fuhren Karussell. Wer waren die Männer, die ihn überfallen und geschunden hatten? Waren sie auf Lösegeld aus? Falls ja, musste er sich wohl auf eine lange Gefangenschaft einstellen. Oder wollten sie ihn nur bestrafen und am Ende sterben lassen? Der Verdacht, einer Handvoll Fanatiker in die Hände gefallen zu sein, verstörte ihn noch mehr als die körperlichen Schmerzen. Er musste unbedingt weg, bevor diese Irren zurückkamen.

Abermals versuchte er, seine Position zu verändern. Er krümmte den Oberkörper, sofort setzten die Schmerzen wieder ein. Thewes ignorierte sie. Mit dem Mund versuchte er, die Fesseln an den Handgelenken zu erreichen. Ob es ihm gelingen könnte, sie zu zerbeißen? Der Sack über dem Mund war im Weg – er schmeckte nach Staub und Schmutz –, aber immerhin gelang es ihm, ein Loch in das Leinen zu beißen.

Doch als er mit den Zähnen auf die Fesseln stieß, kam er nicht weiter. Das Seil, das sich um seine Gelenke wand, war mit Draht verstärkt und so hart wie das Schloss des Fahrrads, mit dem er bis vor Kurzem noch in Berlin herumgefahren war.

22./23. August, nachts, Sanaa, Ruine

Gerade wollte Katharina von der Dachterrasse zurück ins Innere der Ruine, als sie plötzlich ein Geräusch vernahm. Sie lauschte. Es kam aus der Richtung des Innenhofs. Fast klang es wie ein Stöhnen.

Automatisch ging sie hinter der Mauer, die die Terrasse umfasste, in Deckung. Sie horchte angespannt. Ja, kein Zweifel. Da stöhnte jemand. Irgendwo in der Nähe musste sich ein Mensch befinden. Ihr erster Reflex war, sofort die Flucht zu ergreifen, doch dann kam ihr ein anderer Gedanke: Konnte es sein, dass einer ihrer Mitstreiter da stöhnte? Vielleicht waren Thewes oder Ibn Talib verletzt. Vielleicht erlitten sie Schmerzen und brauchten dringend ihre Hilfe.

Sie konzentrierte sich, um den Ursprungsort des Stöhnens genauer zu orten. Es kam von einem der Minarette. Zwischen einem Fenster im oberen Teil des Turms und der Terrasse lag ein ziemlich steiles Stück Ziegelwerk. Wie, fragte sie sich, sollte sie das überwinden, ohne sich dabei alle Knochen zu brechen? Falls sie nur einen falschen Schritt tat, würde sie abrutschen. Aber vielleicht könnte sie es schaffen, wenn sie auf allen vieren krabbelte.

Unsicher setzte sie eine Hand und einen Fuß auf das Dach.

22./23. August, nachts, Sanaa, Alte Moschee

Thewes hielt inne und horchte. Er ließ von dem Seil ab, an dem er sich fast die Zähne ausgebissen hatte. Von irgendwo meinte er, Schritte zu hören. Kamen sie jetzt, um ihn zu holen? Er verzagte angesichts seiner Hilflosigkeit. Er war diesen Wahnsinnigen ausgeliefert und konnte nichts tun, außer hier im Dreck zu liegen und auf ihren Urteilsspruch zu warten.

Er erschrak, als ein paar Meter über seinem Kopf ein Klackern zu vernehmen war. War da ein anderer Mensch mit ihm im Raum? Oder Fledermäuse? Er wagte kaum zu atmen, denn er wollte nicht auf sich aufmerksam machen.

Das Klackern hörte sich an, als würde da jemand ganz langsam eine Treppe hinuntersteigen. Die Person trat leise auf. Manchmal schien es, als verharrte sie mitten in der Bewegung. Lauschte sie ebenfalls den Geräuschen im Raum? Jetzt waren die Schritte auf derselben Höhe wie sein Kopf und so nah, dass der Holzfußboden neben ihm knarrte.

Zarte Hände tasteten nach dem Sackleinen, sie berührten ihn am Kopf, und ein angenehmer Duft drang in seine Nase. Der Duft von … Frauenparfüm?

»Bleib ganz ruhig«, vernahm er eine vertraute Stimme.

Thewes meinte, einer Wahnvorstellung verfallen zu sein. Erst als sie ihm die Augenbinde abnahm und er ihr Gesicht vor sich sah, traute er seinen Sinnen: »Katharina? Bist du es?«

22./23. August, nachts, Sanaa, Davoud-Hotel

Die Fassade des Davoud-Hotels schimmerte im Mondlicht. Der Mann mit der Narbe betrachtete sie von der Straße aus. Aufmerksam studierte er die Verzierungen aus Kalkstein, die am Fuß eines jeden Stockwerks angebracht waren und sich zudem um die Fenster des Gebäudes wanden. Sie bildeten eine perfekte Aufstiegshilfe – wie die Sprossen einer Leiter.

Sein Blick verharrte im dritten Stock. Hinter einem hübsch verzierten, halbrunden Bogen befand sich das Fenster zum Zimmer von Katharina Sternberg. Routiniert nahm er Maß. Nur wenige Kletterbewegungen würden genügen, um bis zum Sims zu gelangen.

Sein Finger glitt über die Walther in seiner Jacke. Er stellte sich vor, wie er der Frau das glatte, kalte Metall an die Schläfe drückte. Wie würde sie reagieren, wenn die Angst ganz und gar Besitz von ihr ergriff? Würde sie um ihr Leben flehen? Er wollte sie gar nicht sofort töten. Zuerst würde er sie zwingen, ihm zu sagen, wo sich ihr Vater versteckt hielt. Lange genug hatte er darauf gewartet, dass sie ihn freiwillig zu ihm führte, jetzt würde er es beschleunigen.

Er erklomm den ersten Mauervorsprung. Ganz wie er erwartet hatte, eigneten sich die Verzierungen hervorragend als Kletterhilfe. Geschickt koordinierte er Hände und Füße und fand immer neue Nischen, in denen er Tritt fassen konnte.

Nein, dachte er, Sternbergs Tochter würde sich nicht lange darüber freuen können, dass sie heute Nacht als Einzige entkommen war. Denn er würde auf sie warten. Der Herr selbst lenkte seine Schritte zu ihr.

23. August, sehr früh am Morgen, Sanaa, Minarett der Alten Moschee

Über ihren Köpfen schwebte das metallene Gerüst einer Wendeltreppe, die von einer dunklen Mauer ummantelt wurde. Nur ein schwacher Lichtstrahl drang von weit oben in den Schacht. Thewes erkannte, dass er am Fuß des Minaretts gelegen hatte. Seine Hand- und Fußgelenke waren von den Fesseln wund gescheuert, sie brannten wie Feuer. Und auch sein Kopf dröhnte von den Prügeln, die er bezogen hatte.

Während er hinter Katharina die Stufen erklomm, wurde ihm bewusst, dass er dieser Frau sein Leben verdankte. Ihn dort unten zu suchen und aus seiner misslichen Lage zu befreien, war für sie mit einem großen Risiko verbunden gewesen. Wie hatte sie das nur eingehen können? Sie kannten sich doch kaum 24 Stunden. Er konnte nur hoffen, dass er sich in einer ähnlichen Situation ebenso verhalten hätte. Allerdings bezweifelte er das.

Der Morgen graute bereits, als sie über die Ziegel bis zur Dachterrasse krabbelten. Der Ruf zum Morgengebet war noch nicht erklungen, aber lange konnte es nicht mehr dauern, bis irgendjemand das Tonband der Lautsprecher auf dem Minarett aktivierte. Spätestens dann, befürchtete er, würden seine Peiniger auch bemerken, dass er nicht mehr am Fuß des Minaretts lag. »Wir müssen sofort weg hier«, sagte er zu Katharina.

»Was ist mit Ibn Talib?«

Er starrte sie an. »Hast du nicht gesehen, was sie mit ihm gemacht haben?«

Sie schüttelte den Kopf.

»Er lebt nicht mehr«, sagte Thewes tonlos. Und dann erzählte er ihr, was er gesehen hatte, als sie bereits auf der Flucht war. Er beschrieb den zusammengesunkenen Körper Ibn Talibs, der auf der Straße gelegen hatte – und den Mann, der sich mit einer Machete über ihn beugte. Thewes begann zu würgen, seine Augen wurden glasig.

»Was haben sie mit ihm gemacht?«, fragte Katharina tonlos.

»Sein Kopf … sie haben …«, er konnte kaum weiterreden, »… ihn abgeschlagen.«

Katharina legte sich die Hand auf den Mund. Sie musste sich zusammennehmen, um nicht laut loszuschreien. Sie hatten Ibn Talib enthauptet? Nur weil er ihnen die Manuskripte gezeigt hatte? Diese Leute waren Monster!

Im selben Moment wurde ihr klar, dass Thewes recht hatte: Sie mussten sofort verschwinden. Sobald ihre Gegner zurückkehrten und sein Fehlen im Turm bemerkten, wären sie hier nicht mehr sicher. Am besten schlugen sie sich direkt zum Flughafen durch. Glücklicherweise hatte sie gestern Abend ihren Pass eingesteckt. Und Thewes?

»Hast du deine Papiere dabei?«

»Ja.« Er tastete unter sein Hemd, wo er normalerweise eine Brusttasche trug, aber er wurde nicht fündig. »Verdammt«, fluchte er. »Sie haben sie mir abgenommen. Aber im Hotel habe ich noch eine Kopie liegen.«

»Dann lass uns gleich dorthin aufbrechen.« Eilig schlang sie sich ihr Tuch um den Kopf. Die Dämmerung bot ihnen nur noch kurze Zeit Schutz.

23. August, sehr früh am Morgen, Sanaa, Davoud-Hotel

Der Mann mit der Narbe steckte ein Stück Draht in den Schlitz zwischen den beiden Fensterrahmen und zog es langsam nach oben. Die Verriegelung verursachte ein kaum hörbares Klicken, als sie nachgab. Nun konnte er beide Flügel nach innen schieben. Kaum war der Spalt groß genug, sprang er ins Zimmer.

Er richtete seine Waffe auf das Bett. Aber nicht der leiseste Atemzug drang von den zerwühlten Laken. Er trat näher ans Bett heran. Mit der freien Hand zog er die Decke weg: nichts. Das Lager war verwaist. Katharina Sternberg war also noch ausgeflogen.

Ahnte sie, dass ihr Refugium keine Sicherheit mehr bot? Selbst wenn es so war, würde ihr das nichts nützen. Denn es gab keinen anderen Zufluchtsort für sie. Irgendwann würde sie unweigerlich wieder im Hotel aufkreuzen. Und dann würde er bereit sein. Geräuschlos verschwand er im Schatten hinter der Tür.

23. August, am Morgen, Sanaa, Altstadt

Der Taxifahrer schreckte auf, als irgendjemand energisch gegen seine Windschutzscheibe klopfte. Nachdem er die Nacht schlafend hinter seinem Lenkrad verbracht hatte, begriff er nur langsam, dass dies heute wohl seine erste Kundschaft war.

Pflichtbewusst kurbelte er das Fenster herunter. »Guten Morgen, die Herrschaften«, begrüßte er seine Gäste. Es waren die Ausländer, die er schon mehrfach in der Stadt gesehen hatte. »Steigen Sie doch ein!«

Zu seiner Verwunderung kamen die beiden der Aufforderung sofort nach, ohne sich vorher nach dem Preis zu erkundigen. Umso besser. »Wohin darf ich Sie bringen?«, fragte er. »Wohnen Sie nicht im Davoud-Hotel?«

Sie tauschten argwöhnische Blicke miteinander. »Woher wissen Sie das?«, erkundigte sich der Mann, der, wie ihm jetzt auffiel, ziemlich übel zugerichtet war. Sein Gesicht war geschwollen. Fast wirkte es, als sei er in eine Schlägerei geraten. Er bemühte sich, ihn nicht allzu neugierig anzustarren.

»Oh, ich habe nur geraten«, beteuerte er. »Wissen Sie, wir haben so selten Ausländer zu Besuch hier, dass sich schnell herumspricht, wer wo wohnt. Es stört Sie doch nicht?«

»Nein, nein«, behaupteten die beiden fast unisono. Dann flüsterten sie aufgeregt auf Englisch miteinander, was er sowohl aufgrund der Lautstärke als auch seiner Sprachkenntnisse nicht besonders gut verstehen konnte. Aber es entging ihm nicht, dass es wohl, ausgelöst durch seine Bemerkung, einen Dissens über das Fahrtziel gab.

»Also zum Hotel«, sagte die Frau.

»Auf gar keinen Fall«, widersprach der Mann. »Wir fahren zum Flughafen.«

»Sehr wohl«, antwortete er, als stünden die beiden Anweisungen nicht im Widerspruch zueinander, und ließ den Motor an. Langsam lenkte er den Wagen zum Bab-al-Jemen, dem Tor zur Altstadt. Von dort konnten sie immer noch in alle Richtungen abbiegen. Als sie die Kreuzung erreicht hatten, warf er einen prüfenden Blick in den Rückspiegel. »Wohin also, die Herrschaften?«, vergewisserte er sich.

Das Paar war immer noch am Diskutieren.

23. August, am Morgen, Sanaa, amerikanische Botschaft

»Bitte helfen Sie mir. Es geht um Leben und Tod«, vernahm Robert O'Neill die Nachricht, die Mart Thewes frühmorgens auf dem Anrufbeantworter der Botschaft hinterlassen hatte. Mein Gott, was gingen ihm solche Typen auf die Nerven!

Der amerikanische Diplomat hasste diese selbst ernannten Abenteurer, die ihm mit ihren Eskapaden kostbare Zeit stahlen. Als ob er in diesem gescheiterten Staat nichts anderes zu tun hätte, als auf Touristen und Wissenschaftler aufzupassen. Die sollten gefälligst auf sich selbst achten, wenn sie schon entgegen allen Empfehlungen in den Jemen reisten. Er hatte nämlich weiß Gott Besseres zu tun, als ihren Allerwertesten zu retten. Glaubte dieser Orientalist aus New York tatsächlich, dass er jetzt zum Flughafen eilen würde? Nur weil er sich verfolgt fühlte? Auf was für Ideen die Leute kamen! Wenn er Ersatz für seinen verlorenen Pass brauchte, sollte er sich gefälligst selbst auf die Botschaft bequemen.

O'Neill goss sich eine Tasse von dem grünen Tee ein, den seine Sekretärin ihm in einer Thermoskanne auf den Schreibtisch gestellt hatte. Das gehörte zu seinen morgendlichen Routinen, für die er gerne auch ein paar Minuten früher reinkam.

Auf seinem Tablet überflog er die Schlagzeilen der jemenitischen und überregionalen arabischen Nachrichten-Portale. *Lynchmord im Zentrum Sanaas,* sprang ihm der Aufmacher von *Jemen Today* ins Auge. *Altertumsverwalter Ibn Talib getötet,* hieß es in der Unterzeile. O'Neill las die Meldung noch einmal. Sollte der Mord etwa einen politischen Hintergrund haben? In diesem Fall müsste er die Nachricht in seinen wöchentlichen Bericht aufnehmen. Gerade wollte er kontrollieren, was andere Medien darüber berichteten, als auf dem Schreibtisch sein Telefon rappelte. Es war der Botschafter. »Guten Morgen«, begrüßte ihn sein Chef. »Gut, dass Sie schon da sind. Könnten Sie sich bitte um einen Gast kümmern?«

Er rollte mit den Augen. Eine ausgiebige Lektüre konnte er heute Morgen wohl vergessen; das nächste Mal käme er wieder pünktlich um halb neun. »Selbstverständlich. Um wen denn?«

»Sie kommt aus der Zentrale in Washington.«

»CIA?«

»Ganz genau. Grace Dumont heißt sie.«

23. August, morgens, Sanaa, International Airport

Als Katharina und Thewes den Flughafen erreichten, lag das Gebäude noch verwaist. Die Kioske der Snackverkäufer hatten ihre Rollläden geschlossen, auch die Ticketbüros waren noch verrammelt. Nur ein älterer Mann mit Turban wischte in der Abflughalle den Boden.

Vorsichtig sahen sie sich um, aber niemand schien auf sie zu warten oder ihnen gar aufzulauern. Die Anzeigetafel verriet ihnen, dass die nächste Maschine aus Beirut um halb zehn eintreffen und kurz darauf wieder zurück in den Libanon fliegen würde. Weitere Flüge waren für den Tag nicht angeschlagen. Katharina versuchte, mit ihrem Handy eine Internetverbindung herzustellen, um ihnen Tickets zu buchen. Wenn die amerikanische Botschaft Thewes nicht im Stich ließ und er dann bereits einen Ersatzpass in den Händen hielt, könnten sie beide gemeinsam los.

Aber das öffentliche WLAN am Flughafen schien defekt zu sein. Jedenfalls gelang es Katharina nicht, ins Netz zu gelangen. Schließlich gab sie die Versuche auf. Mit dem bisschen Restlaufzeit des Akkus würde sie Bassam bitten müssen, einen Flug für sie zu buchen.

Kannst du mal schauen, ob es noch freie Plätze auf der Maschine von Sanaa nach Beirut gibt?, fragte sie per SMS an.

Die Antwort kam umgehend. *Die gibt es, auch für den Weiterflug nach Berlin. Soll ich dich einbuchen?*

Ja, mach das. Und bitte auch meinen Kollegen Mart Thewes, tippte sie etwas zögerlich. Bestimmt würde es Bassam nicht schmecken. Anderseits konnte sie Thewes nicht einfach zurücklassen. Eine halbe Sekunde später surrte ihr Handy, Bassam war dran.

»Wer ist dieser Mann, mit dem du reisen willst?«, fragte er ohne Umschweife.

»Er ist ein Kollege, ein Wissenschaftler«, beruhigte sie ihn. »Wir haben zusammen die Manuskripte gesehen ... Stell dir vor, unter der Schrift befindet sich eine zweite Koran-Version, die komplett abgewaschen wurde!«

»Was erzählst du da? Es gibt keine Koran-*Versionen*. Muslime würden nie zulassen, dass die Heilige Schrift abgewaschen wird.«

»Aber ich habe es doch mit eigenen Augen gesehen!«

»Unmöglich. Hat dir das etwa dieser Wissenschaftler eingeredet?«

»Bassam, ich habe nur noch sehr wenig Batterie«, unterbrach sie ihn. »Ich habe schreckliche Dinge erlebt. Islamisten waren hinter uns her, sie wollten uns umbringen …«

»Katharina, was erzählst du da? Bist du noch ganz bei Trost?«

23. August, am Morgen, Sanaa, amerikanische Botschaft

Die Frau hatte ein sehr selbstbewusstes Auftreten. Jetzt ließ sich Grace Dumont von der Sekretärin bereits den zweiten Kaffee und einen Power-Riegel servieren. Sie benahm sich fast so, als ob O'Neills Büro ihr gehörte.

Wie er erfuhr, war sie am Abend von Berlin aus nach Dschidda geflogen. Die restliche Strecke hatte sie auf dem Landweg zurückgelegt. Dass sie kaum geschlafen und mehrere Stunden in einem Geländewagen auf einer holprigen Piste verbracht hatte, sah man ihr allerdings nicht an.

Ohne ihn über den Grund ihres Besuchs in Sanaa zu unterrichten, verlangte sie von ihm ein detailliertes Briefing über die Ereignisse der letzten Tage. Als er berichtete, dass in der Stadt ein Altertumsverwalter ermordet worden war, hakte sie sofort nach. »Was ist das für ein Mann?«

»Er war sehr einflussreich in der Altertumsverwaltung. Und wohlhabend. Wahrscheinlich hat er sich mit den lokalen Islamisten überworfen.«

Grace zog die Brauen hoch. »Wissen Sie zufällig, ob er in Kontakt zu einem Deutschen namens Sternberg stand? Oder zu seiner Tochter Katharina Sternberg, die sich ebenfalls in Sanaa aufhält?«

»Sternberg?« O'Neill hörte die Namen zum ersten Mal. »Da bin ich überfragt«, musste er zugeben. Die Beziehungen zwischen Jemeniten und Deutschen waren nun wirklich nicht seine Baustelle. »Allerdings …« Dieses Detail schien ihm nun doch erwähnenswert. »Allerdings ist hier ein amerikanischer Wissenschaftler aufgetaucht. Mart Thewes, ein Orientalist aus New York. Seine Uni hatte für ihn ein Expressvisum beantragt.«

»Ist es möglich, dass er Kontakt zu diesem Altertumsverwalter hatte?«

»Daran habe ich auch schon gedacht …«

»Ich muss unbedingt mit ihm sprechen!«

O'Neill räusperte sich. »Ich habe vor Kurzem einen Anruf von ihm erhalten. Er hat es wohl inzwischen ziemlich eilig, das Land zu verlassen. Deshalb bat er mich, ihm einen Ersatzpass auszustellen und ihn am Flughafen zu treffen.«

»Was Sie nicht sagen! Und er kann nicht weg, bevor Sie ihm sein Dokument bringen?«

O'Neill nickte. Die Lippen der CIA-Agentin umspielte ein Lächeln.

23. August, Vormittag, Sanaa, Flughafen

Langsam füllte sich die Abflughalle mit Menschen, Jemeniten, Türken und Golfaraber standen an den Schaltern. Katharina und Thewes hatten sich in den Toiletten verschanzt, aber alle paar Minuten lugte Thewes durch den Türspalt, um nachzusehen, ob nicht irgendjemand von der amerikanischen Botschaft aufgetaucht war, um ihm die notwendigen Dokumente auszustellen.

Langsam verflog seine Zuversicht. Vielleicht war sein Appell auf dem Anrufbeantworter nicht eindringlich genug gewesen, um die Diplomaten zu überzeugen. Dann würde Katharina wohl allein nach Hause fliegen. Für sie wurde es jetzt jedenfalls Zeit, zum Gate zu gehen.

»Katharina?«, rief er ins Innere der Frauenkabine. Sie erschien sofort in der Tür. »Du musst los, sonst verpasst du die Maschine.«

»Und du?«

»Ich lasse mir schon etwas einfallen«, behauptete er und versuchte sich an einem Grinsen, um die Dramatik der Situation herunterzuspielen. Einen wirklichen Plan hatte er nicht; irgendwie müsste er sich wohl zu seiner Botschaft durchschlagen. Und dann?

Katharina schluckte. »Kann ich noch irgendetwas für dich tun?«

»Ja, du könntest mir etwas Geld borgen.«

»Natürlich.« Sie fing an, unter ihrem Tuch zu wühlen. Offenbar verursachte es ihr Gewissensbisse, ohne ihn zu fliegen. Das gefiel ihm irgendwie. Aber es gab ja keinen Grund, dass sie weiter mit ihm an diesem gefährlichen Ort ausharrte.

»Dort drüben ist die Passkontrolle«, sagte er und zeigte auf die Kontrollhäuschen.

»Hm, ja, dann geh ich wohl mal.«

»Mach das«, bestärkte er sie.

Thewes berührte zum Abschied kurz ihre Hand. Er merkte, wie er gegen seinen Willen emotional wurde, dazu neigte er sonst gar nicht. Vielleicht war es ganz gut, dass sie gehen musste. »Ich werde mich revanchieren!«, sagte er noch, als sie sich bereits umgedreht hatte und es gar nicht mehr hören konnte.

Während sie in Richtung Passkontrolle stapfte, vernahm er, wie hinter ihm jemand seinen Namen rief. Thewes entdeckte einen Typ mit blassen Zügen in der Menge. Sein Herz machte einen Sprung: Das musste der amerikanische Diplomat sein. Die Botschaft hatte ihn also doch nicht hängen lassen! Beim Näherkommen sah er, dass der Mann in Begleitung einer sehr elegant gekleideten westlichen Frau war. Sie trug einen Business-Zweiteiler und verhüllte auch ihr Haar nicht. Vielleicht war sie die Botschafterin? Jedenfalls schienen sie die Angelegenheit sehr ernst zu nehmen, was gut war.

»Gott sei Dank, dass Sie noch gekommen sind!«, sagte Thewes und streckte den beiden seine Hand entgegen. »Ich habe schon fast nicht mehr daran geglaubt … Können Sie mir bitte gleich die Ersatzpapiere ausstellen?«

Die Frau musterte ihn interessiert, der Mann etwas abschätzig. Er ignorierte die Frage. »Nicht so schnell, mein Freund. Meine Kollegin würde Ihnen gerne noch ein paar Fragen stellen.«

»Ein paar Fragen?« Thewes war perplex. »Aber wir müssen uns beeilen! Mein Flieger geht in ein paar Minuten.« Aus den Augenwinkeln sah er, wie in der Ferne Katharina die Kontrollen passierte.

Die Frau mit dem eleganten Kostüm warf ihm einen kühlen Blick zu. »Ich fürchte, Sie werden umbuchen müssen.«

Kapitel 3

23. August, Mittag, Berlin, Nähe Flughafen Tegel
Bassam al-Nur verließ das Geschäft früh und fuhr mit seinem BMW durch die Straßen. Er war zu unkonzentriert zum Arbeiten. Seitdem er Katharinas Flug gebucht hatte, konnte er an nichts anderes mehr denken als an sie und diesen Mann, der mit ihr flog.

Warum ließ sie sich von einem Fremden begleiten? Er wusste genau, dass er nicht eher zur Ruhe kommen würde, bis sie zurück war. Al-Nur machte sich schwere Vorwürfe. Wie hatte er nur erlauben können, dass seine Verlobte ganz allein in den Jemen flog?

Nun, um ehrlich zu sein, hatte Katharina ihn nicht gefragt, bevor sie ihren Rucksack packte. Lediglich, ob er sie begleiten würde, hatte sie von ihm wissen wollen. Dann, als er ablehnte, hatte sie ohne ihn Pläne gemacht – und sich nicht einmal verabschiedet. Er grummelte. Über die Regeln ihres Zusammenlebens würden sie sich vor der Hochzeit noch verständigen müssen.

Ganz automatisch fuhr Bassam zum Flughafen. So sei es, er würde Katharina also abholen. Sie müsste in Kürze ankommen, wenn sie in Beirut den Anschlussflug erreicht hatte, jedenfalls noch heute Nachmittag. In der Tiefgarage löste er ein Ticket für zwei Stunden. Auf dem Weg in die Ankunftshalle kaufte er noch einen Strauß Tulpen. Selbst wenn er sich über sie geärgert hatte, wollte er seiner Frau nicht mit leeren Händen begegnen.

Er setzte sich in ein Café, von dem aus er die Anzeigetafel gut im Blick hatte. Die nächste Maschine aus Beirut würde schon in einer halben Stunde eintreffen. Für die Zwischenzeit bestellte er sich einen Kaffee, rührte das Getränk aber nicht an. Das Koffein, spürte er, würde ihn nur noch mehr aufwühlen.

Während er an dem Wasser nippte, das der Kellner ihm dazu gebracht hatte, überlegte er, was genau eigentlich das Gefühlschaos in ihm auslöste. Es war nicht die Tatsache, dass Katharina allein losgezogen war. Nein, es war dieser andere Mann … Ob er jetzt mit ihr zusammen im Flugzeug saß? Je länger er über alles nachdachte, desto mehr geriet er innerlich in Rage. Wobei er sich nicht sicher war, wem von ihnen beiden er mehr Vorwürfe machen sollte, Katharina oder sich selbst. Als er zur Rampe ging, kochte er vor Ärger. Wenn dieser Typ jetzt bei ihr wäre, wüsste er nicht, was er mit ihm anstellen würde!

Aber sie kam nicht. Bassam wartete, bis der letzte Passagier durch die Glastür geschritten war. Er kam sich unglaublich albern vor mit seinen Blumen in der Hand. Beschämt schmiss er den Strauß in den nächsten Papierkorb und stapfte zu seinem Wagen zurück.

23. August, Nachmittag, Sanaa, amerikanische Botschaft

Grace fixierte Mart Thewes, der ihr im Gästezimmer der Botschaft gegenübersaß und mürrisch auf sein Glas Wasser starrte. Seine Wunden waren inzwischen versorgt, auch frische Kleider trug er. Dennoch hatte sie sich bei ihm mit der Verzögerung seines Abflugs nicht gerade beliebt gemacht.

Sie war den Kollegen von der Botschaft dankbar, dass sie ihr die Befragung ermöglichten. Denn wie sie inzwischen durch die Aussage von Ibn Talibs Witwe wusste, hatte sich der ermordete Altertumsverwalter wohl kurz zuvor mit zwei Ausländern getroffen.

»Waren Sie das?«, stellte sie Thewes zur Rede. »Waren Sie mit Ibn Talib in der Manuskript-Bibliothek?«

»Ja, natürlich war ich das«, gab er unumwunden zu. Der Wissenschaftler, der in New York lehrte, kürzlich aber längere Zeit in Berlin verbracht hatte, gab sich keine Mühe, die Zusammenhänge zu kaschieren. »Nachdem die Fotos in Berlin zerstört waren, bin ich nach Sanaa gereist, um von Ibn Talib die Erlaubnis zu erwirken, sie erneut zu fotografieren. Für die Wissenschaft, um sie besser erforschen zu können.«

»Und warum suchten Sie die Sammlung mitten in der Nacht auf?«

Er sah sie verständnislos an. »Soll das ein Witz sein?«, fragte er und deutete auf seine Schrammen. »Sie sehen ja selbst, wie verrückt die Menschen hier reagieren, wenn sie mitbekommen, dass Ausländer sich für die Manuskripte interessieren.«

Grace nickte. »Immer vorausgesetzt, sie wurden nicht instrumentalisiert oder aufgehetzt«, fügte sie einschränkend hinzu. Sie musterte ihn und rief sich ins Gedächtnis, dass hier ein Orientalist vor ihr saß, also ein Fachmann für die Manuskripte, deren Repliken derzeit allerorts verschwanden. Sie durfte sich von ihm nicht mit Allgemeinplätzen abspeisen lassen. »Was ist an diesen Schriften so besonders?«

»Sie wollen wissen, warum Menschen für sie morden?«

»Ja. Das meinte ich wohl.«

»Das würde ich selbst gern verstehen.«

Sicher wusste er mehr. »Aber Sie haben sich doch mit ihnen beschäftigt, Sie haben die Originale gesehen.«

»Ja, in der Tat. Und ich kann Ihnen versichern, dass sie aus wissenschaftlicher Sicht ein absoluter Schatz sind …«

»Aufgrund ihres Alters?«

»Ja, genau. Zeitweise hielt man sie für die ältesten Koran-Manuskripte der Welt. Aber das ist noch nicht alles. Wie ich gestern herausfand, liegt unter der auf den ersten Blick sichtbaren Schrift eine weitere verborgen, die irgendwann abgewaschen wurde.«

»Und die ist noch älter?«

»Sie könnte sogar älter sein als das Datum, das wir bislang für die Entstehung der ersten schriftlichen Koran-Fassungen veranschlagt hatten.«

Er sah sie an und beobachtete ihre Reaktion. Grace hatte das Gefühl, dass er testen wollte, ob sie begriff, was er sagte. »Wenn sich Ihre Vermutungen als wahr erwiesen, müsste die Legende von der mündlichen Überlieferung von Mohammeds Offenbarung durch seine Getreuen wohl in Zweifel gezogen werden«, folgerte sie.

Thewes nickte. »Die Muslime müssten einen großen Teil ihrer Religionsgeschichte neu schreiben.«

23. August, Nachmittag, Beirut, Flughafen

Katharina irrte auf dem Flughafen Beirut herum, sie war völlig übermüdet. Aufgrund einer Verspätung hatte sie den Anschlussflug nach Berlin verpasst. Nun suchte sie nach einem Informationsschalter, um herauszufinden, welches ihre nächsten Reiseoptionen waren. Aber sie konnte sich kaum auf das, was um sie herum geschah, konzentrieren. Ihre Gedanken kreisten unentwegt um die Erlebnisse der vergangenen Nacht.

Wie hatte sie Mart Thewes nur allein in Sanaa zurücklassen können? Sie hoffte inständig, dass er inzwischen in Kontakt mit der amerikanischen Botschaft stand und einen Ersatzpass bekam, damit er ebenfalls ausreisen konnte. Sie hatte keinen Zweifel, dass er in Lebensgefahr schwebte, solange er sich im Jemen aufhielt. Die Feinde ihres Vaters schreckten offenbar vor überhaupt nichts zurück.

Wenn sie ihm nur irgendwie eine Warnung zukommen lassen könnte. Vielleicht über einen von Sternbergs Vertrauten? Im Kopf ging sie die Gruppe der Freunde durch, die Ibn Talib erwähnt hatte, jene liberalen Geister, die sich damals zu Studienzeiten im Jemen angefreundet hatten … Den Jordanier Omran hatte sie als Kind mal persönlich getroffen, an den Sprachexperten Tanner hatte sie keine Erinnerungen. Aber wäre er nicht genau der richtige Gesprächspartner, wenn ihr Vater sich über die altarabische Schrift auf den Manuskripten austauschen wollte?

Sie betrachtete die Tafel, auf der die nächsten Flüge angezeigt wurden. Einer von ihnen ging nach Zypern. Von den Erzählungen ihres Vaters wusste sie, dass es von dort aus gute Verbindungen nach Israel gab. Vor der Rückreise nach Berlin könnte sie diesen kleinen Umweg machen und versuchen, in Jerusalem Tanner zu finden.

Aber was würde Bassam zu diesem Plan sagen? Beim Thema Israel kannte er wenig Toleranz. Er hielt den kleinen Staat für illegal, da er auf palästinensischem Territorium errichtet worden war. Das Argument, dass es dazu mehr als einen UN-Beschluss gegeben hatte, ließ er nicht gelten. Sicher würde er verärgert sein, wenn sie ausgerechnet dorthin reiste. Tja, und wennschon! Sie konnte darauf keine Rücksicht nehmen. Was jetzt zählte, war, ihren Vater zu finden. Das musste Bassam akzeptieren.

Sie griff nach dem Handy, um ihm eine SMS zu schreiben, musste aber feststellen, dass es immer noch keinen Saft hatte. Zuerst brauchte sie ein neues Ladekabel. Sie würde die Auseinandersetzung mit ihrem Verlobten also aufschieben – und merkte, dass sie darüber gar nicht unglücklich war.

23. August, Nachmittag, Sanaa, amerikanische Botschaft

Mart Thewes wollte gar nicht ausrechnen, wie viele Steuergelder die Botschaft hier gerade verschwendete. Anstatt ihn mit neuen Papieren auszustatten, stellten sich die Diplomaten seiner Weiterreise in den Weg.

Stundenlang wurde er zum Verhör mit Grace Dumont verdonnert: über die Manuskripte, über Ibn Talib, über Niemeyer und über Katharina Sternberg. Dass seine Interviewerin sich dermaßen für sie interessierte, machte Thewes stutzig. »Hat sie Ihnen gesagt, welches Ziel sie als Nächstes ansteuert?«, hatte sie von ihm wissen wollen.

Er persönlich ging ja davon aus, dass Katharina mittlerweile zurück in Berlin war. Das hatte er der CIA-Frau auch gesagt. Während er hier im Gästezimmer der Botschaft ausharrte, bis die Herrschaften sich bequemten, ihm zu helfen, war sie vermutlich längst daheim in den Armen ihres Liebsten.

Über einen Computer der Botschaft hatte er ihr eine eMail geschrieben. *Bist du gut in Berlin angekommen?* Nun ja, ehrlich gesagt, Grace hatte ihn um die Kontaktaufnahme gebeten, »nur um sicherzugehen, dass sie heil gelandet ist«. Eine Deutsche? Seit wann interessierte sich die amerikanische Botschaft für das Schicksal deutscher Staatsbürger?

Thewes war sicher, dass seine Inquisitorin auch Katharinas Antwort mitlas. Allein, welche Spur sie verfolgte, erschloss sich ihm nicht.

23. August, später Nachmittag, Sanaa, Botschaft/Berlin, BKA

Grace meldete sich lautstark mit dem Klingelton des Skype-Programms. Volker Matthes strahlte, als das Gesicht seiner Freundin auf dem Bildschirm aufpoppte. »Grace! Wie geht es dir? Bist du gut im Jemen angekommen?«

Ihr Antlitz flackerte; offenbar hatte sie keine gute Internetverbindung. Er sah, wie sich ihre Lippen bewegten. »Ich war leider zu spät«, hörte er sie mit leichter Verzögerung sagen.

»Zu spät? Warum?«

»Sternbergs Tochter ist schon wieder abgereist, angeblich zurück nach Berlin …«

Er verstand sofort. »Soll ich mal nachschauen, ob sie auch hier angekommen ist? Warte mal, das haben wir gleich.«

Ohne ihre Antwort abzuwarten, wählte er vom Festnetz die Kurzwahl der Kollegen von der Grenzpolizei am Flughafen I. »Hier Matthes, BKA«, meldete er sich. »Ich würde gerne einen Namen überprüfen. Ist eine gewisse Katharina Sternberg heute eingereist? Ja, sie ist deutsche Staatsbürgerin.« Er buchstabierte ihren Namen. Es klackerte.

»Nein, zu diesem Namen haben wir keinen Eintrag«, antwortete der Polizist am anderen Ende.

»Hm, danke. Das war's schon.« Er legte auf. »Hast du gehört?«, wandte Matthes sich wieder an Grace. »Sie ist nicht angekommen.«

»Das dachte ich mir schon.«

»Ihre Ausreise aus dem Jemen hast du geprüft?«

»Ja, die konnte ich verifizieren. Sie ist zunächst nach Beirut geflogen …«

Matthes hatte eine Idee. »Erinnerst du dich noch an ihren Verlobten, Bassam al-Nur?«

»Natürlich. Hast du ihn dir mal angeschaut?«

»Ja.« Das hatte er in der Tat. »Ich habe seinen Namen auf einer Liste gefunden. Die Kollegen hatten ihn auf dem Radar, weil er jahrelang eine radikale Moschee frequentierte. Er ist allerdings nie auffällig geworden.«

»Was du nicht sagst!« Grace klang ganz aufgeregt. »Das rückt die Aktivitäten von Katharina Sternberg unter Umständen in einen ganz neuen Kontext.«

»Ich bin mir sicher, dass wir über ihn ihren Aufenthaltsort bestimmen können.«

»Habt ihr sein Telefon schon angezapft?«

23. August, Abend, Israel, Flughafen Tel Aviv

Benjamin Katz betrat das Flughafengebäude durch einen Seiteneingang und schritt energisch durch die neonbeleuchteten Gänge. Mit seiner Magnetkarte öffnete er eine Tür mit der Aufschrift *access denied,* die in den Sicherheitsbereich führte. Vor der Passkontrolle warteten Passagiere des Fluges aus Zypern, darunter auch die Frau, die die amerikanische Kollegin ihm angekündigt hatte. Katz erkannte sie anhand ihres Passfotos. Mit den hohen Wangenknochen und den ausdrucksstarken Augen war sie in natura allerdings noch hübscher als auf der Aufnahme, daran konnte auch der strubbelige Pferdeschwanz nichts ändern. Nur ihr Outfit wirkte etwas daneben: Trotz der sommerlichen Temperaturen hatte sie einen riesigen schwarzen Schal um den Hals geschlungen. Er passte überhaupt nicht zu ihrer Jeans und dem weißen T-Shirt, das sich, wie die Knitterspuren verrieten, offenbar schon seit längerer Zeit in Benutzung befand.

Katz selbst war ein auffällig unauffälliger Typ, neutral gekleidet, mittelgroß, mittelalt und außer der Kippa auf dem schütteren Haar ohne Kennzeichen, die einem zufälligen Beobachter ins Auge stechen würden. Ein Typ, der sich an seine Umwelt assimilierte. Er positionierte sich neben Schalter Nummer vier, auf den Katharina Sternberg jetzt zuging. Mit den Augen bedeutete er dem diensthabenden Grenzer, für wen er sich interessierte. Der junge Mann nickte diskret. Daraufhin ging Katz ein paar Meter weiter, um auf einer der Bänke hinter den Schaltern Platz zu nehmen. Von dort aus hatte er sowohl seine Zielperson als auch den Beamten gut im Blick. Er öffnete das Tablet, loggte sich ins Kontrollsystem des Flughafens ein und steuerte den entsprechenden Schalter an.

Daraufhin sprang auf dem Bildschirm des Grenzers ein Chat-Fenster auf. *Agent 134,* meldete sich Katz. *Sonderbefragung.*

Verstanden, tippte der junge Mann zurück und schaltete das Mikrofon in der Kabine an, sodass Katz über einen Stöpsel im Ohr mithören konnte. Über das Chat-Fenster war es ihm außerdem möglich, dem Beamten Anweisungen zu geben und das Gespräch in seinem Sinne zu lenken.

Es schien loszugehen. Die Frau reichte ihren Pass über den Tresen. Der Grenzer blätterte eine Weile darin, dann scannte er das Dokument ein. Im selben Moment wurde es auch für Katz sichtbar. Die beiden Stempel aus Zypern und aus dem Jemen trugen das aktuelle Datum. Das fiel auch dem Beamten sofort auf. »Sie sind heute über Zypern aus dem Jemen gekommen?«, fragte er nach.

»Ja, das stimmt«, antwortete die Frau etwas überrascht. Katz wunderte sich über so viel Naivität. Hatte sie ernsthaft erwartet, dass den israelischen Behörden solch merkwürdige Details entgehen würden?

»Darf ich fragen, was Sie im Jemen gemacht haben?«, erkundigte sich der Grenzer.

»Ich war … im Urlaub dort.«

»Aha.« Der Beamte machte eine Pause, um zu sehen, ob sie ihrer Erklärung noch etwas hinzufügen wollte. Aber sie schwieg. »Ich hoffe, Sie konnten sich gut erholen?«

»Durchaus.«

»Und was führt Sie direkt im Anschluss an Ihren Urlaub nach Israel?«

»Ein berufliches Projekt. Ich bin Restauratorin bei den Berliner Museen und ziehe eine Kooperation in Erwägung.«

»Tatsächlich? Mit wem?«

»Mit dem Nationalmuseum.«

Katz konnte ihr förmlich ansehen, dass sie log. *Namen der Gesprächspartner!,* tippte er in sein Tablet.

»Ich brauchte bitte die vollständige Auflistung Ihrer Termine und Gesprächspartner vor Ort«, verlangte der Beamte.

»Kein Problem.« Auch wenn ihre Antwort sehr schnell kam, konnte Katz hören, dass es sie verunsicherte.

»Mit den entsprechenden Adressen und Telefonnummern«, präzisierte der Beamte.

»Zu dumm, die weiß ich gar nicht alle aus dem Kopf«, sagte sie. »Die Termine hat mein Chef vereinbart.«

»Ach so? Dann geben Sie mir dessen Nummer.«

Sie zuckte leicht. Demonstrativ wühlte sie in ihrer Hosentasche und zog tatsächlich eine zerknitterte Visitenkarte hervor. Der Grenzer scannte die Karte ein. Er schien auf weitere Anweisungen zu warten. *Ihr Schal!,* tippte Katz.

»Eine letzte Frage noch«, sagte der Grenzer freundlich. »Würden Sie mir bitte mal das Tuch zeigen, das Sie da um den Hals geschlungen haben?«

»Mein Tuch?« Die Aufforderung schien sie ziemlich aus der Fassung zu bringen. Aber sie versuchte, sich nichts anmerken zu lassen. Langsam wickelte sie sich den Schal vom Hals, und zum Vorschein kam ein Niqab.

»Darf ich Sie fragen, was Sie damit vorhaben?«

»Nichts«, stammelte sie. »Ich habe es im Urlaub gebraucht. Aber ich kann es jederzeit wegwerfen …«

Katz hatte genug gesehen. *Okay,* tippte er, *lassen Sie sie gehen.*

»Das ist nicht nötig.« Der Beamte heuchelte Verständnis für Katharinas modische Entscheidungen und betonte, dass sie sich kleiden könne, wie sie wolle. Israel sei schließlich ein freies Land. Mit einer gönnerhaften Geste drückte er ihr den Einreisestempel in den Pass.

23. August, Abend, unbekannter Ort

Der Forscher nahm die Tischleuchte vom Pult und hielt sie schräg gegen die Regale, um die Titel auf der Rückseite der Bücher besser lesen zu können. Seit Tagen durchstöberte er jeden Zentimeter Papier in der Bibliothek.

Der alte Bibliothekar beobachtete ihn. Mit gebeugtem Oberkörper stand er auf seinen Stock gestützt und ließ ihn nicht aus den Augen. Dass er sich jetzt auch noch am Mobiliar seiner Bibliothek vergriff, gefiel ihm offenbar überhaupt nicht. »Kann ich Ihnen irgendwie behilflich sein?«, krächzte der Mann mit dem weißen Bart.

»Was geschieht mit den Exemplaren, die ausgemustert werden?«, erkundigte sich der Forscher. »Werfen Sie die Bücher einfach weg?«

»Wegwerfen?« Der Alte schüttelte missbilligend den Kopf. »Hier wird nichts weggeworfen … Wenn ein Buch auseinanderfällt, kleben wir es.«

»Richtig. Dennoch mussten Sie im Laufe der Jahre bestimmt Platz schaffen für neue Anschaffungen.«

»Die Bibliothek ist ein paarmal in größere Räume umgezogen«, bestätigte der Weißbärtige. »Als ich vor mehr als einem halben Jahrhundert hier anfing, befand sie sich noch im Südtrakt. Als junger Mann musste ich natürlich beim Umzug helfen …« Er lachte.

»Haben Sie damals sämtliche Stücke, die die Bibliothek besaß, hierhergebracht?«

Der Alte nickte, als wisse er jetzt, worauf er hinauswollte. »Einen Großteil. Aber einige Bücher haben wir damals auch auf den Dachboden geschafft.«

24. August, Morgen, Jerusalem, Österreichisches Hospiz
Katharina erwachte in Bettlaken, die nach Waschpulver und Stärke rochen. Ihr schneeweißes Kopfkissen hielt sie wie einen Liebhaber im Arm. Sie hatte von Kirchenglocken geträumt, die in verschiedenen Tönen läuteten, ein anstrengender Traum. Aber jetzt war das Geläut verstummt. Blinzelnd sah sie sich im Raum um. Über ihrem Bett hing ein Kreuz, auf dem Nachttisch ruhte eine Bibel. Ihre Unterkunft, das Österreichische Hospiz auf der Via Dolorosa, war ein Domizil für christliche Pilger im Heiligen Land.

Sie glitt aus den Laken und tapste bis zum Fenster, das durch schneeweiße Gardinen verhangen war. Neugierig zog sie den Stoff beiseite. Unter dem tiefblauen Himmel erstreckte sich ein Meer roter Ziegeldächer, die Altstadt Jerusalems. Auf dem höchsten Punkt glänzte die goldene Halbkugel des Felsendoms, die alle anderen Bauten überragte.

Sie stellte sich unter die Dusche. Das heiße Wasser tat gut, sie wusch sich das Haar, schrubbte sich ausgiebig und rubbelte sich mit dem Handtuch ab. Sie trocknete das Haar mit dem Fön, bürstete es und warf einen prüfenden Blick in den Spiegel. Im jemenitischen Hochland hatte sie etwas Farbe bekommen. Die durchwachte Nacht sah man ihr hingegen nicht unbedingt an.

Sie streifte sich die alte Jeans über und ein nagelneues T-Shirt, das noch eingeschweißt war, da sie es gerade erst in einem der Flughafen-Shops erstanden hatte. So konnte sie sich aus dem Zimmer wagen. Sie fand sich in einem langen Flur mit frisch gebohnerten Fliesen wieder, der verlockend nach Kaffee und gebratenem Speck roch. Katharina merkte, wie ihr Magen knurrte.

Sie folgte dem Duft, bis sie zu einer Tür kam, hinter der sie Stimmen vernahm und Geschirr klappern hörte. Der Frühstücksraum ihrer Herberge bestand aus einem Salon im Kaffeehaus-Stil, Kronleuchter baumelten über den runden Marmortischchen, um die sich rote Samtsessel gruppierten. Und an den Wänden hingen Ölporträts von österreichischen Monarchen, umfasst von verschnörkelten Goldrahmen. Weiß berüschte Kellnerinnen huschten wie vermutlich schon vor hundert Jahren hin und her.

Katharina nahm an einem der Tische Platz. Sofort brachte eine der Kellnerinnen ihr Kaffee. Noch bevor sie ihr Frühstück bestellte, ließ sie sich von der Frau das WLAN-Passwort geben. Nachdem sie das Handy über Nacht aufgeladen hatte, hatte sie es eilig, sich mit der Außenwelt in Verbindung zu setzen.

Ihr Postfach quoll fast über vor Nachrichten, allerdings keine von Bassam. Hatte er die SMS, die sie ihm von Zypern aus geschickt hatte, überhaupt erhalten? Auch auf Threema, Viber und WhatsApp hatte er ihr nicht geschrieben.

Dafür fand sie eine Mail von Thewes. Er berichtete, dass er sich in der Obhut der Botschaft befände und demnächst seinen Ersatzpass bekäme. Katharina fiel ein Stein vom Herzen. Ob sie selbst gut in Berlin angekommen sei?

Nein, schrieb sie zurück. *Ich bin in Jerusalem. Erinnerst du dich noch an den Sprachforscher, den Ibn Talib erwähnte? Vielleicht kann er mir helfen.*

Die Kellnerin brachte frische Croissants, Käse und Marmelade, Rührei und Speck. Katharinas Magen machte freudige Verrenkungen. Beherzt langte sie zu und packte große Mengen von Butter und Konfitüre auf ihr Hörnchen. Da bemerkte sie, dass Thewes ihr bereits geantwortet hatte.

Ich finde es toll, wie du dich für deinen Vater einsetzt, schrieb er. *Kann ich dir irgendwie dabei behilflich sein?*

24. August, Vormittag, Berlin, Moschee

Bassam al-Nurs Knie sanken in die weichen Teppiche der Moschee. Er hatte ein schlechtes Gewissen: Es war viel zu lange her, dass er diesen Platz aufgesucht hatte. Der hektische Alltag ließ ihm kaum Zeit dafür. Leider verrichtete er sein Gebet viel zu oft zwischen Tür und Angel. Diesmal aber wollte er sich Zeit nehmen, er *musste* sich Zeit nehmen. Daheim auf seiner Gebetsmatte hätte er nicht die nötige Konzentration für eine Zwiesprache mit Gott.

Er brauchte eine Weile, bis sein Geist sich beruhigte. Endlich hörte er sich selbst die vertrauten Worte flüstern, Formeln, die ihm seit der Kindheit Trost spendeten. Leise murmelte er die Suren, aber erst nach etlichen Wiederholungen spürte er, wie sie ihn berührten und ihre magische Wirkung entfalteten. Er fühlte, wie er mit dem Göttlichen verschmolz.

Dann saß er lange Zeit einfach so da und schaute auf das Muster des Teppichs. Tausend Gedanken schossen ihm durch den Kopf, doch er erlaubte ihnen nicht, Besitz von ihm zu ergreifen. Sein gereinigter Geist sollte jungfräulich bleiben, wenigstens für diesen kurzen, kostbaren Moment.

Irgendwann bemerkte er, dass er nicht mehr allein war. Ein Mann hatte sich neben ihn gesetzt. Er trug eine weiße Gebetskappe und eine vornehme, mit Goldrand bestickte Kutte, die Augen hinter der randlosen Brille waren von feinen Furchen des Alters gezeichnet. Alles an ihm wirkte sauber und würdevoll.

»*Salemaleikum.* Schön, dass du hier bist, Bassam«, begrüßte ihn der Imam der Moschee, der wie er Araber war.

»*Aleikum salam*«, antwortete Bassam und verbeugte sich leicht. Obwohl er noch ein bisschen benommen war, fühlte er sich durch die unverhoffte Anwesenheit des Geistlichen geehrt.

»Ich habe dich lange nicht mehr hier gesehen«, sagte er und betrachtete ihn prüfend. Seine Worte klangen nicht vorwurfsvoll, lediglich wie eine Feststellung.

Trotzdem verspürte Bassam den Impuls, sich zu rechtfertigen. »Ich war sehr stark beschäftigt. Das Geschäft hat mich in Beschlag genommen.«

»Ach ja?« Der Imam ließ die Ausrede nicht gelten. »Wir sollten uns immer Zeit für Gott nehmen, egal, wie stark uns das Leben fordert. Gerade in Zeiten, in denen es hoch hergeht, ist es wichtig, dass wir uns unseres Ursprungs erinnern.«

»Ich weiß.« Mit seiner Bemerkung traf der Geistliche genau ins Schwarze. Immer wenn es in seinem Leben nicht rund lief, suchte er die Moschee auf. Aber wenn es ihm gut ging, vergaß er seine Pflichten. Bis er irgendwann die Quittung bekam.

»Was führt dich heute hierher? Irgendetwas belastet dein Herz.«

»Ich mache mir Sorgen wegen meiner Frau, meiner zukünftigen Frau. Einer Deutschen.« Bassam sah den Imam an, aber der zeigte keinerlei Reaktion und wartete geduldig, bis er mit seiner Erzählung fortfuhr. »Sie hat sich auf eine Reise begeben«, brachte er hervor. »Allein.«

»Wolltest du sie nicht begleiten?«

»Nein«, gestand er. »Ich war gegen die Reise. Aber ihr erschien sie sehr wichtig. Deshalb konnte ich sie ihr nicht verwehren … Ich weiß, dass ich einen Fehler gemacht habe.« Er schlug die Augen nieder, und dann erzählte er die ganze Geschichte: von Katharinas Vater und seiner Antiquitätensammlung, von dem Einbruch in der Villa und wie Sternberg plötzlich verschwunden war. Dass Katharina ihn suchen wolle, sei natürlich ihr gutes Recht, betonte er, aber was sie ihm dann am Telefon über die Koran-Manuskripte sagte, habe ihn erschüttert.

»Sie behauptet, dass die Abschriften korrigiert wurden?«, hakte der Imam nach. Er versuchte, seine Stimme neutral klingen zu lassen, aber Bassam vernahm deutlich die unterdrückte Empörung.

Warum steckt sie als Christin überhaupt ihre Nase in diese Archive?, hörte er die unausgesprochene Frage. Er wusste beim besten Willen keine Antwort darauf. »Ich vermute, dass dieser amerikanische Wissenschaftler dahintersteckt.«

»Welcher Wissenschaftler?«

»Einer von diesen sogenannten Islamforschern.«

Der Imam schnaubte verächtlich.

»Angeblich ist sie ihm zufällig begegnet«, sagte Bassam – doch noch während er die Worte aussprach, erkannte er selbst, wie unglaubwürdig sie klangen. Die Geschichte, die Katharina ihm aufgetischt hatte, war absurd. Und er schämte sich zutiefst dafür, sie überhaupt wiederzugeben. Was sollte der Geistliche nur von ihm denken?

»Wie lange ist sie schon unterwegs?«, fragte der.

»Seit drei Tagen. Vor ein paar Stunden hat sie sich aus -Jerusalem gemeldet.«

»Aus Jerusalem?« Jetzt gab sich sein Gegenüber keine Mühe mehr, seine Empörung zu verbergen. »Was macht sie in *al-Quds?*«

»Eigentlich wollte sie nach Hause kommen, aber dann hat sie es sich anders überlegt.« Bassam al-Nur schwitzte. Was er hier von sich gab, war so haarsträubend, dass er es selbst nicht fassen konnte.

Der Imam legte den Finger in die Wunde. »Ist sie immer noch mit diesem fremden Mann unterwegs?«

24. August, Vormittag, Jerusalem

Tanner. Außer seinen Namen und dass er im Nationalmuseum arbeitete, wusste Katharina nichts über den Mann, den sie suchte. Mit einer Straßenkarte bewaffnet, ging sie vom Hospiz los durch die Altstadt und nahm am Jaffa-Tor einen Bus in den moderneren Teil der Stadt.

Im Schneckentempo quälten sie sich durch den Verkehr, bis sie auf der linken Seite einen mächtigen Sandsteinbau erblickte, über dem die israelische Flagge wehte – die Knesset. Daneben lag ein weitläufiges Areal mit vielen separaten Pavillons, in dessen vorderem Teil ein gläserner Quader stand. Laut der Karte war dies das Museum.

Sie betrat die gläserne Eingangshalle. »Ich suche die archäologische Abteilung«, sagte sie der Kaugummi kauenden Frau am Ticketschalter.

»Die ist im Komplex Nummer sieben, der Eingang mit den Mumien.«

Katharina schob ihr Ticket durch das elektronische Lesegerät und durchquerte die Schranke. Sie fand sich in einem hellen Innenhof wieder, rechts sah sie einen Bau in Form eines Wassertropfens. Über einen breiten Fußweg erreichte sie den Komplex Nummer sieben, einen kastenförmigen Bau mit dunklen Scheiben. Als sie die abgedunkelte Halle betrat, entdeckte sie auch sofort die »Mumien«, von denen die Frau gesprochen hatte. Es handelte sich um Sarkophage aus weißem Marmor, auf die Gesichter gemalt waren. Eine ganze Gruppe davon stand aufrecht und stumm im Eingang wie ein Empfangskomitee.

Hinter ihr betrat ein Mann die Halle. Er war mittelgroß und trug eine Kippa auf dem schütteren Haar. Katharina glaubte, ihn bereits irgendwo gesehen zu haben. Als sie ihn ansah, wich er ihrem Blick aus und eilte an ihr vorbei in die Ausstellung.

Langsam schlenderte sie hinterher. Die Menge an Artefakten war beeindruckend. Mal trugen die Fundstücke alt-jüdische, mal byzantinische, mal arabische Züge. Sie blieb vor einem riesigen Mosaik stehen. Der Wandschmuck in Weiß-, Beige- und Orangetönen zeigte einen Streitwagen, der von Pferden gezogen wurde. Die beiden Männer, die auf dem Wagen standen, trugen römische Tuniken. Auf der Begleittafel las sie, dass die Oströmer Jerusalem bis 622 beherrscht hatten.

In den nachfolgenden Gängen waren Exponate aus der Frühzeit der arabischen Selbstherrschaft ausgestellt. Katharina entdeckte einen Stein mit einer Inschrift, die auf Aramäisch verfasst war und die Vollendung der Renovierung einer Therme in Gadara lobte. Sie betrachtete den Stein genauer und bemerkte, dass darauf drei verschiedene Datierungen angegeben wurden: nach byzantinischen Steuerjahren, nach Jahren seit der Gründung der Stadt Gadara, und »nach den Arabern«. In dieser Zeitrechnung wurde das Jahr 42 veranschlagt.

Es überraschte sie, dass die Araber damals, nach dem Erlangen ihrer Unabhängigkeit, nicht auch ihre eigene Sprache verwendeten. Andererseits war das Aramäische lange Zeit die gebräuchliche Handelssprache in der Region gewesen. Vielleicht hatte man für Inschriften deshalb lieber diese Sprache verwendet.

Ihr Blick fiel auf eine Stelle rechts oben auf dem Stein. Ungläubig kniff sie die Augen zusammen. Da war ein Kreuz eingraviert! Das konnte nur bedeuten, dass der Verfasser ein Christ war, dachte sie und suchte nach dem Namen: Maavia. Der Tafel entnahm sie, dass dies die aramäische Version des Namens Muawiya war. Muawiya wiederum galt als der erste islamische Herrscher Jerusalems. Und ausgerechnet der leitete seine Worte mit einem Kreuz ein? Hatten sich die Menschen hier etwa auch nach der muslimischen Eroberung als Christen verstanden?

Katharina zog ihr Handy aus der Jeans, um eine Aufnahme von dem merkwürdigen Exponat zu machen. Während sie den Apparat in Stellung brachte, bemerkte sie, wie der Mann mit der Kippa in unmittelbarer Nähe hinter einer Säule verschwand.

24. August, Mittag, im Flugzeug nach Amman

Mart Thewes betrachtete die digitale Anzeige der Flugdaten über seinem Sitz: minus 30 Grad Außentemperatur, 10.082 Meter Höhe. Die Tafel wechselte: eine Stunde und zehn Minuten verbleibende Flugzeit. Er rechnete. Spätestens in drei Stunden hätte er in seiner Berliner Wohnung sein können und in der Badewanne abtauchen … wenn er sich nur in die richtige Maschine gesetzt hätte!

Von einem Kollegen aus New York hatte er inzwischen erfahren, dass Professor Niemeyer nach ihm fahndete. In einem Tobsuchtsanfall hatte er sogar in New York angerufen. *Er verlangt, dass du sofort zurückkehrst,* schrieb ihm der Kollege. *Aber ich habe ihm gesagt, dass du derzeit für uns im Jemen und nicht erreichbar bist. Hauptsache, du bringst die Beute heim!* Auch der Rektor lasse ihn schön grüßen und drücke die Daumen.

Unruhig rutschte Thewes auf seinem Sitz hin und her. Er hasste es, Menschen, die ihre Hoffnung in ihn setzten, zu enttäuschen. Er hätte ihnen gerne ihre Manuskript-Fotos gebracht, aber er hatte ja nicht ahnen können, wie sich die Dinge im Jemen entwickelten ... Und ohne diesen Trumpf brauchte er sich derzeit weder in New York noch in Berlin blicken zu lassen.

Außerdem gab es da noch dieses andere Thema. Er wollte sich kaum eingestehen, dass es bei der Auswahl seines Flugziels eine Rolle gespielt haben sollte. Er dachte an Susan, seine letzte Bekanntschaft aus New York, und an Lara in Berlin. Nein, er konnte sich wirklich nicht vorwerfen, zu viel Aufhebens um Frauen zu machen. Umso weniger verstand er, was er hier eigentlich tat. Versuchte er etwa, Katharina zu beeindrucken, indem er den Freund ihres Vaters, den Münzexperten, aufstöberte? Und zu welchem Zweck, bitte schön?

Jedenfalls flog er jetzt nach Amman, nicht nach Berlin oder New York.

24. August, Mittag, Jerusalem, Nationalmuseum

In der archäologischen Abteilung hatte Katharina keinen Wissenschaftler entdecken können und kehrte unverrichteter Dinge in den Eingangsbereich zurück. Am Informationsschalter nannte sie Tanners Namen: »Können Sie mir bitte sagen, wo ich diesen Mitarbeiter finden kann?«

»Es tut mir leid, aber über das Personal des Museums darf ich keine Auskunft erteilen«, antwortete die Dame.

»Ich verstehe.« Sehr hilfreich.

Frustriert ging sie hinüber in den Museumsshop und erwarb einen Katalog, in dem die einzelnen Abteilungen und Ausstellungen vorgestellt wurden. Im Café blätterte sie in dem Buch. Aber Tanner war weder unter den Archäologen noch unter den Schriftexperten zu finden. Enttäuscht schlug sie das Buch zu. Hatte sie sich verhört? Vielleicht arbeitete er doch nicht hier?

Unschlüssig lungerte sie im Eingangsbereich herum und überlegte, was sie tun könnte. Schließlich ging sie abermals zu der Frau. »Entschuldigen Sie, aber ich habe mir gerade die Liste der Mitarbeiter angesehen«, sagte sie. »Herr Tanner arbeitet wohl gar nicht hier.«

»Ach ja?«

»Ich meine: Falls Sie wissen, über wen ich spreche, und mir helfen könnten, ihn zu finden, würden Sie gar kein Betriebsgeheimnis verletzen …« Die Israelin beäugte sie von oben bis unten. »Er ist ein Freund meines Vaters. Ich muss ihn dringend sprechen, weil mein Vater einen Unfall hatte«, hörte Katharina sich sagen.

»Das tut mir leid«, sagte die Frau, die jetzt etwas überfordert wirkte.

»Sie kennen ihn also?«

»Herr Tanner wurde im vergangenen Jahr pensioniert. Warum sind Sie so erpicht darauf, ihn zu treffen?«

24. August, Nachmittag, Berlin, BKA / Sanaa, amerikanische Botschaft

Volker Matthes drehte die Lautstärke auf. Zwei verzerrt klingende Männerstimmen ertönten. Die eine gehörte Bassam al-Nur, Katharina Sternbergs Verlobtem, die andere dem Imam seiner Berliner Moschee. Gebannt lauschte Grace, die per Skype zugeschaltet war, wie die beiden Männer sich in gedämpftem Ton austauschten. Ihr Arabisch konnte sie gut verstehen.

»Was sagen sie?«, drängelte Matthes, nachdem die Aufnahme, die das BKA mitgeschnitten hatte, komplett abgespult war.

»Der Imam macht al-Nur die Hölle heiß, dass er seine Frau allein auf Reisen hat gehen lassen«, paraphrasierte Grace den Inhalt des Gesprächs. »Er sagt, das sei nicht hinnehmbar.«

»Interessant. Den Mann vermuten wir schon länger in der fundamentalistischen Ecke.«

»Ein Liberaler ist er jedenfalls nicht.« Aber was war mit al-Nur? Und mit Katharina selbst? Darüber, wie sie dachten, sagte die Unterhaltung der beiden wenig aus.

Grace überlegte. War al-Nur ebenfalls ein Radikaler? Benutzte er Katharina, um durch sie die Kollegen ihres Vaters aufzuspüren? Und wie schuldig oder unschuldig war sie selbst in diesem Spiel?

24. August, Nachmittag, Jerusalem, Stadtarchiv

Der Archivar betrachtete Katharina über seine Brille hinweg, die auf dicken Tränensäcken ruhte. Die Farbe seines Gesichts glich dem Neonlicht und wurde von ein paar fettigen Haarsträhnen eingerahmt. Er gab sich keine Mühe, sein Misstrauen gegenüber der Ausländerin zu verbergen. »Wie kommen Sie überhaupt darauf, dass Sie Tanner hier finden können?«

»Er selbst hat es mir bei seinem letzten Deutschlandbesuch gesagt«, behauptete sie. In Wirklichkeit hatte ihr die

Museumsfrau gesteckt, dass der Pensionär sich oft im Stadtarchiv aufhielt. »Er erwähnte auch, dass Ihre Einrichtung von unschätzbarem Wert für seine Forschungen ist.«

Anerkennend ließ Katharina ihren Blick durch das weitläufige Kellergewölbe schweifen. Der Raum war durch Mauerbögen in mehrere Untereinheiten gegliedert und mutete wie ein riesiges Warenlager an. In langen Stahlregalen stapelten sich Kisten und Aktenordner mit dem Vermerk von Jahreszahlen, Orten sowie Straßen- oder Familiennamen. Über Jahre und Jahrhunderte war hier alles Mögliche gesammelt worden, was die Geschichte der Stadt dokumentierte.

»Ja, für eine Sprachkoryphäe wie Tanner ist dies natürlich eine Schatztruhe«, sagte der Archivar geschmeichelt. Anscheinend verirrten sich nicht viele Besucher in sein Universum. Katharina hatte nur einen einzigen Menschen gesehen, der zwischen den Regalen umherging. Einen Moment lang glaubte sie, den Mann aus dem Museum wiederzuerkennen, aber vielleicht täuschte sie sich. »Sie können sich gar nicht vorstellen, was hier alles lagert. Wir füllen über fast 4000 Meter Regalfläche.« Stolz wedelte er mit der Hand in Richtung der Tablare. »Über 500.000 Dokumente, Notizen, Fotos, Bücher …«

Katharina setzte einen Gesichtsausdruck voller Bewunderung auf. »Und Tanner beschäftigt sich vor allem mit den Zeugnissen aus der arabischen Epoche?«

»Exakt. Er übernimmt besonders knifflige Übersetzungsaufgaben, Dokumente, die aus der Zeit unmittelbar nach der arabischen Eroberung stammen.«

»Muslimische Schriften?«

»Nein, christliche. Muslimische Schriften gab es zu dieser Zeit noch nicht.«

Katharina horchte auf. »Wurden nach der arabischen Eroberung denn keine muslimischen Schriftstücke verfasst?«

»Nein, die entstanden erst viel später«, sagte der Archivar. »Tanner befasst sich mit Zeugnissen der Auseinandersetzungen innerhalb der christlichen Welt.«

»Meinen Sie nicht eher die Auseinandersetzungen der Kirche mit dem gerade neu entstandenen Islam?«

»Nein. Wie gesagt, der Islam spielte erst mal keine Rolle in der Debatte.«

»Aber die anderen Religionen werden ihn doch zur Kenntnis genommen haben?«

»Nein«, beharrte der Archivar. »Glauben Sie mir, Tanner hat mir anfangs dieselben Fragen gestellt. Er beschimpfte mich sogar, ich hätte das Stichwort ›Islam‹ bei der Verschlagwortung der ersten beiden arabischen Jahrhunderte vergessen. Aber das ist natürlich Unsinn. Es gibt tatsächlich nur eine außerislamische Quelle, die die neue Religion erwähnt.«

»Welche ist das?«

»Sie stammt von einem christlichen Mönch namens Johannes von Damaskus. Warten Sie, ich zeige sie Ihnen.« Er ging voraus in den hintersten Winkel der Halle. Katharina folgte ihm. Anhand der Jahreszahlen auf den Kisten und Ordnern erkannte sie, dass sie sich immer tiefer in die Vergangenheit der Stadt bewegten, bevor ihr Führer schließlich vor einem bestimmten Regal stehen blieb. Er überflog die Angaben und zog dann eine Kiste auf. Sie trug die Aufschrift des Autors. In ihr ruhten mehrere Bände. Der Archivar wählte den Titel *Über die Häresien* aus.

Er begann, den Text vorzulesen: »*Da aber trat unter ihnen ein falscher Prophet auf, Mahmed genannt, der eine eigene Irrlehre ins Leben rief, nachdem er flüchtig Kenntnis vom Alten und Neuen Testament gewonnen hatte und zugleich offenbar mit einem Mönch zusammengetroffen war. Später ließ er durch Täuschungen das Volk glauben, er sei ein gottesfürchtiger Mann, und streute Gerüchte aus, dass ihm eine Schrift vom Himmel herab gesandt sei. Nachdem er einige Lehren in diesem seinem Buch aufgestellt hatte, über die man nur lachen kann, lehrte er sie auf diese Weise, Gott zu verehren.«*

»Es klingt so, als ob der Verfasser den Islam für eine christliche Sekte hielt«, fand Katharina. »Wann wurde der Text genau verfasst?«

»Rund hundert Jahre nach Mohammeds Tod.«

»Wie bitte?« Hatten die Araber ihre Religion zu diesem Zeitpunkt nicht bereits in diverse Länder der Region getragen? Und trotzdem behandelten die Christen sie wie einen unbedeutenden Irrglauben?

Der Archivar schien ihre Gedanken zu lesen. »Bestimmt kann Tanner Ihnen mehr darüber sagen«, schlug er vor. »Warum schauen Sie nicht mal im *Café Glück* vorbei? Dort sitzt Ihr Freund oft über seinen Übersetzungen.«

Katharina strahlte. Genau diese Auskunft hatte sie von ihm gewollt.

24. August, Nachmittag, Berlin, Büro des Imams

Imam Askat al-Khalifa schritt auf und ab; er war außer sich vor Empörung. Das also kam dabei heraus, wenn man den Gläubigen Toleranz predigte.

Dass al-Nur nicht mehr so regelmäßig die Moschee besuchte, war ihm bereits aufgefallen. Und natürlich hatte er auch vermutet, dass eine Frau dahintersteckte. Eine deutsche Frau. Schließlich war al-Nur kein Einzelfall. Wenn Mitglieder der Gemeinde sich in Deutsche verliebten, nahmen sie es oft nicht mehr so genau mit der Religion. Verloren sie ihr Herz hingegen an eine Muslima, so beobachtete er den gegenteiligen Effekt: Um ihre Zukünftige zu beeindrucken, kamen die Männer zumindest in der Anfangszeit sogar häufiger in die Moschee.

Bassam al-Nur war jedoch in jeder Beziehung eine Enttäuschung. Nicht nur hatte er sich mit einer Deutschen verlobt und darüber seine religiösen Pflichten vernachlässigt, jetzt stellte sich außerdem noch heraus, dass die Frau, die er sich ausgesucht hatte, mit einem dieser sogenannten »Islamwissenschaftler« unter einer Decke steckte.

Je länger er über die ganze Sache nachdachte, desto ungehaltener wurde al-Khalifa. Durch ein Fenster in der Bürowand spähte er ins Innere seiner kleinen Moschee. Nein, er war nun wirklich kein besonders strenger Imam, aber irgendwo mussten Grenzen gezogen werden. Und al-Nurs Frau hatte sie überschritten.

Der Imam betrachtete das Telefon auf seinem Schreibtisch. Zwar hatte er al-Nur bereits ins Gewissen geredet, aber er wusste, dass dieser Mann allein nicht die Kraft haben würde, seine Frau in die Schranken zu weisen. Es war seine Pflicht, ihm dabei zu helfen. Er wählte eine Nummer in Jerusalem.

24. August, Nachmittag, Jerusalem, Café Glück

Das Café, von dem der Archivar gesprochen hatte, lag nur einen Steinwurf vom Stadtarchiv entfernt. Es war ein altmodischer Laden, in dem hauptsächlich Intellektuelle verkehrten. An einem der schrulligen Nierentischchen gegenüber dem Eingang bezog Katharina Stellung.

Sie bestellte sich einen Cappuccino und ein getoastetes Sandwich mit Käse und Schinken und behielt beim Essen die Tür im Auge. Nach einiger Zeit betrat ein kleiner Mann mit zerknittertem Anzug und einer hohen, zerfurchten Stirn das Lokal. Er trug einen Packen loser Blätter unter dem Arm und setzte sich an einen Tisch am Fenster, um sich dort unverzüglich in seine Arbeit zu vertiefen. Eine Bestellung gab er nicht auf. Aber es dauerte nicht lange, bis man ihm unaufgefordert eine Tasse Espresso und ein Mineralwasser hinstellte. Das musste er sein! Katharina erhob sich und trat an den Tisch heran.

Der Mann blickte nicht auf. Sie räusperte sich. »Herr Tanner?«

Überrascht wandte er sich ihr zu. »Woher kennen Sie mich?«

»Mein Name ist Katharina Sternberg. Wenn ich mich nicht irre, sind Sie ein Freund meines Vaters.«

»Sternberg!« Seine Miene hellte sich auf. Er schien etwas sagen zu wollen, hielt aber dann inne und musterte sie, als hege er Zweifel, ob sie tatsächlich diejenige war, für die sie sich ausgab. »Wie geht es Ihrem Vater?«

»Das weiß ich nicht. Deshalb bin ich ja hier.«

»Sie haben mich aufgesucht, um zu erfahren, wie es Ihrem Vater geht?« Er setzte eine Miene auf, die wohl Unverständnis signalisieren sollte. Aber Katharina nahm ihm die Scharade nicht ab.

»Mein Vater ist verschwunden«, sagte sie. »Ich hatte gehofft, dass Sie mir vielleicht helfen könnten, ihn wiederzufinden.«

»Wie kommen Sie auf diese Idee?« Ob er wirklich keine Ahnung hatte?

»Darf ich mich zu Ihnen setzen?«

»Selbstverständlich.« Etwas widerstrebend räumte er die Papiere, die er auf dem Stuhl neben sich gestapelt hatte, zur Seite. »Aber ich habe keine Ahnung, wo Ihr Vater sich aufhält.«

»Wann hatten Sie zum letzten Mal Kontakt mit ihm?«

»Das muss Jahre her sein.«

»Ein gewisser Ibn Talib hat mir erzählt, dass er nach Jerusalem reisen wollte …«, flunkerte sie.

»Tatsächlich?«

»Sie kennen Ibn Talib also?«

»Flüchtig«, behauptete Tanner.

»Er ist tot«, sagte Katharina und blickte ihm direkt in die Augen, um seine Reaktion zu beobachten. Sie spielten ganz offensichtlich Katz und Maus miteinander.

»Was sagen Sie da?«, flüsterte er erschrocken.

»Es geschah vorgestern Nacht …« Katharina erzählte ihm von ihren Erlebnissen in Sanaa, von dem Besuch im Haus der Manuskripte und welchen Ausgang er genommen hatte. In Tanners Stirn grub sich eine Falte.

»Mein liebes Kind«, sagte er gequält. »Ich kann Ihre Sorge ja gut verstehen, aber erlauben Sie mir eine Frage: *Warum* wollen Sie Ihren Vater finden? Meinen Sie nicht, dass es besser wäre, es nicht zu tun? Wenn Ihr Vater urplötzlich verschwand, hatte er vermutlich gute Gründe dafür.«

So hatte sie das noch gar nicht gesehen. »Aber er hätte mir doch wenigstens Bescheid geben müssen!«

»Um Sie auf diese Weise ebenfalls zu gefährden? Ihr Vater hat mächtige Gegner …« Tanner sah sich im Café um. »Meiner Meinung nach helfen Sie ihm am besten, indem Sie Ihre Suche sofort beenden. Seine Gegner sind Ihnen dicht auf den Fersen. Und wenn Sie nicht innehalten, werden Sie sie direkt zu ihm führen. Wollen Sie das?«

24. August, Abend, Jerusalem, Österreichisches Hospiz

Drei Anrufe. Katharina hatte ein schlechtes Gewissen, als sie am Abend unter ihre weißen Bettlaken im Hospiz glitt.

Dreimal hatte Bassam versucht, sie anzurufen, dreimal war sie nicht rangegangen. Und auch jetzt verspürte sie keinen Impuls, sich bei ihm zu melden. Denn sie wusste, dass er ziemlich verärgert sein würde.

Sie spielte mit dem Telefon herum. Ob es Mart Thewes inzwischen gelungen war, aus Sanaa auszureisen? In ihren eMails fand sie eine Nachricht von ihm. *Amman!!*, stand in der Betreffzeile.

Ich bin in Jordanien gelandet, schrieb Thewes. *Ich brauche mehr Informationen über diesen anderen Freund deines Vaters. Bitte ruf mich an. Mein Skype-Name: thewes_m_ny.*

Sie öffnete ihr Skype-Programm und suchte den Namen. Kaum hatte sie ihn zu ihren Kontakten hinzugefügt, klingelte er auch schon bei ihr durch.

»Guten Abend«, sagte sie verdattert. »Bist du wirklich in Amman?«

»Selbstverständlich!«

»Müsstest du dich nicht dringend in Berlin blicken lassen?«

»Ja, schon. Aber ich dachte, du könntest Unterstützung gebrauchen, diesen anderen Freund deines Vaters ausfindig zu machen.«

Katharina errötete, aber das konnte er Gott sei Dank nicht sehen.

»Hast du eine Kamera?«

»Nein«, log sie.

»Na, egal.«

»Woher hast du das neue Handy?«

»Ich war shoppen. Meine Uni hat mir etwas Geld geschickt.«

»Wie hast du die denn überzeugt? Hast du ihnen erzählt, dass du einer guten alten Freundin helfen willst?«

»Ich, äh …« Die Frage schien ihn ein wenig aus dem Konzept zu bringen. »Ich habe angedeutet, dass sie von meinen Recherchen hier vielleicht profitieren würden.«

»Aha.« Katharina wollte es lieber nicht so genau wissen. Auf jeden Fall freute sie sich, dass er ihr half. Es fühlte sich gut an, einen Verbündeten zu haben. Sie erzählte ihm von ihrem Gespräch mit Tanner und dass sie ihn morgen früh noch einmal treffen würde – im Felsendom.

»Warum das?«

»Er will mir irgendetwas zeigen.«

25. August, früh am Morgen, Jerusalem, Felsendom

»Bitte sagen Sie das muslimische Glaubensbekenntnis!«, verlangte der Wächter vor dem Eingang des Felsendoms, dessen goldene Kuppel in den ersten Strahlen der Morgensonne leuchtete. Es war eindeutig ein Test: Nur Muslimen war das Betreten des Gebäudes gestattet.

»*Aschhadu an la ilaha illa 'loh wa-anschhadu Anna Muhammadan rasulullah* – ich bezeuge, dass es keinen Gott außer Gott gibt und dass Mohammed der Gesandte Gottes ist«, antwortete Tanner, der seine jüdische Kopfbedeckung gegen eine muslimische vertauscht hatte, ohne mit der Wimper zu zucken. Katharina trug einmal mehr ihren schwarzen Schal. Der Mann nickte zufrieden.

»Bitte treten Sie ein«, sagte er und machte eine einladende Geste in Richtung des Vorraums der Moschee. Nachdem sie ihre Schuhe dort in den Holzregalen verstaut hatten, betraten sie die Haupthalle, einen riesigen, kreisrunden Raum, der sich auf zwölf Säulen stützte. Im Innern des Säulenzirkels befand sich Fels, darüber wölbte sich die Kuppel. Der äußere Zirkel, zwischen den Säulen und der Außenwand des Gebäudes, war mit fein gearbeiteten, roten Teppichen ausgelegt

Tanner ließ Katharina in Ruhe alles betrachten. Dann deutete er auf die kufischen Schriftzeichen, die sich um die Innenseite des Oktogons wanden. »Wie gut ist Ihr Arabisch?«, fragte er. »Können Sie das lesen?«

Sie vertiefte sich in die geschwungenen Linien, die aus Tausenden von goldenen Mosaiksteinen auf grünem Grund bestanden. Zwar war sie in der Lage, einzelne Buchstaben und auch Worte zu erkennen, aber es fiel ihr schwer, den textlichen Zusammenhang zu erfassen. »Das ist nichts für Anfänger«, musste sie feststellen.

»Probieren Sie es mal. Bei genauerem Hinsehen dürfte es Ihnen weniger fremd sein, als es auf den ersten Blick scheint.«

Sie betrachtete die Wörter und versuchte, zwischen denjenigen, die sie kannte, eine grammatikalische Ordnung auszumachen. Plötzlich wusste sie, was sie vor sich hatte. »*Bi-smi llahi r-rahmani rahim* … im Namen des gnädigen und barmherzigen Gottes«, las sie das Glaubensbekenntnis ab. »*Es gibt keinen Gott außer Gott; er hat keinen Teilhaber.*«

»Sehr gut«, lobte Tanner. »Es geht ja! Oder kannten Sie den Text auswendig?«

»Ich habe ihn bereits mehrmals gehört.«

»Das hilft natürlich. Diese Inschrift gilt als eines der ältesten muslimischen Schriftdokumente überhaupt; alle Passagen finden sich auch im Koran wieder. Gegen Ihre Übersetzung habe ich keine größeren Einwände. Einzig die Einleitung würde ich etwas anders formulieren. Nach syro-aramäischer Lesart steht dort: *Im Namen des liebenden und geliebten* Gottes.«

»Nach syro-aramäischer Lesart?«

»Das Aramäische war im Altertum die wichtigste Sprache in der Region, sowohl im Handel als auch im kultischen Bereich. Der gesamte religiöse Diskurs wurde auf syrisch geprägtem Aramäisch geführt; christliche Gottesdienste wurden in dieser Sprache gefeiert. Und deshalb, liebe Frau Sternberg, gehen ich und Ihr Vater davon aus, dass auch viele Vokabeln der frühen arabischen Liturgie im Kontext dieser älteren Sprache zu übersetzen sind. Oder anders ausgedrückt: Ihr Vater teilte meine Überzeugung, dass das Altarabische von syro-aramäischen Vokabeln durchsetzt ist.«

Katharina versuchte zu verstehen, was Tanner ihr da sagte. Es klang bedeutsam. Aber was sollte an diesen linguistischen Details so wichtig sein? Plötzlich begriff sie. »Sie meinen … auch der Koran?«

»Exakt«, bestätigte er. »Fast ein Fünftel des Koran-Vokabulars hat syro-aramäische Wurzeln, die es bei der Übersetzung des Textes zu berücksichtigen gilt, was aber leider im traditionellen Verständnis versäumt wird.«

Katharina fröstelte. Deutete er etwa an, dass ein Fünftel des Korans anders zu interpretieren war, als es die muslimischen Gelehrten taten? Unwillkürlich musste sie an Bassam denken, dem solches Gerede überhaupt nicht gefallen würde.

»Ich will Ihnen zeigen, was das konkret heißt«, sagte Tanner und lenkte ihre Aufmerksamkeit wieder auf die Schriftzeichen an der Wand. »Würden Sie die nächste Tafel für mich übersetzen?«

Katharina fühlte sich wie in ihrem Arabisch-Kurs in Deutschland – nur dass ihr hier Einzelunterricht und die geballte Aufmerksamkeit des Lehrers zuteilwurde. Sie wusste nicht, wie sie das finden sollte. *»Mohammad abd allahi wa rasuluhu«*, entzifferte sie. Auch diese arabische Passage kannte sie. *»Mohammed ist der Knecht Gottes und sein Gesandter.«*

Auf dem Gesicht ihres Begleiters breitete sich ein Grinsen aus. »Sie kennen die muslimische Religion gut«, lobte er, wohl wissend, dass sie vermutlich auch diesen Spruch auswendig kannte. »Aber was die Übersetzung angeht, bin ich mit Ihnen nicht einer Meinung. Schauen wir uns das Vokabular doch einmal genauer an. Hier steht die berühmte Buchstabenfolge MHMD, wir lesen: *muhammad,* richtig?«

Katharina nickte. Der Name des Propheten, dachte sie, sollte wohl kaum den Verdacht des Sprachforschers erregen.

»Wo ist das Verb?«, fragte Tanner. Katharina blieb stumm. »Aha, es gibt also kein Verb! Oder doch? Sie haben *ist* übersetzt.« Der Jude sah sie herausfordernd an. »Erkennen Sie die Satzkonstruktion? Das eigentliche Verb *sein* fehlt. Und es darf auch fehlen. Warum? Weil es ein anderes Verb im Gerundiv gibt, das eine zusätzliche Kopula mit einem konjugierten Verb überflüssig macht. Sehen Sie es denn nicht?« Jetzt zeigte er mit dem Finger genau auf das Wort mit den vier Buchstaben: »Da ist es: *muhammad.*«

»*Muhammad* soll ein Verb sein?« Katharina glaubte, er erlaube sich einen Scherz mit ihr.

Aber er verzog keine Miene. »Was bedeutet *muhammad,* wenn wir es nicht als Eigennamen, sondern als Verbalform auffassen? *Der zu Lobende,* oder auch einfach: *zu loben ist.* Der ganze Satz heißt demnach: *Zu loben ist der Knecht Gottes und dessen Gesandter.* Und von wem ist die Rede?«

Wieder dieser Blick. Katharina wusste nicht recht, ob sie Tanner für genial oder für total irrsinnig halten sollte. Konnte das sein? Konnte es sein, dass einer der berühmtesten Sätze des Islam, ein Satz, der täglich millionenfach von den Minaretten in aller Welt schallte, über Jahrhunderte falsch interpretiert worden war?

»Und jetzt halten Sie sich fest«, fuhr ihr Begleiter fort.

»Wissen Sie, wofür der Ausdruck bei den christlichen Arabern vor dem Islam hauptsächlich verwendet wurde?« Er machte eine Kunstpause. »Für Jesus.«

»Nein!«, entfuhr es Katharina viel zu laut. »Was Sie da behaupten, ist eine grobe Beleidigung der islamischen Religion!«

25. August, Morgen, Amman, Touristeninformation

Mart Thewes stand am Rand der stark befahrenen al-Hezam-Straße mitten im Stadtzentrum. Der Lärm war ohrenbetäubend. Er wartete vergeblich, dass sich eine Lücke im Verkehr auftat. Schließlich lief er einfach los und hoffte, dass die Autos um ihn herumfahren würden.

Auf der anderen Seite betrat er ein modernes Gebäude mit dunkler Glasfassade, die Touristeninformation. Über den Schreibtischen der klimatisierten Büroräume prangten Poster der Ruinenstadt Petra und anderer jordanischer Sehenswürdigkeiten.

»Guten Tag, wie kann ich Ihnen helfen?«, sprach ihn eine junge Frau mit Kopftuch in perfektem Englisch an. »Suchen Sie eine Unterkunft?«

»Nein, danke, die habe ich schon«, sagte Thewes und lächelte.

»Dann möchten Sie vielleicht eine Tour buchen? Ich kann Ihnen verschiedene Ausflugsziele empfehlen.«

Er schüttelte den Kopf. »Ich interessiere mich für Antiquitäten«, verriet er ihr. »Haben Sie vielleicht eine Liste der verschiedenen Händler, die in Amman ihre Geschäfte betreiben?«

Sie sah ihn ratlos an. »Nein, so etwas führen wir nicht.«

»Ich bin nämlich auf der Suche nach alten Münzen. Können Sie mir sagen, wo ich sie kaufen kann?«

»Leider nein«, sagte sie bedauernd. »Aber wir haben bezauberndes Kunsthandwerk in Jordanien. Haben Sie schon mal an eine geführte Tour durch den Bazar gedacht? Die bieten wir zweimal wöchentlich an.«

25. August, am Morgen, Jerusalem, Felsendom

»Ich will niemanden beleidigen«, beteuerte Tanner. »Schon gar nicht die Muslime. Aber es gibt nun mal gute Argumente dafür, die Dinge so zu sehen, wie ich sie sehe. Im Koran selbst wird Jesus als Gesandter und Knecht Gottes bezeichnet.«

»An welcher Stelle?«

»In der Mariensure. Da sie hier in Auszügen wiedergegeben wird, kann ich sie Ihnen sogar zeigen.« Tanner eilte ein paar Schritte vorwärts. *»Isa bin Maryam rasul Allah – Jesus, Sohn der Maria, ist der Gesandte Gottes«*, las er, *»sein Wort, das er der Maria eingegeben hat, und Geist von ihm. So glaubt an Gott und seinen Gesandten und sagt nicht ›drei‹, hört auf damit, es wäre besser für euch. Denn Gott ist ein einziger – gepriesen sei er –, wie sollte er denn auch ein Kind haben, gehört ihm doch alles, was im Himmel und auf der Erde ist. Und Gott allein genügt als Beistand.«*

Katharina geriet ins Grübeln. »Nun gut, dass der Islam Jesus als Propheten anerkennt, ist ja bekannt«, sagte sie. Warum sollte ein islamischer Text ihn also nicht als Gesandten Gottes bezeichnen? Trotzdem irritierte sie, dass ausgerechnet die Vokabel, die alle Muslime mit ihrem eigenen Propheten assoziierten, auch für seinen Vorgänger gestanden haben sollte.

»Wichtig ist, dass die Inschrift vom ›Gesandten‹ Gottes nicht von seinem Sohn spricht. Es geht in ihr um das richtige Christusverständnis.«

»Ein merkwürdiges Thema für einen muslimischen Sakralbau«, sagte Katharina nachdenklich. Wollte sich die neue Religion auf diese Weise von den alten absetzen? Immerhin war der Felsendom doch so etwas wie das konstituierende Bauwerk. »Wird hier nicht auch erstmals der Name *Islam* erwähnt?«, fragte sie Tanner.

»Das ist richtig. *In al-din ind allah al-islam.*« Tanner lächelte und deutete an die entsprechende Stelle an der Wand. Er sah Katharina auffordernd an.

»*Als Religion gilt bei Gott der Islam*«, improvisierte sie. »Vielleicht im Sinne von *die einzig wahre Religion?*«

»Ja, gar nicht schlecht«, kommentierte er ihren Übersetzungsversuch. »Das ist das traditionelle Verständnis, das davon ausgeht, dass *al-din* – wie es uns im modernen Arabisch geläufig ist – auch hier mit *Religion* übersetzt werden muss. Ich halte es allerdings für wahrscheinlicher, dass sich das Wort aus dem syro-aramäischen *dina* ableitet, was so viel wie *das Wahre* oder *das Rechte* bedeutet. Und auch mit der Interpretation von *al-islam* als Eigenname der Religion, die wir heute darunter verstehen, bin ich nicht einverstanden. Vielmehr muss man den Ausdruck in Anlehnung an das Syro-Aramäische als *Übereinstimmung* übersetzen. Dieses Verständnis ergibt sich aus dem unmittelbar nachfolgenden Antonym *ihtalafa,* uneinig sein.«

»Was bedeutet der Text dann?«

»*Als das Rechte gilt bei Gott die Übereinstimmung* – und damit ist natürlich die Übereinstimmung mit der Heiligen Schrift, sprich: dem Alten und Neuen Testament, gemeint. *Denn diejenigen, denen die Schrift gegeben wurde, sind erst in Widerspruch dazu geraten, nachdem ihnen das offenbarte Wissen zuteilwurde, indem sie untereinander disputierten.*« Er räusperte sich. »Aus sprachwissenschaftlicher Sicht ist es ein historischer Irrtum, in diesem Text den Beginn des Islam zu sehen. Denn *Islam* bedeutet hier nichts anderes als *Übereinstimmung mit der Schrift.*«

Katharina brauchte einen Moment, um seine Worte zu verdauen. »Die Inschrift propagiert also nicht den Islam, sondern eine frühe Form des Christentums? Wollen Sie das sagen?«

Tanner sah sich um. Mittlerweile waren sie nicht mehr allein in dem Bauwerk. »Aber ja!«, flüsterte er. »Dieses Gotteshaus wurde niemals als Moschee erbaut. Schauen Sie sich doch einmal um! Der Aufbau mit den ineinandergelegten Kreisen wurde in orientalischen Kirchen verwendet. In ihrem Innersten befindet sich das Kultobjekt, also der Stein. Sicherlich wissen Sie, dass der Zionsberg in der syrischen Theologie für Christus steht …«

Sie sah ihn fassungslos an. Die ganze Zeit über hatte sie sich gefragt, warum Tanner sie hierherbestellt und ihr all diese Dinge erzählt hatte. Plötzlich verstand sie, was er ihr eigentlich mitteilen wollte. »Kamen Sie und mein Vater bei der Übersetzung der jemenitischen Manuskripte zu ähnlich brisanten Interpretationen? Wird er deshalb verfolgt?«

25. August, Morgen, Amman, Touristeninformation

Je länger Thewes die Frau von der Touristen-Info befragte, desto verlegener wurde sie, weil sie ihm nicht weiterhelfen konnte. Das tat ihm irgendwie leid. Fast geriet er in Versuchung, eines ihrer Ausflugsangebote anzunehmen, nur damit sie nicht so dumm dastand.

»Wenn Sie sich für Geschichte interessieren, ist sicher auch ein Besuch im Archäologischen Museum lohnenswert«, hörte er sie sagen. »Dort gibt es eine vortreffliche Münzsammlung.«

Thewes horchte auf. »Ja, warum nicht? Wie komme ich dahin?«

»Ganz einfach, es liegt direkt auf der Zitadelle.« Sie überreichte ihm einen kleinen Stadtplan und markierte die genaue Lage des Museums mit einem Kreuzchen.

»Wenn Sie die Schlangen vor dem Eingang vermeiden wollen, würde ich Ihnen empfehlen, das Ticket gleich hier zu kaufen. Es kostet nur sieben Dinar.«

»Selbstverständlich.« Er zückte sein Portemonnaie.

Sie seufzte erleichtert, als er die Scheine auf den Tisch blätterte und in Richtung Zitadelle verschwand.

25. August, Vormittag, Jerusalem, Tempelberg

Katharina stand am Fuß des Tempelbergs, auf den die Touristen jetzt, am Vormittag, in Scharen pilgerten. Tanner war bereits im Gewühl verschwunden. Ein Blick auf den Stadtplan verriet ihr, dass sie sich nicht weit von ihrer Unterkunft befand. Sie musste nur quer über den Tempelvorplatz und dann ein kurzes Stück durch den muslimischen Teil der Altstadt, um zurückzugelangen. Bald schon fand sie die Via Dolorosa mit ihren vielen kleinen Läden, die Souvenirs und religiösen Nippes anboten.

Kurz vor ihrer Herberge sah sie einen Lieferwagen, der am Straßenrand parkte. Eigentlich, erinnerte sie sich, waren Fahrzeuge in der Altstadt Jerusalems gar nicht erlaubt. Aber für Geschäftsinhaber gab es offenbar Sondergenehmigungen, wenn sie die Lieferung von Waren erwarteten. Was dieser Wagen wohl brachte?

Sie versuchte, durch die verdunkelten Scheiben zu schauen. Tatsächlich parkte das Gefährt so ungünstig, dass man kaum daran vorbeikam, ohne sich unmittelbar an der Mauer entlangzudrücken oder mitten auf der Straße einen

Bogen darum zu machen. Katharina entschied sich für die erste Variante.

Sie war noch nicht ganz auf Höhe der Fahrertür, als sie merkte, dass sie von hinten jemand packte. Der Mann, dessen Gesicht sie nicht sehen konnte, umfasste sie, sodass sie die Arme nicht mehr bewegen konnte. Katharina wollte schreien, aber er hielt ihr die Hand auf den Mund. Im gleichen Augenblick öffnete sich die seitliche Schiebetür des Lieferwagens.

Starke Männerarme griffen nach ihr und zogen sie in den Wagen.

25. August, Vormittag, Amman

Schon von Weitem sah Thewes den gedrungenen Ummayaden-Palast mit dem steinernen Kuppeldach auf der Zitadelle. Er schlängelte sich an den Touristen vorbei, die entlang der Überreste eines griechischen Tempels und eines römischen Amphitheaters den Berg hinauf strömten. Nun war er doch froh, dass er bereits ein Ticket besaß.

Von dem Mann, der die Eintrittskarten kontrollierte, ließ er sich den Weg zur Münzsammlung weisen. Er brauchte nicht lange zu suchen, um die Räume zu finden. Auf roten Samtkissen lagen dort die Münzen. Die ältesten Exponate waren rund 2500 Jahre alt und mit phönizischen Schriftzeichen bedruckt. Die babylonischen Münzen hatten figürliche Darstellungen, hauptsächlich Kriegsherren und Löwen. Die persischen zeigten oft das Motiv eines Löwen mit Menschenkopf, der ein Schwert in der Tatze hielt.

Fasziniert streifte Thewes an den Vitrinen entlang. Nach den silberfarbenen Drachmen der Griechen und vielen römischen Prägungen folgten die ersten Münzen aus arabischer Zeit. Er betrachtete die Exponate genau. Auf allen war sowohl die Münzstätte als auch das Datum der Prägung vermerkt, zuerst nach der ortsüblichen byzantinischen oder persischen Zählung und später auch nach der arabischen. Aber die ersten Prägungen nach der Unabhängigkeit unterschieden sich noch kaum von denen, die unter byzantinischer Herrschaft angefertigt worden waren. Die Herrscherfiguren wurden typischerweise sitzend dargestellt und hielten dieselben Langkreuze als Insignien ihrer Macht. *Christliche Kreuze,* durchfuhr es Thewes.

»Das sind merkwürdige Motive, nicht wahr?«, sprach ihn ein Mann an, der ihn bereits geraume Zeit beobachtet hatte. Der Araber war um die 60 Jahre alt, hatte kurz geschnittenes, graues Haar und freundliche braune Augen, die von vielen kleinen Fältchen umgeben waren.

»Ja«, stimmte Thewes ihm zu. Er war sich nicht sicher, ob er es mit einem Mitarbeiter des Museums oder einem anderen Besucher zu tun hatte.

»Ich habe mich ausgiebig mit ihrer Ikonografie beschäftigt«, sagte er.

»Ach, tatsächlich?« Thewes musterte ihn. »Und was ist Ihr Urteil? Was haben all die Kreuze auf den Münzen zu bedeuten?«

Der Mann lächelte amüsiert. »Das Wort Urteil gefällt mir nicht. Sprechen wir doch lieber von Interpretation.«

»Also gut. Was ist also Ihre Interpretation? Warum verwendeten die frühen arabischen Herrscher die christliche Symbolik auf ihren Prägungen? Sollten sie nicht eher den Bruch mit der alten Religion kommunizieren?«

»Ja … Sofern es einen solchen Bruch gegeben hat.«

Thewes sah ihn an. »Wie meinen Sie das?«

»Ich persönlich meine überhaupt nichts. Ich stelle lediglich fest, dass die arabischen Prägungen sich in puncto Symbolik nicht wesentlich von ihren byzantinischen Vorläufern unterscheiden.«

Thewes nickte. »Sie kennen sich gut in der Materie aus.«

»Das will ich doch hoffen. Immerhin betreue ich die Sammlung seit vielen Jahren … Abdol Omran ist mein Name.« Er streckte ihm die Hand entgegen.

»Omran?« Thewes sah ihn an, als habe ihn der Blitz getroffen. Etwas zu spät nahm er die Hand des Mannes und schüttelte sie.

25. August, Mittag, Jerusalem, Café im Österreichischen Hospiz

Wo blieb Benjamin Katz nur? Der israelische Kollege hatte Grace instruiert, sich vom Flughafen aus direkt ins Österreichische Hospiz bringen zu lassen. Ungeduldig betrachtete sie die Anzeige der Uhrzeit auf ihrem Handy. Sie mochte es nicht, wenn ihre Verabredungen sich verspäteten. Insbesondere in professionellen Zusammenhängen hasste sie Schludrigkeit.

Ein Mann mit Aktentasche betrat das Café. Katz? Grace betrachtete seinen durchtrainierten Körper, der in teurer Markenkleidung steckte. Mithilfe einer Sonnenbrille versuchte er, möglichst wenig von seinem Gesicht zu zeigen. Trotzdem erkannte sie, als er näher kam, dass er eine gehörige Schicht Make-up auf dem eher blassen Teint aufgetragen hatte. Unter der ebenmäßigen Fassade schimmerten die Umrisse einer hässlichen Narbe, die sich über die gesamte linke Gesichtshälfte erstreckte.

Der Mann steuerte an ihr vorbei – und verschwand in der Herberge. Unterdessen brachte ihr eine weiß beschürzte Kellnerin das Getränk, das sie bestellt hatte. Grace rümpfte die Nase: Die »Wiener Melange« ähnelte mehr einem Eisbecher als einem Cappuccino. Solche Unmengen von Sahne konnte sie unmöglich zu sich nehmen. Sie ließ das Getränk unangerührt zurückgehen und verlangte stattdessen einen doppelten Espresso.

Ihr Kollege war immer noch nicht aufgetaucht. Langsam wurde sie unruhig. Endlich erschien ein weiterer Mann in der Tür, ein mittelgroßer, in jeder Hinsicht unaufregender Typ, der eine Kippa auf dem nicht gerade voluminösen Haar trug. Nachdem sein Blick einmal quer durch den Raum gestreift war, kam er direkt auf ihren Tisch zu.

»Bitte verzeihen Sie die Verspätung«, sagte er, ohne viel Zeit für die Vorstellung seiner Person zu vergeuden. »Aber es hat einen Zwischenfall gegeben.«

»Was für einen Zwischenfall?« Der abgehetzte Gesichtsausdruck verriet, dass er keine guten Nachrichten für sie hatte.

»Der Mann, mit dem sich die Zielperson getroffen hat, wurde getötet.«

Grace starrte den Mossad-Mann an. War sie *wieder* zu spät gekommen? Bereits in Sanaa hatte sie das Gefühl beschlichen, dass Ibn Talib noch leben würde, wenn sie nur ein paar Stunden früher vor Ort gewesen wäre. »Haben Sie … haben Sie gesehen, wie es passiert ist?«, stammelte sie.

»Nein. Es geschah wohl, kurz nachdem Katharina Sternberg sich von ihm getrennt hatte.«

Grace schüttelte ungläubig den Kopf. »Wie im Jemen«, sagte sie. »Ein merkwürdiger Zufall.«

25. August, Mittag, Amman, Altstadt

»Ich bedaure. Aber da muss wohl eine Verwechslung vorliegen«, sagte der Araber, der ihm gerade noch bereitwillig seine Münzsammlung erklärt hatte. Jetzt änderte sich sein

Gebaren schlagartig. »Sternberg? Diesen Namen habe ich nie gehört«, behauptete er.

Unverrichteter Dinge verließ Thewes das Museum. Er war sich sicher, dem richtigen Mann begegnet zu sein, aber er brauchte Katharinas Unterstützung, um sein Vertrauen zu gewinnen. Sobald sie zusammen bei ihm aufkreuzten, würde er sich sicherlich kooperativ zeigen …

Thewes merkte, dass seine Schritte unwillkürlich schneller geworden waren. Schon entdeckte er sein Hotel am Ende der Straße. Kaum hatte er die Lobby betreten, ließ er sich in einen Sessel fallen und tippte das WLAN-Passwort ins Handy. Sofort blitzten seine Mails auf. Professor Niemeyers Büro fahndete weiter nach ihm, seine Sekretärin bat dringend um Rückmeldung, da sie ihn nicht erreichen könne. Auch der Dekan seiner Heimat-Uni klagte über mangelnde Kommunikation und erkundigte sich, wie seine Recherchen verliefen. Seine kleine Schwester hatte sich per WhatsApp gemeldet: Wie es denn in Berlin so laufe und ob er den Job dort mittlerweile klargemacht hätte? Mom und Dad seien schon ziemlich aufgeregt, verriet sie und schickte ihm ein paar Emojis mit nach oben zeigendem Daumen.

Thewes ließ sämtliche Nachrichten unbeantwortet. Ihn interessierte jetzt nur, möglichst schnell in Kontakt mit Katharina zu treten. Er rief sie per Skype an. Mehrmals ertönte ein Klingeln, aber sie ging nicht dran. Ach ja, erinnerte er sich, sie wollte sich ja heute Morgen mit dem israelischen Freund ihres Vaters treffen. Aber dieses Treffen müsste eigentlich längst stattgefunden haben …

Er sah auf die Uhr. Es war schon nach Mittag. Merkwürdig. Thewes klingelte noch einmal durch, und dann noch einmal. Schließlich wusste er nicht mehr, was er tun sollte, und begann zu überlegen, ob ihr etwas zugestoßen war.

25. August, Mittag, Jerusalem, Altstadt

Die Straße war abgeriegelt, Polizeiwagen standen quer in den Zufahrten und versperrten Passanten den Zutritt. Aber als Dumont und ihr Begleiter Katz ihre Ausweise zückten, traten die Beamten sofort beiseite und ließen sie unter dem Absperrband hindurch. Dass sich auch die Geheimdienste für den Fall interessierten, elektrisierte die Polizei.

Tanners Leiche lag in einem Hauseingang. Seine Kleidung war blutgetränkt, insbesondere die Jacke und das ehemals weiße Hemd, das ein Polizist nach oben geschoben hatte, um den Brustbereich freizulegen. Dort befanden sich die drei Messerstiche. Stiche, die sofort tödlich gewesen waren. »Da versteht jemand sein Handwerk«, sagte Grace halb anerkennend, halb schaudernd.

»Ja, der Angreifer wusste, was er tat«, stimmte ihr der Polizist zu, während er die Abdrücke auf dem Gesicht des Toten untersuchte. Ein lang gezogener Bluterguss an Tanners Kinn zeugte von der Kraft des Angreifers. »Er hat ihm den Mund zugehalten, ihn in diese Ecke gezerrt und dann … zack! Einfach niedergestochen.«

»Wie lange liegt er schon hier?«, erkundigte sich Grace.

»Der Ladenbesitzer von nebenan hat ihn vor einer halben Stunde gefunden und uns verständigt.«

»Was ist mit den anderen Nachbarn? Ist denen irgendetwas aufgefallen?«

»Sie werden noch verhört. So schnell sind wir nun auch wieder nicht.«

Grace kratzte sich am Kinn. Auch wenn die Befragung der Anwohner noch andauerte, sie konnte sich gut vorstellen, dass keiner etwas mitbekommen hatte. So professionell, wie der Killer agiert hatte, war hier eindeutig ein Profi am Werk.

Jemand, der einen Vernichtungsauftrag hatte und ihn systematisch abarbeitete.

»Die Ehefrau des Opfers hat ausgesagt, dass sich ihr Mann heute Morgen mit einer Ausländerin auf dem Tempelberg treffen wollte.«

Grace nickte, so weit war sie im Bilde. »Vielleicht war der Mörder bereits mit den beiden im Felsendom – und verfolgte sie von dort aus«, überlegte sie laut. »Ich muss unbedingt diese Ausländerin befragen!« Sie sah den Polizisten auffordernd an.

»Immer mit der Ruhe, Madame«, bremste der ihren Eifer. »Wir sind bereits auf der Suche …«

»Was soll das heißen? Sie kann doch nicht weit sein.«

»Das dachten wir auch. Aber sie scheint wie vom Erdboden verschluckt.«

25. August, Mittag, Jerusalem, in der Nähe des Österreichischen Hospizes

Der Mann mit der Narbe wusch sich die Hände. Es war vollbracht, sein persönlicher Gottesdienst. Wenn er im Auftrag des Herrn tötete, huldigte er dessen Macht, der göttlichen Macht, die über Leben und Tod entschied. So jedenfalls hatte es ihm der Meister erklärt.

Vielleicht war es Sünde, dass er auch Genuss dabei empfand. Es erregte ihn, seinen Opfern in die Augen zu sehen, in jenem Moment, wenn das Entsetzen sich in ihnen spiegelte, wenn ihre angstgeweiteten Pupillen zu flackern begannen. Jene unendliche Sekunde der Wahrheit, in der sie realisierten, dass es für sie kein Entrinnen mehr gab.

Noch immer spürte er Tanners Duft in der Nase, den betörenden Duft frischen Blutes. Warm und lebendig war es aus Tanners Adern geflossen, erstaunlich lebendig für einen

Mann seines Alters. Die Menschen starben, wie sie lebten, dachte er, die Jungen schnell, die Alten langsamer. Dieselbe Leidenschaft, die sie durchs Leben trug, begleitete sie auch in den Tod.

Und wie würde Katharina sterben? Wie würde es sich anfühlen, wenn der letzte Atemzug aus ihrem Körper drang?

25. August, Nachmittag, Jerusalem, Ostteil der Stadt

In der Dunkelheit ihres Gefängnisses hörte Katharina, wie sich ihr jemand näherte. Zarte Hände berührten sie am Kopf.

»Haben Sie keine Angst«, sagte eine Frau in stark lokal gefärbtem Arabisch, während sie sich an ihrer Augenbinde zu schaffen machte. Sie zupfte und zerrte an ihr herum, bis es ihr gelang, den Knoten hinter dem Kopf zu lösen. Katharina schaute in das freundlich blickende Gesicht einer jungen Araberin, die direkt vor ihr kniete. Sie trug ein buntes Kopftuch, einen langen Rock und eine weite Bluse, die ein paar Speckrollen in der Bauchgegend kaschierte. Ihre braunen Augen zeugten von einer gutmütigen Einfältigkeit.

»Wo bin ich?«, fragte Katharina und sah sich blinzelnd um. Sie saß in einer Art Wohnzimmer, das mit bunten Teppichen ausgelegt war. Draußen auf der Straße hörte sie Kinder spielen. Aus dem Fenster konnte sie über die Dächer der angrenzenden Apartmenthäuser schauen.

»*Salemaleikum* – willkommen in meinem Haus«, sagte die Frau förmlich. »Sicher haben Sie Hunger, ich werde das Essen holen.«

Die Frau erhob sich und verschwand durch eine Tür. Im Nebenzimmer hörte Katharina Teller klappern, irgendwo im Hintergrund schrie ein Baby. Sie wunderte sich. Die Frau benahm sich nicht wie die Komplizin von Entführern, dennoch war sie eindeutig eine Gefangene, zumindest waren ihre Hände gefesselt.

Wenig später kehrte die Araberin mit einem dampfenden Teller zurück, servierte ihr Nudeln mit einer Fleischsoße und eine eisgekühlte Pepsi. Ohne eine weitere Erklärung abzugeben, lockerte sie auch ihre Fesseln, damit sie ungehindert essen konnte. Katharina fand die gesamte Situation völlig bizarr.

Die Araberin sah ihr aufmerksam zu, wie ein Besitzer, der sein neues Haustier betrachtet. Aus der großen Pepsi-Flasche goss sie ihr noch einmal nach. »Mein Mann lässt Sie um Verzeihung bitten, dass er Sie so grob behandeln musste«, sagte sie irgendwann. »Aber es war nur zu Ihrer eigenen Sicherheit.«

Wie bitte? Katharina verschluckte sich fast.

Die Frau wartete, bis sie ihr Glas abgestellt hatte, dann nahm sie ihre Hände und befühlte vorsichtig die Stellen an den Gelenken, die vom Druck der Fesseln angeschwollen waren. »Ich werde Ihnen eine Salbe bringen«, versprach sie. »Ich möchte, dass Sie sich bei uns wohlfühlen, bis Ahmed Sie zum Flughafen bringt.«

Katharina verstand überhaupt nichts mehr. »Wer ist Ahmed?«

»Ach, stimmt. Das wissen Sie ja noch gar nicht.« Ihre Gastgeberin lächelte entschuldigend. »Mein Mann Ahmed hat den Auftrag, Sie zurück nach Hause zu bringen. Der Imam hat bereits einen Flug für Sie herausgesucht.«

»Der Imam?«, wiederholte Katharina ungläubig. »Welcher Imam?«

»Ihr Mann macht sich große Sorgen«, plapperte die Frau weiter.

»Mein Mann …« Damit konnte ja wohl nur Bassam gemeint sein! Langsam fügten sich die Informationen in ihrem Kopf zu einem Gesamtbild zusammen. Bassam sorgte sich also um sie, wie schön. Schluckweise trank sie ihre Pepsi.

War er von allen guten Geistern verlassen?

25. August, später Nachmittag, Jerusalem, Moschee

Der Mann mit der Narbe hasste es, wenn Fremde in seinem Revier wilderten. Stundenlang hatte er auf Katharina Sternberg in ihrem Zimmer im Österreichischen Hospiz gewartet, aber man hatte sie ihm vor der Nase weggeschnappt. Und jetzt sollte er auch noch als Bittsteller gegenüber denjenigen auftreten, die schneller gewesen waren! Er hatte äußerst schlechte Laune, als er die kleine Moschee im Stadtteil al-Ichwan betrat.

Aber der Meister verlangte es so. *Der Herr verlangt Opfer von uns, mein Junge,* konnte er seine Stimme flüstern hören. Und er wusste: Erst wenn er ihm Vollzug meldete, würde er wieder zufrieden mit ihm sein.

Der Imam wartete bereits auf ihn. Auf eine förmliche Anfrage seitens der Organisation hatte er dem Treffen sogleich zugestimmt. Er war ein großer Mann mit vollem Haarwuchs und tadellos gebügelter Kleidung. Sein schwarzer Umhang machte ihn zu einer würdevollen Erscheinung. Mit dunklen Augen musterte er sein geschminktes Gesicht, während sie Seite an Seite auf den Teppichen saßen. Ob ihn die Hässlichkeit seiner Erscheinung wohl abstieß?

»Sie haben etwas, das uns interessiert«, richtete er das Wort an ihn. »Eine Person aus Deutschland befindet sich in Ihrer Obhut.«

Der Imam zeigte keine eindeutige Reaktion. »Und wenn es so wäre? Was hätten Sie damit zu schaffen?«

»Ihre Einmischung in die Angelegenheit war nicht rechtmäßig. Ich möchte Sie daher auffordern, mir die Person zu übergeben.«

»Wie käme ich dazu?«, fragte der Geistliche.

»Weil sie uns gehört.«

»Das bezweifle ich. Ich bin angehalten, diese Frau zu ihrem Ehemann zurückzuführen. Ich wüsste nicht, was Sie das anginge.«

»Und ich wüsste nicht, was es Sie anginge! Sie wurden getäuscht.«

Auf der Miene seines Gegenübers konnte er jetzt erste Zweifel erkennen. Gut so. Mit dem Gefühl der Unsicherheit verhielt es sich wie mit einer epidemischen Krankheit: Es genügte, ein paar Keime zu verstreuen, dann brauchte man nur noch Geduld.

»Inwiefern wurde ich getäuscht? Was meinen Sie?«

»Die Frau ist keine Muslima.«

»Das tut nichts zur Sache. Sie ist die Ehefrau eines Muslims.«

Der Mann mit der Narbe schüttelte den Kopf. »Auch das ist sie nicht«, klärte er sein Gegenüber auf – und machte eine kurze Pause, um die Verwirrung zu genießen, die sich jetzt im Gesicht des anderen abzeichnete. »Man hat Ihnen nicht die Wahrheit erzählt. Katharina Sternberg mag in Berlin ein illegitimes sexuelles Verhältnis mit Bassam al-Nur gepflegt haben – solche Arrangements sind in der westlichen Gesellschaft, wie Sie wissen, nichts Ungewöhnliches –, aber sie ist mitnichten mit ihm verheiratet.«

»Das habe ich nicht gewusst. Ich werde Ihre Behauptungen überprüfen.«

Verdammt, er war noch nicht überzeugt. Aber auch das hatte der Meister vorhergesehen und ihn mit einem noch schärferen Argument bewaffnet. »Sie unterschätzen

Katharina Sternberg, wenn Sie sie auf ihre moralischen Verfehlungen als Frau reduzieren«, sagte er langsam. »Ist Ihnen eigentlich bekannt, dass sie mit höchst fragwürdigen Recherchen befasst ist?«

25. August, früher Abend, Jerusalem, Mossad-Zentrale
»Wir haben sie!«, verkündete Katz. Er sah sich nach Grace um, die hinter ihm stand und von dort aus auf den Bildschirm schaute. Er zeigte einen Ausschnitt des Stadtplans von Jerusalem und einen rot blinkenden Punkt. »Ich wusste doch, dass sie nicht weit sein kann«, behauptete Katz. »Sie befindet sich im Ostteil der Stadt.«

»Hm, also im arabischen Teil«, sinnierte Grace. Das passte zu ihrem Verdacht, dass Katharina mit ihrem Verlobten kollaborierte. Aber ganz sicher war sie sich dessen noch nicht. Sie beugte sich nach vorn, um ihren genauen Standort auszumachen. Laut Anzeige befand sich die Deutsche in der al-Yaysch-Straße, die mitten in einem Wohngebiet lag. Katz' Begeisterung teilte Grace allerdings nicht. Der Kollege konnte von Glück reden, dass Matthes inzwischen die Daten von Katharinas Handy recherchiert hatte. Nur so hatten sie ihr wieder auf die Spur kommen können.

»Schalten Sie mal die Kamera ein«, bat sie ihn.

Katz' Hände huschten über die Tastatur, und ein Fenster sprang auf. Aber das Bild blieb schwarz. Grace kniff die Augen zusammen. »Da stimmt irgendetwas mit der Übertragung nicht.«

Katz überprüfte die Einstellungen. »Alles in Ordnung. Ich denke, das Handy liegt einfach an einem dunklen Ort.«

»An einem dunklen Ort? Und was ist mit dem Ton?«

»Funktioniert ebenfalls.« Er deutete auf den digitalen Frequenzmesser am Rande des Schirms, der in einer wilden

Zickzack-Linie ausschlug. Nachdem er die Lautstärke hochgedreht hatte, waren mehrere Stimmen zu hören. Allerdings klangen sie sehr undeutlich. Vielleicht hatte der Raum, in dem sich das Handy befand, dicke Betonwände, die die Übertragung störten. Oder der Apparat lag vergraben in einer Jacke, die das Mikrofon blockierte.

»Sie sprechen Arabisch«, konstatierte Grace. Allerdings redeten die Stimmen in einem derart lokal gefärbten Slang, dass es ihr schwerfiel, auch nur ein Wort davon zu verstehen. Das Arabisch ihrer Mutter hatte ganz anders geklungen. Sie konzentrierte sich. »Möchtest du, dass ich dir den Eintopf von gestern aufwärme ... Ja, und vielleicht etwas von den Bohnen ...?«, schnappte sie einzelne Wortfetzen auf. Das Gespräch kreiste um Alltagsdinge: das Abendessen, das sommerliche Wetter und ein Baby, das gerade zahnte.

Grace runzelte die Stirn. Sie konnte beim besten Willen keinen Zusammenhang zu ihren Ermittlungen erkennen. Besonders verwirrte sie, dass die Besitzerin des Handys, Katharina Sternberg, nicht anwesend zu sein schien. Oder hörte sie sie bloß nicht?

Sie konzentrierte sich auf den rot blinkenden Punkt, der den Sender auf dem Bildschirm markierte, griff nach der Maus und stellte von der Karten- auf die Satellitenbild-Darstellung des Ausschnitts um. In der Straße wurden mehrere größere Wohnblocks sichtbar. Sie konnte das Blinken einem fünfstöckigen Gebäude zuordnen, einem Bau aus den Siebzigern, recht schäbig. Das Handy musste in einem der obersten Stockwerke auf der Nordseite liegen.

Die Stimmen der Menschen in dem Raum wurden jetzt lauter. Und unangenehmer. Offenbar war in der Wohnung ein Streit ausgebrochen. »Sie ist unser Gast. Und sie wird nur diese eine Nacht bleiben«, sagte ein Mann.

»Gäste kommen und gehen normalerweise freiwillig. Solltest du sie nicht ins nächste Flugzeug setzen?«, entgegnete eine aufgeregte Frauenstimme. »Ist ja gut, meine Kleine …« Offenbar sprach sie jetzt mit dem Baby.

»Anstatt mich zu kritisieren, solltest du stolz sein, dass dein Mann für diese Aufgabe ausgewählt wurde«, sagte der Mann. »Es ist eine Auszeichnung!«

Die Frau protestierte. »Stolz darauf, dass er eine fremde Frau gefangen hält? Soll ihr Ehemann sie doch selbst abholen, wenn er sich solche Sorgen macht!«

»Es gab eine Planänderung. Imam Malek hat mir gerade mitgeteilt, dass er sie selbst sprechen will …«

»Aber warum denn, Ahmed? Was will er von ihr?«

Die Stimme der Frau klang bei der letzten Frage schrill. Ihr Tonfall riss Grace aus ihren Theorien. Das klang eindeutig so, als ob Katharina sich nicht freiwillig bei der Familie befand. Ja, als ob sie ihre Gefangene wäre.

Mit einem Mal änderte sich ihre gesamte Wahrnehmung. Katharina war mitnichten eine Komplizin al-Nurs, die daran arbeitete, die Freunde ihres Vaters ans Messer zu liefern. Sie war vielmehr selbst Opfer der Islamisten. Mit ihrer Suchaktion war sie den Radikalen in die Quere gekommen.

Auch wenn das vielleicht nicht sonderlich professionell war, konnte Grace nicht anders, als sie dafür zu bewundern, wie rückhaltlos sie sich für das Wohlbefinden ihres Vaters einsetzte. Dass sie dafür *alles* aufs Spiel setzte. Nie und nimmer käme es Tina in den Sinn, für sie eine vergleichbare Aktion zu starten. Selbst wenn der oberste IS-Terrorist sie persönlich als Geisel nehmen sollte, hätte ihre Tochter sicher etwas Besseres zu tun, als sich darum zu kümmern …

Hatte sie sich das selbst zuzuschreiben? Lägen die Dinge vielleicht anders, wenn sie damals weniger gearbeitet hätte?

Wäre Tina dann ein bisschen mehr wie Katharina geworden?

Egal. Diese Frage war müßig. Sie war heute genauso müßig wie damals, als es schlichtweg keine Möglichkeit gegeben hatte, anders zu handeln. Eine angemessene berufliche Herausforderung war die einzige Option für eine Frau mit ihren Fähigkeiten. Andernfalls wären sie beide vor die Hunde gegangen …

»Auch wenn der Imam es dir persönlich sagt, ich bin dagegen, ihm die Frau zu übergeben«, sagte die Araberin in ihre Grübeleien hinein.

»Zweifelst du etwa seine Autorität an?«, entgegnete ihr Mann ungehalten.

Grace wandte sich ab. Sie hatte genug gehört.

25. August, Nacht, Ost-Jerusalem, Katharinas Gefängnis

Katharina schreckte aus dem Schlaf hoch. Sie hatte ein Geräusch in der Nähe ihres Lagers vernommen, etwas wie ein Kratzen. Sie war sofort hellwach. War sie nicht mehr allein in ihrem Gefängnis?

Das Kratzen kam vom Fenster, irgendetwas schabte auf der Glasfläche. Dann hörte sie ein Klirren und starrte wie gebannt in die Richtung. Plötzlich glaubte sie, die Umrisse einer Hand am Fensterrahmen zu erkennen. Panik stieg in ihr auf. Wie gelähmt sah sie zu, wie die dunklen Finger sich nach innen tasteten und den Fenstergriff umfassten. Vorsichtig drückten sie ihn nach innen – und eine Gestalt stieg ins Zimmer.

Katharina wollte schreien, aber sie war so aufgeregt, dass sie keinen Ton hervorbrachte. Starr vor Schreck, sah sie zu, wie der Eindringling direkt auf sie zukam. Und bevor sie irgendetwas unternehmen konnte, presste er ihr die Hand auf den Mund.

»Seien Sie ganz ruhig«, flüsterte die Person auf Englisch Es war eine Frau. »Ich bin gekommen, um Ihnen zu helfen.«

»Wer sind Sie?«, fragte Katharina, sobald die andere den Griff etwas lockerte.

»Ruhe, habe ich gesagt!«

Die Frau fluchte leise. Katharina spürte, wie sie ihr ein Stück Klebeband auf den Mund pappte. Sie drückte es so fest, dass ihre Gesichtsmuskeln schmerzten. »Sorry«, sagte sie. »Es ist nur zu Ihrer eigenen Sicherheit. Sie wecken mir sonst noch die ganze Bude auf, bevor ich Sie hier rausgeschafft habe … Sie tun jetzt genau das, was ich Ihnen sage, okay?«

Katharina nickte, eine andere Option blieb ihr ja wohl kaum. Die Frau schob sie in Richtung Fenster und schnallte ihr einen Gürtel um den Bauch, an dem ein großer Haken befestigt war. Mithilfe eines weiteren Hakens verband sie ihn mit einem nicht allzu dicken Seil. Katharina begann zu ahnen, was sie mit ihr vorhatte – und wenn sie ihr nicht den Mund verklebt hätte, hätte sie lauthals dagegen protestiert. Unter ihnen befanden sich fünf Stockwerke tiefschwarze Nacht.

»Steigen Sie auf die Fensterbank«, befahl die Frau, ihre stummen Einwände ignorierend.

Katharina gehorchte. Halb fasziniert, halb verängstigt sah sie zu, wie die Frau nach einem zweiten, etwas dickeren Seil griff, das mit einem Haken am Fenstersims befestigt war. Sie musste wahnsinnig sein! Wer war sie überhaupt? Wurde sie gerade zum zweiten Mal entführt? Und wenn ja, von wem?

»Der Gurt ist nur für den Notfall«, erklärte ihr die Frau. »Damit werde ich Sie von oben sichern. Dort geht es lang.« Sie deutete auf die Hauswand. »Nach Ihnen!«

Sei's drum. Katharina holte tief Luft und umfasste das Seil. Ein warmer Nachtwind umschmeichelte sie. Dann machte sie den entscheidenden Schritt und baumelte in der Luft.

Kapitel 4

26. August, frühmorgens, Berlin, Bassam al-Nurs Wohnung
Bassam al-Nur sah, wie seine Verlobte sich wie in Zeitlupe durch die Ankunftshalle des Flughafens bewegte. Fast sah es so aus, als schwebte sie auf ihn zu.

Er betrachtete sie mit derselben Faszination, die sie schon damals in ihm ausgelöst hatte – vor nicht ganz einem Jahr, als er sie zum ersten Mal in der Nationalgalerie getroffen hatte. Dort verbrachte er gerne seine Mittagspausen. Katharina hatte eine Besprechung mit Kollegen ins Museum geführt, und über die Restaurationsarbeiten am Pergamonaltar waren sie ins Gespräch gekommen …

Katharina kam immer näher. Endlich gelang es ihm, sie am Arm zu fassen und zu sich zu ziehen. »Versprich mir, dass du nie wieder ohne mich weggehen wirst«, sagte er.

»Ich verspreche es«, antwortete sie und küsste ihn.

Just in diesem Augenblick schrillte ihr Handy, aber Katharina tat so, als ob das Geräusch sie nichts anginge. Zärtlich schmiegte sie sich an ihn. Das Klingeln wurde immer penetranter. Bassam erwachte vom Klingeln des Telefons, das neben seinem Bett lag.

»Hallo?«, meldete er sich verschlafen.

»Bassam? Tut mir leid, dass ich dich so früh störe.« Es war der Imam, al-Khalifa.

Bassam war sofort hellwach. Gestern hatte ihn der Imam informiert, dass er einen Kollegen in Jerusalem in Katharinas »Fall« eingeschaltet habe. Imam Malek werde sich um den Rücktransport kümmern.

»Hast du Nachrichten von Katharina?«

»Nein, noch nicht. Ich fürchte, es hat Komplikationen gegeben.«

»Was soll das heißen?«

»Tja, also, deine Verlobte …« Er druckste herum. »Mein Kollege glaubte sie in Sicherheit bei einer Gastfamilie.«

Bei einer Gastfamilie? »Sagtest du nicht, er würde sie umgehend nach Berlin schicken?«

»Gestern ging leider kein Flug mehr.«

»Dann fliegt sie eben heute!«

Der Imam seufzte. »Ich fürchte, das geht nicht.« Offensichtlich wusste er nicht, wie er das, was er ihm mitzuteilen hatte, in Worte kleiden sollte. »Leider, Bassam, ist deine Verlobte heute Nacht nämlich verschwunden.«

26. August, morgens, Raststätte in der Nähe von Jerusalem

Der Mann mit der Narbe lenkte den Leihwagen auf den Rastplatz am Rand der Schnellstraße. Vor allem Busse und Lastwagen standen auf dem Areal auf halber Strecke zwischen Tel Aviv und Jerusalem. Da der gesamte innerisraelische Fernverkehr über diesen Highway rollte, herrschte auch am Morgen schon reger Andrang an den Toiletten, die sich in einem separaten Bau neben einem Schnellrestaurant befanden.

Er wählte einen Parkplatz, von dem aus er die Anlagen gut im Blick hatte. Die Digitalanzeige des Audi verriet ihm, dass es zehn vor acht war. Der Meister hatte ihm beigebracht, stets ein wenig vor der Zeit an Ort und Stelle zu sein. »Pünktlichkeit ist eine Tugend, die Gott gefällt«, hatte er ihm eingeschärft. Diese Präzision war ihm später in Fleisch und

Blut übergegangen. Er konnte nur hoffen, dass die andere Seite es ebenso hielt.

Hinter den verdunkelten Scheiben beobachtete er, wie Lastwagenfahrer und Linienbusgäste die Toilette stürmten und kurz darauf mit erleichterten Mienen heraustraten. Kinder bekamen vor dem Betreten von ihren Eltern etwas Kleingeld in die Hand gedrückt. Er kontrollierte erneut die Zeitanzeige. Mittlerweile war es ziemlich genau acht Uhr, dann fünf nach acht. Schließlich zehn nach acht. Er wählte die Nummer von Imam Malek, um ihn zu fragen, wo seine Männer mit der »Lieferung« blieben.

Aber der Apparat des Geistlichen war ausgeschaltet. Jetzt war er sicher, dass es ein Problem gab. Hatte der Muslim es sich doch anders überlegt?

26. August, am Vormittag, Jerusalem, Polizeiwache

Die Araberin weinte. Über den Verhörtisch hinweg reichte Grace ihr ein Taschentuch. Sie spürte, dass die Frau Angst vor ihr hatte. Das konnte sie ihr kaum verdenken. Kurz nachdem sie Katharina in Sicherheit gebracht hatte, hatten die israelischen Sicherheitskräfte ihre Wohnung gestürmt, und es war zu einer Schießerei gekommen. Sie und ihr Baby waren zwischen die Fronten geraten; ihr Cousin war ums Leben gekommen.

»Nur damit ich alles richtig verstehe«, sagte Grace so sachlich wie möglich. »Sie behaupten also, dass sich Frau Sternberg freiwillig in Ihrer Wohnung aufgehalten hat?«

»So ist es. Wir sind eine ganz normale Familie, keine Kriminellen.«

»Und warum hatte Ihr Mann die Zimmertür abgesperrt?«

»Zu ihrer eigenen Sicherheit. Er glaubte, dass sie sich wohler fühlen würde, als Frau. Wenn Sie verstehen, was ich meine.«

»Ich verstehe vollkommen. Und aus demselben Grund hielt Ihr Cousin im Flur Wache?«

»Er hielt sich nur zufällig dort auf.« Sie schniefte.

Grace sah ihr angriffslustig in die Augen. »Sie glauben doch nicht wirklich, dass ich Ihnen diesen Unsinn abnehme«, sagte sie kühl. »Wissen Sie eigentlich, wie lange Sie für die Mittäterschaft bei einer Entführung im Gefängnis landen können? Haben Sie sich schon mal ausgerechnet, wie alt Ihr Baby bei Ihrer Entlassung sein wird?«

»Aber ich …«

»Bitte keine Geschichten mehr«, unterbrach Grace. »Ich empfehle Ihnen dringend, mir die Wahrheit zu sagen.«

Die Araberin nickte kleinlaut.

»Also noch einmal von vorn: Was hat Imam Malek gestern Abend bewogen, seine Pläne zu ändern?«

26. August, Mittag, Jerusalem, Moschee

Der Mann mit der Narbe betrat die Mosche unbemerkt durch einen Seiteneingang. Nach der geplatzten Übergabe musste er dringend in Erfahrung bringen, was der Grund dafür war.

Vom Flur aus spähte er in die Gebetshalle. Der Geistliche war nirgendwo zu sehen. Er lief weiter bis zum Büro, dessen Tür nur angelehnt war. Aus dem Innern des Raums konnte er Stimmen vernehmen, die von Imam Malek und eine weibliche Stimme, die äußerst resolut klang.

Er blieb auf dem Flur stehen und lauschte. »Sie haben also den Auftrag erteilt, eine deutsche Staatsbürgerin auf offener Straße zu entführen«, vernahm er die Frau, die Englisch sprach. Durch den Türspalt konnte er erkennen, dass sie einen knielangen Rock trug und unverschleiert war.

»So würde ich das nicht sagen!«, verteidigte sich der Geistliche.

»Wie würden Sie es denn sagen?«

»Die Mitglieder unserer Gemeinde bilden eine Gemeinschaft. Sie helfen sich gegenseitig, wenn sie Probleme haben Das ist ganz natürlich.«

»Aha. Und welches Problem hatten Ihre Gemeindemitglieder mit Frau Sternberg?«

»Nicht sie! Ihr Ehemann in Deutschland hatte Probleme …«

Die Stimme der Ausländerin wurde aggressiver. »Sie behaupten also, Bassam al-Nur habe die Entführung angeordnet?«

»Aber nein, aber nein!«, beteuerte der Imam. »Er sorgte sich lediglich um ihre sichere Heimreise nach Deutschland. Wir bemühten uns, alles so bequem und angenehm wie möglich zu gestalten.«

»Indem Sie sie gegen ihren Willen festhielten?« Die Ausländerin lachte zynisch. »Das ist auch in Israel strafbar! Ich werde Frau Sternberg empfehlen, einen Prozess gegen Sie anzustrengen …«

Er hatte genug gehört und eilte zurück auf die Straße, um auf die ausländische Besucherin zu warten. Sie würde ihn sicher zuverlässiger als der Geistliche zu Katharina Sternberg führen.

26. August, Mittag, Jerusalem, Mossad-Zentrale

Grace Dumont fuhr direkt zurück zum Mossad-Gebäude. Ihre Ermittlungen waren alles andere als erfolgreich gewesen. Imam Malek hatte sie an der Nase herumgeführt.

Die Story von der muslimischen Gastfreundschaft nahm sie ihm natürlich nicht ab. Solchen Blödsinn konnte er seinen Gemeindemitgliedern erzählen! Vielleicht glaubten Katharinas Entführer ja tatsächlich, etwas Gutes zu tun. Aber nun war einer von ihnen tot, und der andere saß in Untersuchungshaft – dumm gelaufen.

Grace grübelte. Hatte sie überstürzt gehandelt, als sie sie aus der Wohnung holte? Aber es hatte keine Alternative gegeben. Sie hatte nicht riskieren wollen, dass ihr etwas zustieß. Jetzt, so redete sie sich ein, hatte sie die Situation besser unter Kontrolle.

Sie parkte in einer Tiefgarage in der Nähe der Behörde und ging die letzten Meter zu Fuß. Katz wartete bereits im Eingangsbereich und lotste sie mit seinem Hausausweis durch die diversen Sicherheitsinstanzen. Mit dem Aufzug fuhren sie in den fünften Stock und gingen in einen Raum, der mit einer großen Leinwand ausgestattet war.

Grace lächelte zufrieden. Katz war ihrer Bitte also nachgekommen.

»Sie ist gerade erst losgezogen«, sagte er und verband seinen Laptop mit dem Video-Beamer. Auf der Leinwand tauchte ein Luftbild auf. Es zeigte einige Straßenzüge Jerusalems. Beim genaueren Hinsehen erkannte Grace die Gegend um das Mossad-Gebäude. Aber Katharina konnte sie aus der Perspektive nirgendwo entdecken. »Wo ist sie?«

»Dort.« Katz zoomte näher zum Boden, sodass die Autos und Fußgänger besser erkennbar wurden. Und plötzlich tauchte Katharinas honigblonder Haarschopf in dem Gewusel auf. Sie trug immer noch dieselben Kleider wie in der Nacht.

»Wir haben, bevor sie gegangen ist, ihr Handy ausgelesen und es ihr wiedergegeben«, berichtete Katz.

»Gut. Haben Sie die Daten bereits analysiert?«

»Sämtliche Texte laufen im Moment durch ein Keyword-Programm.«

Auf der Leinwand sah sie Katharina jetzt in einen Bus steigen. Die Drohne verfolgte sie mehrere Stationen lang, dann erschien ein Bild vom zentralen Bus-Terminal. Katharina stand am Taxistand und sprach mit einem arabisch aussehenden Mann, der offenbar zu den Fahrern gehörte.

»Zoomen Sie noch mal näher ran!«, befahl Grace. Katz gehorchte. »Sie will nach Jordanien!«

»Wie kommen Sie darauf?«

»Weil alle Fahrzeuge in der Schlange in diese Richtung fahren.« Grace deutete auf ein Hinweisschild.

»Amman«, las Katz. »Auf ihrem Handy gab es ebenfalls Spuren einer Kommunikation mit Amman.«

»Und zwar?«

»Vor zwei Tagen hat sie mit einer Person geskypt, die sich dort aufhält.«

Katharina wollte also tatsächlich nicht aufgeben. Trotz des Schreckens, den die Entführung ihr zweifellos eingejagt hatte, wollte sie weiter nach ihrem Vater suchen. Auch wenn sie Grace' Empfehlung damit ausdrücklich missachtete, verlangte diese Haltung der CIA-Agentin eine gewisse Hochachtung ab. Katharina bewies sowohl Eigensinn als auch Mut.

Aber auch eine gewisse Naivität. Denn natürlich war davon auszugehen, dass ihre Verfolger nicht von ihr ablassen würden. Dazu musste man kein Hellseher sein, ein wenig gesunder Menschenverstand genügte. Doch Katharina hatte all ihre Warnungen in den Wind geschlagen.

Und nun gedachte Grace, den Spieß umzudrehen. Ihre Kalkulation war simpel: Wenn die Deutsche schon so unvernünftig agieren wollte, würde sie eben als Köder fungieren. Grace wusste genau, dass sie durch sie an die wahren

Hintermänner der Vernichtungsaktionen und der Morde gelangen konnte. Sie musste sie nur im Auge behalten.

»Interessant«, sagte Grace zu Katz, während sie gebannt die Einstellungen verfolgte, die die Drohne unentwegt auf den Bildschirm übertrug. Langsam setzte sich Katharinas Taxi in Bewegung. »Wir bleiben auf jeden Fall an ihr dran.«

26. August, Nachmittag, Israel, Autobahn nach Jordanien

Das Taxi rollte auf dem Highway durchs Westjordanland. Die Schnellstraße wurde teilweise mit Mauern abgeschirmt, die die Reisenden vor terroristischen Angriffen schützen sollte. Aber Katharina machte sich mehr Sorgen, dass die israelischen Sicherheitskräfte sie aufhalten würden; sie hatte die Mossad-Leute nicht um Erlaubnis gebeten, das Land zu verlassen. Zudem fuhr schon seit geraumer Zeit ein weißer Audi hinter ihr her. Litt sie unter Verfolgungswahn?

Die Landschaft wurde immer karger. Staubige Hügel, einzig aufgelockert durch das dunkle Grün einiger Dornenbüsche, erstreckten sich links und rechts der Absperrungen. Dann gelangten sie zum Jordantal. Der Fluss markierte die Grenze zwischen dem von Israel kontrollierten Palästinensergebiet und Jordanien. Über ihn führte die mehrspurige Allenby-Brücke.

An der Kontrollstation, die dem eigentlichen Grenzübergang vorgelagert war, stiegen Katharina und ihr Fahrer aus. Sämtliche Reisende mussten diesen Checkpoint zu Fuß passieren. Für diverse Nationalitäten galten andere Abfertigungsbestimmungen. Die strengsten Kontrollen mussten die Palästinenser über sich ergehen lassen, aber Katharinas Fahrer besaß glücklicherweise einen jordanischen Pass.

Als sie sich zusammen mit ihm hinten in der Schlange anstellte, sah sie, dass auch der Fahrer des Audi inzwischen ausgestiegen war. Er kam zu ihnen. Aber warum sollte sie das nervös machen? Wenn er sie hätte aufhalten wollen, hätte er das schließlich längst tun können ... Wer war er? Er sah so merkwürdig blass aus, fast wirkte es, als trüge er Schminke im Gesicht.

Oh verdammt! Er hatte gemerkt, dass sie ihn anstarrte. Als er ihrem Blick begegnete, wandte sie sich ab. Wenig später überquerte er hinter ihr die Brücke.

26. August, Nachmittag, Jerusalemer Mossad-Gebäude, Berliner BKA-Büro

»Es war Malek«, sagte Volker Matthes, noch bevor sein Gesicht auf Grace' Handy-Bildschirm aufpoppte. Sie saß auf dem Bett ihres Hotelzimmers, trug ein weißes Schlabber-Shirt und hatte noch nasse Haare vom Duschen. Nein, sie fühlte sich wirklich nicht präsentabel genug für ein Video-Gespräch. Noch bevor sich das Bild vollständig aufbauen konnte, knipste sie die Kamera wieder aus.

»Ich kann dich nicht sehen«, reklamierte Matthes.

»Ich glaube, die Verbindung ist zu schlecht ...«

»Kann sein.«

»Was meintest du gerade?«

»Imam Malek und sein Berliner Kollege Askat al-Khalifa haben die Entführung gemeinsam ausgeheckt«, wiederholte ihr Kollege. Matthes' Techniker vom BKA hatten nicht nur das Handy von al-Nur, sondern auch das seines Imams auf dem Radar. »Malek und al-Khalifa hatten mehrfach Kontakt deswegen.«

»Das dachte ich mir schon.« Grace rubbelte sich mit einem Handtuch das Haar trocken. Was er da erzählte, erstaunte sie nicht. Schließlich hatte der Jerusalemer Geistliche ihr die Tat ja mehr oder weniger gestanden. Auch wenn Malek und seine Helfer ihre Handlungen nicht als Entführung, sondern als muslimische Solidaritätsaktion bezeichneten, hatten sie ihr, was die Fakten betraf, kaum widersprochen. Dennoch hatte Grace das Gefühl, dass sie noch nicht alles wusste.

»Irgendetwas Wichtiges übersehen wir«, sagte sie zu Matthes.

»Was meinst du?«

Grace zuckte mit den Achseln. Wenn sie das mal selbst wüsste. »Es ist nur so ein Gefühl«, sagte sie. Nachdem sie sich das Handtuch als Turban um den Kopf geknotet hatte, schaltete sie die Kamera doch ein.

»Da bist du ja!«, sagte er erfreut – und überging die Tatsache, dass sie ihm einen raren Blick auf die ungeschminkte Grace gewährte. Einen fast privaten Blick, ein Zeichen ihres Vertrauens.

»Haben die beiden irgendwelche anderen Personen erwähnt?«

»Potenzielle Mittäter, meinst du?« Matthes überlegte. »Nein. Beziehungsweise doch. Malek sprach von seinen Helfern aus der Gemeinde. Aber dass die bei der Planung eine Rolle spielten, kann ich mir kaum vorstellen.«

»Nein, ich auch nicht«, sagte Grace, die die Frau und ihren Ehemann ja verhört hatte. »Und trotzdem … Glaubst du wirklich, sie betreiben diesen ganzen Aufwand, um einem Mann die Frau zurückzubringen?«

»Zumindest stellen sie es diesem al-Nur gegenüber so dar.«

»Oder uns. Wahrscheinlich ahnen sie, dass wir ihre Telefonate mithören.«

»Dagegen spricht, dass sie sich kürzlich ziemlich offen gefetzt haben.«

Grace wurde hellhörig. »Was war der Anlass?«

»Nach deiner Befreiungsaktion bat al-Nur al-Khalifa darum, alle weiteren Aktivitäten abzublasen und Katharina in Ruhe zu lassen. Aber Malek war aus irgendwelchen Gründen nicht dazu bereit. Er deutete an, dass er in seiner Moschee Besuch bekommen hatte …«

»Die dritte Person!«, sagte Grace triumphierend. Hatte sie doch geahnt, dass es sie gab.

26. August, Nachmittag, unbekannter Ort

Der weißbärtige Bibliothekar erhob sich von seinem Pult und schlurfte zu einer Holzkommode, die zwischen den Bücherregalen stand. Sie besaß mehrere Schubladenfächer, auf denen verschiedene Jahreszahlen vermerkt waren: *600 bis 650* hieß es auf der zweitobersten. Er zog eine Schriftrolle daraus hervor.

»Ich möchte Ihnen etwas zeigen«, sagte er zu seinem Gast.

Der Forscher half ihm, das Pergament auf einem der Pulte auszurollen. Da es ziemlich groß und das Material bereits porös war, mussten sie sehr vorsichtig damit sein. Aber schließlich lag das Dokument vor ihnen. Es war mit allerhand Zeichnungen und alt-arabischen Lettern beschriftet. Die grafischen Abbildungen dienten offenbar als Erläuterungen zum Text und umrandeten diesen. Oben rechts in der Ecke war ein Haus abgebildet, das wie eine Kirche anmutete. Darunter schlängelte sich ein Weg, der bis zu einem quaderförmigen Gebäude führte, das wie die Kaaba in Mekka aussah und mit einem Minarett-Turm verziert war. Der Forscher erkannte sofort die Elemente der verschiedenen Religionen, auf die die Bilder verwiesen.

Er begann, den Text zu übersetzen: *»Dies ist eine Nachricht des gelobten Sohns des Abdullah, als Vertrag für die, die dem Christentum anhängen, nah oder fern, wir sind mit* *ihnen. Wahrlich ich, meine Diener, meine Helfer und meine Anhänger verteidigen sie, weil Christen meine Bürger sind; und bei Allah! Ich wende mich gegen alles, was ihnen schadet. Kein Zwang soll auf sie ausgeübt werden. Weder ihre Richter sollen von ihren Posten entfernt werden noch ihre Mönche von den Klöstern. Keiner sollte eines ihrer Gotteshäuser zerstören oder beschädigen oder daraus etwas stehlen. Wenn jemand das tut, zerstört er den Vertrag mit Gott und befolgt nicht die Anweisungen seines Propheten. Wahrlich, sie sind meine Verbündeten … Kein Bürger darf diesen Vertrag verletzen – bis ans Ende der Welt.«*

Der Forscher warf dem Bibliothekar einen erstaunten Blick zu. »Ist dieser Brief wirklich echt?«

»Das müssen Sie selbst entscheiden«, antwortete der Greis mit einem zahnlosen Schmunzeln.

Anstelle eines Namens prangten unter dem Text die Abdrücke zweier Hände, die größere auf der linken Seite in einem hellen Sandton, die kleinere auf der rechten Seite in einem rötlichen Braun. Der Forscher betrachtete sie mit der Lupe. Er musste unbedingt ihre Authentizität überprüfen.

26. August, später Nachmittag, Amman

An der Rezeption bat Mart Thewes, die Rechnung für sein Hotelzimmer begleichen zu dürfen. Draußen wartete bereits das Taxi, das ihn zum Busbahnhof bringen sollte. Er wollte nach Jerusalem aufbrechen. Nachdem er Katharina in den vergangenen 24 Stunden nicht hatte erreichen können, schien ihm das die einzig richtige Option – vor Ort nach ihr zu suchen.

»Unsere normale Check-out-Zeit ist zwölf Uhr«, sagte die Hotelangestellte, die ein dunkelblaues Kostüm trug und wie eine Stewardess aussah. »Da müsste ich einen zusätzlichen Tag berechnen.«

»Sagen Sie mir einfach, was ich Ihnen schulde.«

»215 Dollar.«

Thewes schluckte. Sein Dekan würde ihm angesichts dieser Spesen die Hölle heißmachen. Vielleicht wäre es besser, sie aus eigener Tasche zu bezahlen. Es sei denn, er würde wider Erwarten doch noch mit einer Trophäe heimkehren. Aber daran glaubte er nicht mehr.

Er verließ die Lobby durch die Drehtür. Von der anderen Seite trat zum selben Zeitpunkt eine Person ein, aus den Augenwinkeln registrierte er, dass es eine Frau mit blonden Haaren war. Kurzerhand machte er die komplette Drehung der Tür mit und landete erneut in der Lobby. Die Frau ging geradewegs zur Rezeption. Spielte ihm seine Fantasie einen Streich?

»Katharina!«, rief er ihr hinterher. »Wo kommst du denn her?«

Sie drehte sich um. »Mart!«

»Ich wollte gerade los. Ich habe mir Sorgen gemacht, weil ich dich nicht erreichen konnte.«

»Ich weiß …« Die Mossad-Leute hatten ihr das Handy erst am Morgen wiedergegeben. Und bislang hatte sie keine Gelegenheit gehabt, es aufzuladen.

»Außerdem habe ich im Netz vom Mord an einem Jerusalemer Sprachforscher gelesen.«

Katharina wurde bleich. »Ja, es ist schrecklich«, sagte sie mit Tränen in den Augen.

Thewes fühlte den dringenden Wunsch, sie an sich zu drücken, war sich aber nicht sicher, was sie davon halten würde.

»Alles wird gut«, sagte er. »Komm, setz dich erst einmal.« Er führte sie zu einer Gruppe von Tischen und Sesseln im hinteren Teil der Lobby.

»Hast du Omran ausfindig machen können?«

Thewes erzählte ihr von seiner Begegnung mit dem Leiter der Münzsammlung. Und auch, dass der Mann jegliche Verbindung zu ihrem Vater abstritt. »Ich bin mir aber sicher, dass er es ist.«

In diesem Moment trat ein blasser Mann mit Sonnenbrille in die Lobby. Katharina musterte ihn. »Kennst du den Typen?«, flüsterte Thewes, während er an ihrem Tisch vorbeilief.

»Nein«, sagte sie. »Oder vielleicht doch. Ich bin mir nicht sicher.« Sie beobachtete ihn, wie er in unmittelbarer Nähe eine zusammengeknüllte Tüte in einen Papierkorb fallen ließ. Dann verschwand er durch eine der hinteren Türen.

»Nun ja, jedenfalls habe ich Omran gesagt, dass er sich hier im Hotel melden soll, falls er seine Meinung ändert«, nahm er den Gesprächsfaden wieder auf.

»Was er natürlich nicht getan hat … Vielleicht nützt es ja, wenn ich mit ihm spreche?«

»Ja …«, sagte Thewes zögernd. Genau darauf hatte er bis vor Kurzem auch spekuliert. Aber nun wusste er nicht mehr, ob die Idee wirklich so gut war. In Jerusalem war gerade ein weiterer Mensch ermordet worden, der sich mit Katharina getroffen hatte. War es unter diesen Voraussetzungen noch verantwortlich, Omran aufzusuchen? »Ich habe sogar seine Adresse herausgefunden. Gestern Abend bin ich ihm nach Hause gefolgt. Er wohnt in unmittelbarer Nähe des Museums in der Hashem-al-Kheir-Straße am Fuß der Zitadelle.«

»Dann lass uns doch zu ihm gehen!«

Thewes sah sie an. »Bist du dir sicher?«, fragte er ernst. Auch Katharina musste mittlerweile erkannt haben, dass sie die Menschen, die sie traf, in Gefahr brachte.

»Was soll ich denn sonst tun?«, fragte sie nach einer Weile. Aus ihrer Stimme klang Verzweiflung.

Thewes tat sie leid. »Ich mache dir einen Vorschlag«, sagte er. »Heute unternehmen wir gar nichts mehr.« Er beobachtete, wie ihre Mundwinkel nach unten sackten. Er wollte sie nicht enttäuschen, aber er hatte das sichere Gefühl, dass er sie beide vor irgendeiner überstürzten Aktion bewahren musste. »Lass uns über die Sache schlafen«, schlug er deshalb vor. »Und wenn wir morgen wieder einen klaren Kopf haben, gehen wir zu Omran ins Museum. Das ist sicher besser, als ihn jetzt sofort bei sich zu Hause zu überfallen.«

26. August, Abend, irgendwo im Abendland

Unruhig wälzte sich der alte Mann auf seinem Lager hin und her. Die Wunden, die er sich selbst zugefügt hatte, waren wieder aufgeplatzt und bluteten. Die Blessuren brannten jedes Mal, wenn er mit der groben Decke darüber rieb.

Sein ganzer Körper bestand aus Schmerz, süßem, wohlverdientem Schmerz. Und das war gut so. Denn das Fleisch hatte sich dem Imperativ des Geistes unterzuordnen. Sein Leib musste die Buße, die er ihm abverlangte, ertragen.

Die Wunden sollten nicht eher verheilen, bis er seine Aufgabe erledigt hatte. Warum, fragte er sich, dauerte es nur so unendlich lange, bis sein Getreuer und dessen Helfer seine Wünsche erfüllten? Warum stellten sie seine Geduld derart auf die Probe?

Anstatt das Geheimnis zu hüten, hatten sie immer neue Mitwisser geschaffen. Anstelle von Ordnung hatten sie Unordnung gestiftet. Und er selbst, den der Herr mit so viel Verantwortung betraut hatte, stand wie ein Versager da. Er erwies sich seiner wichtigsten und vornehmsten Aufgabe als nicht würdig.

Hatte er mit Ismael den Falschen beauftragt? Er würde ihm nochmals ins Gewissen reden. »Schicken Sie nach ihm«, befahl er seinem Kammerdiener. Ein Scheitern war unmöglich, er erlaubte es nicht.

26. August, Abend, Jerusalem, Hashem-al-Kheir-Straße
Abdol Omran hatte spät Feierabend gemacht. Er löschte das Licht und nahm sein Jackett vom Haken. Dann verschloss er die Räume seiner Ausstellung mit doppelter Sorgfalt. Dass er die wertvollsten Stücke bei sich zu Hause lagerte und in den Vitrinen lediglich Repliken zeigte, konnten Einbrecher schließlich nicht ahnen.

Seit ihn der Amerikaner im Museum aufgesucht hatte, war er auf der Hut. Jetzt wusste er mit Gewissheit, dass Sternbergs Verfolger nahe waren. In der Nacht hatte er deshalb kein Auge zugetan.

Als er sich in der Dämmerung seinem Haus näherte, beschlich ihn erneut ein ungutes Gefühl. Ungewöhnlich still stand es dort am Ende der Straße. Nicht einmal Licht brannte. Und in keinem der Fenster erspähte er das Gesicht seiner Frau, die um diese Uhrzeit oft Ausschau nach ihm hielt. Omran fühlte sich irgendwie deplatziert, so als stünde er vor dem falschen Haus.

Er kramte den Schlüssel aus seiner Aktentasche und schloss die Haustür auf. »Yara!«, rief er, während er in den dunklen Flur trat. Keine Antwort. »Yara, bist du zu Hause?«

Er knipste das Deckenlicht an und ging in die Küche, wo zwei Stühle umgekippt waren. Töpfe, Pfannen und allerlei andere Küchengegenstände lagen auf dem Boden. Das sah seiner Frau, die größten Wert auf Ordnung legte, überhaupt nicht ähnlich. Omran wurde bang. Was war hier passiert? Wo war seine Frau?

»Yara!«, brüllte er, während er weiter ins Wohnzimmer hastete. Auch dort herrschte Chaos: Die Polster der Sitzgruppe waren herausgerissen, die Schubladen der Kommode geöffnet, ihr Inhalt auf den Boden gekippt worden. Fassungslos stand er da und betrachtete das Durcheinander.

Da hatte jemand das ganze Haus durchsucht. Und Omran wusste auch, was der Eindringling zu finden gehofft hatte. Er eilte zur Vorratskammer. Die Tür stand offen, die Planken des Holzbodens waren herausgerissen. Mit seinem Handy leuchtete Omran in den Hohlraum, der sich unter ihnen auftat – und fand seinen Verdacht bestätigt: Die Kiste mit den Münzen war aus ihrem Versteck verschwunden.

Verdammt! Er machte sich schreckliche Vorwürfe. Wie hatte er nur so unvorsichtig sein können, die Originale bei sich daheim zu lagern? Er hätte doch ahnen können, dass sie eines Tages kommen und danach suchen würden. War er von allen guten Geistern verlassen gewesen, als er ausgerechnet dieses Versteck wählte? Wie hatte er seine Frau nur dieser Gefahr aussetzen können? Sicher war sie im Haus gewesen, als der Eindringling kam … War sie weggelaufen?

»Yara!«, rief er noch einmal. Ihm wurde immer mulmiger zumute. Er ging erneut das gesamte Haus ab, die Küche, das Wohnzimmer, ihr gemeinsames Schlafzimmer, ein weiteres Schlafzimmer für Gäste, die Kammer. Schließlich kehrte er in den Flur zurück.

Erst da entdeckte er die knallroten Buchstaben, die auf dem Spiegel auf der Garderobe prangten. *Deine Frau gegen Sternberg*, las er die englischsprachige Nachricht, die offenbar mit Yaras Lippenstift aufgetragen worden war. Omran erstarrte.

Als das Telefon schrillte, fuhr er erschrocken zusammen. »Ja?«

»Abdol?«, vernahm er die Stimme seiner Frau.

»Yara, *ya Habibti!* Wo bist du?«

»Sie ist in meiner Gewalt«, antwortete eine Männerstimme an ihrer Stelle. Der Mann musste ihr den Hörer aus der Hand genommen haben. Im Hintergrund hörte er sie jetzt schimpfen. Dann verstummte sie, als ob der Mann ihr den Mund zuhielte. Omran verspürte einen Stich im Herzen. Wer war dieser Wüstling, und was veranstaltete er da mit Yara? Er fühlte sich schrecklich nutzlos, dass er sie nicht vor ihm hatte schützen können.

»Hör gut zu«, sagte der Mann. »Wenn du mir sagst, wo sich Sternberg versteckt hält, wird deiner Frau nichts passieren. Anderenfalls ...« Jetzt hörte er Yara im Hintergrund laut schreien.

»Lassen Sie sofort meine Frau los!«, brüllte Omran. Dann flehte er: »Bitte lassen Sie Yara in Ruhe. Ich werde alles tun, was Sie verlangen.«

27. August, Morgen, Amman, Hashem-Al-Kheir-Straße/Hotel

Nachdem sie im Museum erfahren hatten, dass der Leiter der Münzsammlung sich krankgemeldet hatte, gingen sie die Haschem-Al-Kheir-Straße von der Zitadelle nach unten. Katharina bestand darauf, trotzdem einen Abstecher in Omrans Haus zu machen. Thewes' Einwände, dass der Mann ein Recht auf seine Privatsphäre hatte, schlug sie in den Wind. »Wenn er nicht mit uns reden will, kann er uns ja rausschmeißen«, fand sie.

Schon von Weitem sahen sie das Blaulicht des Polizeiwagens, der vor Omrans Haus parkte. Schaulustige hatten sich auf der Straße versammelt. »Um Himmels willen, was ist denn da los?«, flüsterte Katharina.

»Keine Ahnung. Aber vermutlich sollten wir uns hier nicht blicken lassen.«

Ohne ein Wort mit den anderen Passanten zu wechseln, machten sie kehrt. Hastig gingen sie zurück zur Zitadelle und wählten von dort einen anderen Weg in die Altstadt. Katharina hatte ein flaues Gefühl im Magen. »Meinst du … ihm ist etwas zugestoßen?«

Thewes wusste genau, was sie meinte. Und er stellte sich dieselbe Frage: Hatten Sternbergs Feinde Omran etwas angetan? War seine Kontaktaufnahme vor zwei Tagen vielleicht der Grund dafür? Langsam begann er, sich vor seiner eigenen und vor Katharinas Wirkung auf andere zu fürchten.

Hintereinander gingen sie durch die Drehtür in die Lobby, Thewes zuerst. Kaum war er eingetreten, erhoben sich zwei Männer und kamen ihm entgegen. Den einen erkannte er: Es war Omran. Er lebte also! Gott sei Dank.

Aber er sah völlig verändert aus. Sein Gesicht wirkte sorgenvoll und übermüdet. Der andere Mann trug eine Polizeiuniform. »Ist er das?«, erkundigte er sich.

»Ja, das ist er«, bestätigte Omran. »Dieser Mann hat mich im Museum aufgesucht.«

»Was für eine Freude, Sie wiederzusehen, Herr Omran«, stammelte Thewes.

»Sie sind verhaftet«, verkündete der Polizist.

»Wie bitte? Was soll das?« Thewes war total überrumpelt, als er sah, dass der Polizist tatsächlich seine Handschellen zückte. Mit entschlossener Miene machte er sich an seinem Armgelenk zu schaffen.

Endlich kam auch Katharina durch die Drehtür. »Herr Omran!«, rief sie. »Ich bin es, Katharina, die Tochter von Anton Sternberg. Wir haben uns das letzte Mal vor zwanzig Jahren gesehen … Erkennen Sie mich denn nicht?«

Sie schickte sich an, ihn zu umarmen. Der Jordanier wich unwillkürlich ein Stück zurück und musterte sie von Kopf bis Fuß. »Katharina!«, sagte er schließlich. »Mein liebes Kind … Wie um alles in der Welt kommen Sie denn hierher?«

»Ich bin auf der Suche nach meinem Vater.«

»Das hatte ich Ihnen ja bereits gesagt.«

»Das ist Mart Thewes«, stellte Katharina ihren Begleiter vor. »Ich glaube, Sie sind sich bereits begegnet?«

»Ja, in der Tat«, stammelte Omran, dem in diesem Moment klar wurde, dass ihm ein Fehler unterlaufen war. Jedenfalls war Thewes wohl derjenige, für den er sich ausgab. »Ich glaubte … ich dachte … Ich bitte vielmals um Entschuldigung! Sie können den Mann wieder loslassen«, wandte er sich an den Polizisten.

»Sind Sie sicher?«

»Ja. Ich ziehe alle Vorwürfe gegen ihn zurück. Es handelt sich um einen Irrtum.«

»Sie glaubten also irrtümlich, er habe Ihre Frau entführt?«, hakte der Polizist nach. »Und jetzt glauben Sie es nicht mehr?«

»Ja. Sozusagen. Hören Sie, ich weiß selbst, dass es absurd klingt.« Er kramte einen Schein aus der Tasche. »Würden Sie uns vielleicht einen Moment allein lassen?«, bat er, während ihre Hände ineinander verschränkt lagen. »Ich habe mit den Herrschaften ein paar Dinge zu besprechen …«

»Hm, gut.« Der Polizist steckte das Geld ein. »Aber halten Sie sich bitte für weitere Zeugenaussagen bereit.«

»Selbstverständlich.«

Der Uniformierte warf Omran einen strengen Blick zu. »Ich untersage Ihnen hiermit allen dreien, die Stadt zu verlassen, bis unsere Recherchen abgeschlossen sind.«

27. August, Nachmittag, Südeuropa

Ismael wanderte durch die Gärten, die sich im Schutz einer hohen Mauer befanden. Ihr Besuch war nur wenigen Auserwählten vorbehalten. Und bald, dachte er, wären sie sogar ganz und gar sein.

Vor einem in der Sonne plätschernden Springbrunnen machte er halt und setzte sich auf eine Bank, die von süß duftenden Oleanderbüschen eingerahmt wurde. Die Natur zeigte sich von ihrer schönsten Seite, sie sollte ihm helfen, den Kopf freizubekommen. Denn er fühlte sich unter Druck. Der Alte saß ihm im Nacken, wurde von Tag zu Tag ungeduldiger, forderte Ergebnisse. Je schwächer sein Körper wurde, desto verbissener arbeitete sein Geist an der Idee, in die er sich verrannt hatte.

Die Sache lief nicht perfekt. Aber wenn der Alte nicht die Geduld verlor, konnte er, Ismael, alles ins Lot bringen. Er durfte ihm nur jetzt nicht die Zügel aus der Hand nehmen.

Sein Handy surrte, eine Nummer aus dem Sinai. »Eure Exzellenz! Hier ist Bruder Peter«, meldete sich der Anrufer. »Es tut mir leid, dass ich nicht früher anrief. Aber Ihr wisst ja, dass die Kommunikation hier schwierig ist.«

»Was bringst du für Neuigkeiten?«

»Wir haben einen Gast hier, einen Forscher …«

»Einen Forscher?« Ismael wurde sofort hellhörig. »Was treibt er?«

»Er sitzt den ganzen Tag mit dem Archivar in der Bibliothek und brütet über alten liturgischen Texten …«

»Sucht er etwas Bestimmtes?«

»Gestern habe ich den mohammedanischen Brief auf seinem Pult entdeckt.«

27. August, Nachmittag, Jordanien, Highway zur Küste

Abdol Omran trat aufs Gaspedal. Auf dem Highway zum Golf holte er alles heraus, was der alte Kadett hergab. Sowohl das Leben seiner Frau als auch das seines besten Freundes hingen von der Motorleistung ab.

Neben ihm saß der Amerikaner, den er gerade noch fälschlicherweise der Entführung seiner Frau bezichtigt hatte, und die deutsche Tochter seines Freundes Sternberg auf dem Rücksitz. Sternberg, den er verraten hatte. Omran schämte sich in Grund und Boden für seine Feigheit. Aber was hätte er tun sollen? Der Mann hätte Yara umgebracht, wenn er Sternbergs Aufenthaltsort nicht preisgegeben hätte.

Allerdings hatte er sie auch danach nicht freigelassen. Und auch am nächsten Morgen nicht. Der Gedanke, dass er das Leben seines Freundes umsonst geopfert hatte, schmerzte ihn ganz besonders. »Ich erwarte nicht, dass Sie mir verzeihen«, hatte er zu Katharina gesagt, nachdem er sich ihr anvertraut hatte.

»Aber Sie tun ja gerade so, als sei mein Vater schon tot! Wenn Sie sein Versteck kennen, helfen Sie mir lieber, ihn zu finden, bevor es zu spät ist.«

Es war eine Logik, der er sich nur schwer entziehen konnte. Katharina hatte recht. Sie mussten zumindest versuchen, Sternberg zu retten. Und seine Frau. Omran sah auf die Kilometeranzeige. Er kalkulierte, wie viel Zeit ihnen noch blieb.

27. August, später Nachmittag, Golf von Acaba

Der Mann mit der Narbe parkte seinen Wagen zwischen den verwaisten Holzpavillons am Strand. Groß und weit lag der Golf von Acaba vor ihm. Die Wellen schlugen in einem ruhigen Rhythmus ans Ufer, doch aus dem hinteren Teil seines Wagens drangen sehr unrhythmische Geräusche. Seine »Fracht« tobte im Kofferraum. Frau Omran trat und klopfte unentwegt gegen das Innere der Karosserie.

Nachdem er im Papierkorb der Lobby ein Abhörgerät platziert und das Gespräch zwischen Katharina und ihrem amerikanischen Freund mitgehört hatte, hatte er gewusst, wo der Jordanier wohnte und seine Schätze aufbewahrte. Doch in seinem Privathaus war ihm Yara Omran in die Quere gekommen. Nun benutzte er sie als Faustpfand. Sie war seine Garantie dafür, dass er Sternberg auch wirklich dort fand, wo ihr Mann behauptet hatte. Ein sehr unbequemes Pfand, zugegebenermaßen. Ihr penetrantes Pochen konnte er kaum mehr ertragen. Wie bewerkstelligte sie das überhaupt im gefesselten Zustand? Zumindest hielt der Knebel sie davon ab, auch noch mit dem Mund Krach zu machen.

Es wurde dunkel. Der Mann mit der Narbe wartete. Irgendwann ertönten von der Straße her Motorengeräusche. Er drehte sich um und blickte in zwei Scheinwerfer, die direkt auf ihn zukamen. Laut und rumpelnd rollte der Lastwagen in die Bungalow-Kolonie.

Als das Ungetüm zum Halten gekommen war, öffnete sich die Tür der Fahrerkabine, und ein Mann stieg aus. Der Mann mit der Narbe trat aus dem Schatten und packte ihn von hinten. »Das Codewort«, verlangte er, indem er ihm die Walther an die Schläfe hielt.

»Noweiba.«

»In Ordnung.«

Der Mann mit der Narbe ließ die Waffe sinken und führte ihn zum Wagen. Als er den Kofferraum öffnete, musste er sogleich einem Tritt ausweichen. »Na, na«, schimpfte er und ging vor Yara Omrans Attacken in Deckung. Dem Miststück war es tatsächlich gelungen, einen erheblichen Teil der Fesseln zu lösen.

Mit vereinten Kräften hievten sie sie aus dem Auto. Dann trugen sie sie zum Lastwagen, und der Trucker öffnete die Tür zur Ladefläche seines monströsen Gefährts. Im Innern befanden sich große Kunststoffrohre, ordentlich übereinandergestapelt. »Unsere Kabinen für die Fahrgäste erster Klasse«, sagte er und zeigte auf die Rohröffnungen.

»Hm … ganz schön eng.« Der Mann mit der Narbe dachte an den beachtlichen Umfang der Araberin.

»Das passt schon«, behauptete der Trucker. Routiniert hob er Yara Omran hoch und schob sie mit den Füßen zuerst in die unterste Röhre. Danach wandte er sich an den zweiten Passagier. »Sie selbst können sich mit dem Einsteigen noch etwas Zeit lassen«, sagte er.

27. August, Abend, östliches Jordanien nahe der israelischen Grenze

Die Maschinengewehre im Anschlag, forderte die jordanische Grenzpolizei ihn auf anzuhalten. »Verdammt! Was soll denn das?«, fluchte Abdol Omran, während er auf die Bremse trat. Da bemerkte er seinen Fehler: Er hatte die falsche Spur gewählt. Mit seinem jordanischen Nummernschild hätte er am Grenzübergang zu Israel dem Pfeil nach rechts folgen müssen, wo die Ausländer abgefertigt wurden.

Er kurbelte das Fenster herunter. »Guten Abend, die Herren«, sagte er so gut gelaunt, wie es ihm gelingen wollte.

»Ihre Papiere!«, forderte der Grenzer.

Omran reichte ihm seinen Ausweis.

»Was wollen Sie in Israel?«

»Wir sind auf der Durchreise und fahren weiter in den Sinai«, sagte Omran.

»Verstehe.« Um von Jordanien aus dorthin zu gelangen, musste man ein kurzes Stück über israelisches Territorium.

»Und die Herrschaften, die mit Ihnen reisen? Könnten die sich bitte ebenfalls ausweisen?«

»Selbstverständlich.«

Omran reichte ihm die Pässe von Katharina und Thewes. Der Grenzer zog die Brauen hoch. Dass eine Deutsche und ein Amerikaner mit dem Jordanier im Auto saßen, fand er wohl interessant. Er zeigte die drei Pässe seinen Kollegen, und sie diskutierten miteinander. Einer von ihnen kam auf die Idee, sämtliche Passnummern und auch Omrans Nummernschild in den Computer einzugeben.

»Sie hatten die polizeiliche Anweisung, in Amman zu bleiben«, stellte er ihn zur Rede. Es entstand eine Pause, als Omran grübelte. »Haben Sie die Sprache verloren?«

»Nein, ich …«

»Bitte steigen Sie aus«, befahl der Polizist. »Alle drei. Na los!« Er riss die Fahrertür auf und wedelte auffordernd mit der Waffe. Einer seiner Kollegen sprach aufgeregt durch ein Handfunkgerät: »Ja, es ist der Wagen, der in Amman vermisst wird. Ja, verstanden …«

»Meine Freunde sind Touristen«, beteuerte Omran. »Wir machen lediglich eine kleine Tou –«

»Wollen Sie mich verarschen?«

Der Grenzer befahl ihnen, in einen kastenförmigen Militärtransporter zu steigen, genauer gesagt, auf die Ladefläche dieses Transporters, die sich wie ein Pferdeverschlag von außen verschließen ließ. Und genau das taten seine Helfer jetzt, bevor sie selbst sich in den vorderen Teil begaben. Polternd setzte sich das Gefährt in Bewegung.

Omran kochte vor Wut. »Was soll das? Wir sind doch keine Verbrecher!«, protestierte er und hämmerte mit den

Fäusten an die Zwischenwand. »Mein Bruder ist bei der Polizei, ein hohes Tier! Wenn ich dem erzähle, was hier passiert …« Ja, was dann?, überlegte Omran – und blieb sich selbst die Antwort schuldig. Denn erstens gab es keinen Bruder, und zweitens hörte ihm sowieso keiner zu.

Sie brausten durch die Nacht. In Richtung Küste? Oder brachte man sie zurück ins Landesinnere? Der Grad der Finsternis auf der Ladefläche veränderte sich. Mal erschien sie vollkommen, aber wenn die Fahrt langsamer wurde, drangen vereinzelte Lichtstrahlen zu ihnen durch. Dann konnte er in die besorgen Mienen seiner beiden Mitreisenden sehen.

Plötzlich hielt der Wagen, knappe Befehle flogen durch die Luft. »Was sagen sie?«, flüsterte Katharina. Aber auch er konnte nicht verstehen, was die Männer sich zuriefen. Endlich öffnete sich die Tür, und das Licht von Scheinwerfern blendete sie. Sie befanden sich auf irgendeinem hell erleuchteten Platz. »Mitkommen!«, bellte ein Soldat auf Englisch.

»Was Sie tun, ist illegal!«, protestierte Omran. »Ich will sofort meine Familie informieren.«

»Und ich möchte die amerikanische Botschaft anrufen!«, forderte Thewes.

»Hopp, hopp. Vorwärts!«, befahl ihm der Soldat.

28. August, nachts, Fähre über den Golf von Acaba

Sie war eine fürchterliche Person, geradezu unerträglich ohne Mundknebel. Wie hatte sie es bloß geschafft, den loszubekommen? Nun schimpfte und jammerte sie in ihrem Rohr lauthals vor sich hin.

Nur gut, dass der Motorenlärm des Schiffs so laut war, dass kein Mensch Yara Omran hören konnte, keiner außer ihrem Peiniger. Ahnte sie, dass er sich neben ihr im Rohr versteckt hielt?

Jetzt reichte es ihm. Er robbte aus seiner Röhre und in den schmalen Spalt zwischen den Rohren und der Ladeklappe des Lkws. »Seien Sie gefälligst still!«, zischte er, während er in der Dunkelheit nach dem Kopf der Araberin tastete. Die Vorstellung, ihn einfach herumzudrehen, war verlockend. *Knack!* Und die Nervensäge würde keinen Mucks mehr von sich geben.

Er zurrte das Klebeband über ihrem Mund fester und pappte vorsichtshalber noch einen zweiten Streifen drauf. Dann krabbelte er zurück in sein eigenes Versteck. In einer, höchstens zwei Stunden würden sie die Überfahrt nach Noweiba hinter sich haben. Der Augenblick, in dem er Madame nicht mehr brauchen würde, rückte näher.

28. August, nachts, irgendwo im israelisch-jordanischen Grenzgebiet

Katharina war sehr besorgt. Sie konnten es sich nicht leisten, hier Zeit zu verlieren. Kostbare Minuten, die wahrscheinlich über Leben und Tod der Menschen, die sie liebten, entschieden.

Sie lag auf einer Holzpritsche. Omran und Thewes waren nur ein paar Gitterstäbe entfernt von ihr in der Zelle nebenan eingesperrt. In den Verschlägen roch es übel und überall am Boden und an den Wänden klebte der Dreck.

Eigentlich glaubte sie, dass sie in dieser Nacht kein Auge zutun würde, aber schließlich nickte sie doch ein. Sie fiel in einen kurzen, unruhigen Schlaf – bis sie von draußen Motorengeräusche vernahm. Ein Wagen hielt vor der Wachstation, Fahrzeugtüren wurden zugeschlagen, auf dem Asphalt waren jetzt Schritte zu hören, die Stimmen der Wachmänner erklangen.

Katharina lauschte. In der Nachbarzelle hörte sie ihre beiden Reisebegleiter leise schnarchen. Sonst war jetzt nichts mehr zu hören; sie versuchte, sich zu beruhigen. Doch nach einiger Zeit ertönten erneut Stimmen. Schritte näherten sich den Zellen. Draußen wurde ein Schlüssel ins Schloss gesteckt. Die Tür öffnete sich, und das grelle Neonlicht ging an.

Katharina und ihre beiden Mitgefangenen fuhren von den Pritschen hoch und starrten die Delegation an, die sich vor den Gitterstäben versammelt hatte. Eine kleine, sehr adrett gekleidete Frau mit kurzen blonden Haaren stand inmitten einer Gruppe von jordanischen Wachmännern. Katharina erkannte sie als die Agentin, die sie vor zwei Tagen in Jerusalem aus den Händen ihrer Entführer befreit hatte.

»Frau Sternberg!«, begrüßte Grace Dumont sie wie eine alte Bekannte und schüttelte tadelnd den Kopf. »Sie haben sich ja schon wieder in Schwierigkeiten gebracht.«

28. August, sehr frühmorgens, Flughafen Rom

Müde schlang Ismael seine Kutte enger um den nicht mehr allzu jungen Körper. Früher hätte kein Zentimeter zwischen ihn und den Stoff gepasst, doch mittlerweile war das anders: Seine physische Erscheinung hatte an Masse eingebüßt, und auch sein Durchhaltevermögen war nicht mehr das, was es einmal gewesen war. Er hasste es, sich in Warteschlangen auf schlecht belüfteten Flughäfen herumdrücken zu müssen. Dass ihm die Organisation noch immer keine Reise erster Klasse bezahlte, empfand er als persönlichen Affront. Es wurde Zeit, dass er endlich eine angemessene Würdigung seiner Leistungen erfuhr.

Es gab ja durchaus Persönlichkeiten in seinen Kreisen, die auf Selbstquälerei standen. Von dem Alten etwa erzählte man sich, dass er sich regelmäßig die Peitsche gab. Angesichts seiner Spleens hielt auch Ismael das für wahrscheinlich. Um als besonders gottesfürchtig zu gelten oder aus Hoffnung auf eine himmlische Belohnung? Eine ziemlich vage Hoffnung für seinen Geschmack.

Er selbst gehörte jedenfalls nicht zu der Sorte. Er hoffte auf weltlichen Lohn. Und den würde er sich von niemandem streitig machen lassen, nicht einmal vom Alten selbst, der ihm immer wieder dazwischenfunkte. Gestern hatte er ihn erneut aufgefordert, zu einer endgültigen Lösung zu kommen. »Ich will, dass du dich persönlich der Sache annimmst«, hatte er gefordert.

»Aber selbstverständlich!« Offenbar war es an der Zeit, die letzten Register zu ziehen. Genau deshalb hatte er sich auf den Weg gemacht.

»Wünschen Sie einen Fensterplatz?«, fragte ihn die Frau am Flugschalter. Ihm fiel auf, dass sie ungewöhnlich schön war, blond. Vielleicht waren die Haare aber auch blondiert. Damit kannte er sich nicht aus. Und vielleicht war sie auch gar nicht ungewöhnlich schön, sondern einfach schön. Eine Frau eben, von denen er in seinem Leben viel zu wenige betrachtet oder gar berührt hatte.

»Ja, bitte«, antwortete er, während er versuchte, seinen Rücken gerade zu halten.

»Sie reisen nur mit Handgepäck?«

»So ist es. Ich werde nicht lange bleiben.« Das ging sie eigentlich nichts an, aber es gefiel ihm, seinen Vorsatz zu bekräftigen: Nein, er würde nicht lange bleiben, weder in Istanbul noch im Sinai. In 24 Stunden hätte er mithilfe geschickter Diplomatie alles erledigt …

»Guten Flug«, wünschte die Dame von der Airline und lächelte, wie sie es vermutlich bei jedem tat. Trotzdem genoss er ihre Aufmerksamkeit.

»Vielen Dank, Fräulein«, antwortete er auf eine Weise, die ihm selbst altmodisch vorkam.

Kapitel 5

28. August, Mittag, Katharinenkloster im Sinai-Gebirge
Reisende, die die Mauern des Konvents in der Einöde des Sinai-Gebirges zum ersten Mal sahen, glaubten oft, dass dort die Zeit stehen geblieben sein müsste. Von außen wirkte das über 1500 Jahre bestehende Katharinenkloster mehr wie eine Trutzburg des Mittelalters denn wie eine Behausung des 21. Jahrhunderts. Meterdicke Lehmmauern ragten aus der staubigen Wüste empor und bildeten einen scheinbar undurchdringlichen Schutzwall gegen alles, was von außen kam.

Doch selbst sie hatten die Moderne nicht aufhalten können. Auch die Bewohner der Festung mussten sich den Fragen der Zeit stellen: Sollte ein Mönch per Telefon erreichbar sein? Durfte er eine eMail-Adresse besitzen? Brauchte das Kloster eine Website, Social-Media-Aktivitäten gar? Störte all dies nicht die Konzentration auf das Ewige? Die Mönche des ältesten Konvents der Menschheit stritten mit viel Leidenschaft über diese Themen.

Unter Abt Christopherus, der ihre Gemeinschaft seit sechs Jahren leitete, hatten sie einen Modus Vivendi mit der Technik gefunden. Die Brüder lehnten ihre Errungenschaften nicht grundsätzlich ab, achteten aber darauf, nicht zu Sklaven des Kommunikationswahns zu werden. Telefon, Fax und Computer hatte Christopherus in einen einzigen Raum verbannt, das »Büro«, dessen Nutzung einigen wenigen vorbehalten war. Für die Benutzung gab es streng festgelegte Zeiten, ansonsten war die Zimmertür abgeschlossen – eine Vorsichtsmaßnahme gegen die Sogwirkung der technischen Geräte. Kein Bruder sollte vom Gebet abgelenkt werden, weil das Telefon klingelte oder er sich einbildete, er müsse die elektronische Post kontrollieren. Nicht einmal der Abt.

Aber heute … Heute musste sich Christopherus eingestehen, dass ihm das Klingeln des Telefons ziemlich auf die Nerven ging. Und beunruhigte. Die Bürozeiten waren doch auf ihrer Website angegeben: montags und mittwochs von neun bis zwölf Uhr. Wer bildete sich ein, sie außerhalb dieser Zeiten sprechen zu können? Und warum mit solchem Nachtdruck?

Der Abt hatte mitgezählt. Neunmal hatte es der Anrufer bereits versucht. Sobald das Klingeln erstarb, wählte er von Neuem. Ob es sich doch um etwas Dringendes handelte? Um einen Notfall gar? Aber was konnte so dringend sein, dass er dafür sein Gebet unterbrechen, das Büro aufschließen und – entgegen den von ihm selbst aufgestellten Regeln – den Hörer abnehmen würde? Christopherus seufzte. Vielleicht war es keine so gute Idee gewesen, seine privaten Räume direkt neben dem Büro einzurichten. Sie war seinem Bedürfnis entsprungen, alles unter Kontrolle zu haben. Nun hatte er die Kontrolle – und war vermutlich derjenige, der am meisten darunter litt, wenn er seine Mails nicht sofort beantworten durfte.

Nicht ohne schlechtes Gewissen schloss er die Bürotür auf. Im Raum wurde das Klingeln noch lauter und eindringlicher. »Ja, bitte?«

»Hochwürdigster Christopherus?« Der Anrufer sprach ihn auf Griechisch an.

»Am Apparat.«

»Hier ist Andreas Avestopulus, der Assistent Seiner Seligkeit.«

Der Abt erschrak. Der Anruf kam direkt aus dem Büro des Patriarchen.

»Sie werden Besuch bekommen, heute Abend noch.«

»Selbstverständlich sind uns Gäste jederzeit willkommen.«

»Nicht irgendein Gast!«, unterbrach ihn der Anrufer. »Ein hochrangiger Würdenträger befindet sich auf dem Weg zu Ihnen.«

Der Abt hielt den Atem an. Wollte Avestopulus etwa Besuch aus Konstantinopel ankündigen?

»Er kommt aus *Rom*.«

Christopherus konnte seine Überraschung kaum verbergen.

»Die Zeichen zwischen den beiden Kirchen stehen auf Verständigung. Die Zwiste, die die Christen des Westens und des Ostens jahrhundertelang untereinander hegten, müssen überwunden werden.«

»Das Christentum steht für Liebe und Vergebung«, bestätigte der Pater. *Blablabla.* Was sollte das alles? Der Vatikan hatte die Orthodoxie noch nie gemocht – und umgekehrt.

»Ich bin froh, dass Sie es auch so sehen. Seine Seligkeit Bartholomäus hegt schon lange den Wunsch, Rom die Hand zu reichen. Und der Besucher, der bei Ihnen anklopfen wird, spielt eine wichtige Rolle dabei. Er hat uns heute Morgen überraschend kontaktiert.«

Heute Morgen erst? Und jetzt war er bereits auf dem Weg zu ihnen?

»Im Zeichen der Ökumene bittet Sie der Patriarch höchstpersönlich, Kardinal Ismael jedwede Unterstützung zukommen zu lassen.«

»Ismael?« Der Abt kannte den Namen, der Mann galt als die rechte Hand des Papstes.

»Genau der«, bestätigte Avestopulus. »Er kommt mit einem wichtigen Anliegen zu Ihnen. Ein Projekt von höchster Bedeutung für die Kirche, für *alle* Kirchen. Wir können doch auf Ihre Unterstützung zählen?«

28. August, Mittag, Rom, Petersplatz

Der alte Mann trat auf den Balkon und ließ sein weißes Gewand im Wind flattern. Langsam, sehr langsam hob er die Hand zum Gruß der Gläubigen. Die Massen jubelten ihm zu. Ach, es bedurfte so wenig, um die Menschen zu begeistern.

»Das Christentum ist die Religion der Vernunft«, hallte seine Stimme über den Petersplatz. »Im Gegensatz zu Mohammed, der seine Idee mit Feuer und Schwert in die Welt getragen hat, setzte Jesus auf die Kraft der Rationalität und der Überzeugung.«

Er sprach die Worte im typischen leidenden Singsang, den seine Anhänger so liebten. Simultan wurden sie aus dem Lateinischen in die verschiedensten Sprachen übersetzt. »Das Christentum ist die Religion der Besonnenen«, sagte er. »Jene Religion, die im Abendland zur Aufklärung geführt hat. Der Islam dagegen hat diese Entwicklung nicht mitgemacht. Er verharrt mit seinen Vorstellungen im Mittelalter. Frauen werden an den Herd verbannt, Männer zum Kampf angestachelt. Vielehe und innerhäusliche Gewalt zeugen von der Verwahrlosung der Sitten …«

Die Menschenmenge auf dem Platz tobte. Ja, er verstand es, sie mitzureißen. Und er verstand es, seine Worte genau so zu wählen, dass ihm die Herzen der Christen zuflogen. Die Gemeinschaft der Gläubigen musste gestärkt werden –

gestärkt durch eine gemeinsame Identität. Und natürlich durch die Abgrenzung zu anderen religiösen Gruppen.

28. August, früher Nachmittag, Sinai-Gebirge
Sie hatten sie verschnürt und huckepack genommen. Auf ihren Schultern schleppten die beiden Männer Yara Omran durch ein ausgetrocknetes Flussbett. Ihr Gesicht brannte von der Ohrfeige, die ihr der Mann mit der Narbe verpasst hatte, ein widerwärtiger Mensch. Inständig hoffte sie, dass Abdol ihm nicht das Versteck seines Freundes verraten hatte.

Immer tiefer trugen die beiden Männer sie in die Berge hinein, immer einsamer wurde es um sie herum. Yara verfiel in einen halb wachen Dämmerzustand und betrachtete die futuristisch wirkenden Formationen, die das Wasser im Wadi hinterlassen hatte: pilzartige Gebilde aus buntem Stein und rund geschliffene Löcher, hinter denen sich Hohlräume befanden. Halluzinierte sie? Nein. Ihre Schmerzen waren real. Ebenso wie die Angst, die mit jedem zurückgelegten Meter wuchs.

Nachdem sie im Hafen von Noweiba die Unterhaltung der Männer mitgehört hatte, wusste sie, dass sie ihrer überdrüssig waren und sie loswerden wollten. Wollten sie sie töten? Warum nahmen sie dann diesen langen Weg auf sich? Wohin brachten sie sie?

Als sie das Ende des Flussbetts erreicht hatten, machten die Männer halt. Links von der ausgetrockneten Quelle erstreckte sich ein Geröllfeld, rechts lagen noch mehr zerklüftete Felsen. Am Fuß der Felswand sah Yara ein paar eingestürzte Balken und verbleichte Stofffetzen. Spuren von Menschen, die den Ort verlassen hatten.

Sie setzten sie auf der Kante eines tiefen Lochs im Wüstenboden ab. Ein Brunnenschacht? Die Männer schoben sie in

Richtung der Kante, bis sie das Gleichgewicht verlor. Yara wollte schreien, aber der Knebel verhinderte, dass irgendein Laut aus ihrem Mund drang.

Sprachlos fiel sie in den Abgrund. Der Aufprall war schmerzhaft. Sie versuchte, sich aufzurappeln, aber die Muskeln gehorchten ihr nicht. Über ihrem Kopf hörte sie die Männer miteinander sprechen. »Wie lange wird sie durchhalten?«

»Ohne Wasser? Zwei Tage höchstens.«

28. August, Nachmittag, Katharinenkloster

»Pater?«

Der Abt schreckte aus seiner Versenkung hoch, er hatte den Bruder nicht kommen hören. Im Halbdunkel der Basilika stand Peter, eines der jüngsten Mitglieder ihrer Gemeinschaft. Wie alle Mönche trug er eine dunkelbraune Kutte und eine Kappe in derselben Farbe. Seine hagere Statur und die randlose Brille verliehen ihm eine intellektuelle Ausstrahlung.

»Entschuldigen Sie die Störung«, sagte der Italiener in noch furchtbar holprigem Griechisch. »Eine Gruppe von Menschen wartet draußen vor dem Tor. Soll ich sie einlassen?«

Die Delegation aus Rom! »Selbstverständlich!«, sagte Christopherus und erhob sich eilig, was aufgrund seiner Körperfülle stets etwas unbeholfen wirkte. Er zupfte seine Kutte zurecht. »Bring sie ins Gästehaus und stell sicher, dass die Betten dort frisch bezogen sind. Ich werde gleich höchstpersönlich bei ihnen sein.«

28. August, Nachmittag, vor den Toren des Klosters

Mit seinem immensen Schutzwall machte der Konvent keinen besonders weltoffenen Eindruck. Umso mehr wunderten sich die Reisenden, dass ein Lächeln die Lippen des zuvor recht mürrisch dreinblickenden Mönchs umspielte, als er erneut an der Pforte erschien. »*Ben venuti!*«, verkündete er feierlich. »Unser Abt heißt Sie willkommen.«

Katharina, Thewes, Abdol Omran und Grace, die sie seit ihrer Befreiung aus der jordanischen Wachstation begleitete, folgten dem Bruder in ein steinernes Gewölbe, das an das Innere einer Ritterburg erinnerte. An den Wänden hingen mächtige Holzkruzifixe und golden schimmernde Heiligenikonen.

Sie durchschritten eine niedrige Eingangshalle und gelangten auf der anderen Seite in einen hellen Innenhof. In seiner Mitte strahlte eine Basilika mit dreistöckigem Glockenturm und einem spitz zulaufenden Dach in der Abendsonne. Am Fuß des Campanile wucherte ein Strauch mit roten Blüten. »Der brennende Dornbusch«, wie der Mönch, der sie begleitete, in italienisch akzentuiertem Englisch behauptete.

Dahinter folgten die Quartiere der Mönche, die in einem zweistöckigen Holzhaus untergebracht waren. Der italienische Bruder steuerte daran vorbei bis zum Klostergarten und führte sie zu einem lang gestreckten Steingebäude mit mehreren separaten Eingängen. Hinter ihnen verbargen sich identisch geschnittene, schmale Kammern mit jeweils einem Bett, auf dem bereits frische Wäsche bereitlag. Sie tauschten ungläubige Blicke. »Haben die uns hier erwartet?«, flüsterte Katharina.

Grace nickte und bedeutete ihr, sich nichts anmerken zu lassen. In diesem Moment kam aus dem Klostergarten ein kleiner, rundlicher Mann auf sie zugeeilt. Er trug dieselbe Kutte wie sein jüngerer Kollege, und um seinen Hals baumelte eine schwere, goldene Kette. »Herzlich willkommen!

Ich bedaure sehr, dass ich Sie so lange habe warten lassen. Ich bin Abt Christopherus.« Er schnappte nach Luft.

»Aber nein«, entgegnete Abdol Omran, der als ältestes Mitglied der Gruppe wie selbstverständlich das Wort übernahm. »Wir danken Ihnen für Ihre Gastfreundschaft.« Er deutete auf die offen stehenden Türen des Gästehauses. »Sie kam so unerwartet …«

»Unerwartet? Nicht doch! Als ich heute Nachmittag den Anruf erhielt, habe ich sofort die Quartiere vorbereiten lassen.«

Er schnaufte, erschöpft von seinen schnellen Schritten und dem gleichzeitigen Reden. Aber nun, da er seine Gäste erreicht hatte und die Gruppe aus der Nähe betrachtete, wirkte er doch ein wenig irritiert. »Oder sind Sie gar nicht der angekündigte Besuch?«

»Wir, äh …« Der Jordanier sah sich Hilfe suchend nach seinen Mitstreitern um.

»Wir sind ein internationales wissenschaftliches Team«, sprang Thewes ihm bei. »Man hat uns gesagt, dass Ihr Haus Wissenschaftlern aus aller Welt offen steht.«

»In der Tat, in der Tat.« Der Abt machte ein Gesicht, das überhaupt nicht amüsiert aussah. »Sie kommen also nicht aus Rom?«

»Ich komme von der Universität in New York, Thewes ist mein Name.«

Widerstrebend ergriff der Abt die Hand, die der Amerikaner ihm hinstreckte. »Und Sie wollen hier … forschen?«

»Wir würden gerne die Bibliothek des Klosters besuchen.«

»Ich verstehe …« Abt Christopherus überlegte einen Moment. »Bruder Peter«, er deutete auf den jüngeren Mönch an seiner Seite, »wird Ihnen morgen die Sammlung zeigen.«

Er sah auf seine Armbanduhr. »Aber jetzt müssen Sie mich entschuldigen, ich erwarte noch Besuch.«

»Sind zurzeit noch andere Gäste im Kloster?«

Der Abt musterte Thewes argwöhnisch. Offenkundig gedachte er nicht, ihnen weitere Auskünfte zu erteilen.

28. August, Nachmittag, Sinai-Gebirge

Merkwürdig verdreht lag Yara Omran auf dem Boden des Brunnenschachts. Die Männer hatten sie allein gelassen. Wenn sie versuchte, sich zu bewegen, fuhr ein stechender Schmerz durch ihre Arme und Beine. Sämtliche Gliedmaßen schienen ineinander verknotet zu sein.

Selbst der Knebel befand sich nicht mehr an Ort und Stelle. Sie spuckte ihn aus und beugte sich nach vorn, bis sie mit dem Mund die Fesseln berührte. Als sie zubiss, knirschte der Wüstenstaub zwischen ihren Zähnen. Was tat sie da? Bildete sie sich etwa ein, hier aus eigener Kraft wieder herauszukommen? Lächerlich. Mehr als unwahrscheinlich jedenfalls.

Während die Schatten im Brunnenschacht länger wurden und die Sonne aus dem Sichtfeld der Öffnung wich, bemerkte Yara, wie die Luft um sie herum kühler wurde. Verzagt betrachtete sie die dunklen Wände, die sich in einem engen, hohen Kreis um sie herum schlossen. Nein, sie würde es nicht schaffen.

Leise begann sie zu weinen. Hier würde es ohnehin niemand hören.

28. August, Nachmittag, Klostergarten

Abt Christopherus war beunruhigt, als er den gepflasterten Weg durch den Garten zurück zum Hauptgebäude des Konvents schritt. Er hatte einen Fehler begangen, diesen Leuten

Einlass zu gewähren. Zu viele Besucher, zu viel Interesse an der Klosterbibliothek.

Aber er sah auch keine Möglichkeit, seinen Irrtum rückgängig zu machen. Kurz vor Sonnenuntergang schickte man Reisende nicht zurück in die Wüste. Das christliche Gebot der Gastfreundschaft verlangte es, sie wenigstens eine Nacht unter ihrem Dach ruhen zu lassen.

Anton Sternberg hatte ihn gewarnt, dass sie kommen und nach ihm suchen würden. Als er vor gut einer Woche an ihre Pforte klopfte, hatte er ihm gesagt, dass er auf der Flucht vor seinen Widersachern sei. Und mit der Großherzigkeit eines Christenmenschen hatte Christopherus ihm den Schutz des Konvents versprochen.

Aber nun zweifelte er an seiner Entscheidung. Die vielen »Besucher« machten ihn nervös. Irgendwas braute sich da zwischen den Klostermauern zusammen.

28. August, später Nachmittag, Katharinenkloster, Dach der Basilika

Der Mann mit der Narbe besaß einen Instinkt dafür, wann sich die Dinge zu seinen Gunsten entwickelten. Und dieser Instinkt sagte ihm, dass er jetzt kurz vor dem Ziel stand.

Er befand sich zur richtigen Zeit am richtigen Ort. Nicht nur mit dem alten Sternberg würde er abrechnen, sondern auch mit allen anderen Personen, die neben ihm auf seiner Liste standen. Wie bestellt, liefen ihm sämtliche Mitwisser in die Falle. Endlich fügte sich alles nach dem großen göttlichen Plan.

Von der Luke im Dach der Basilika aus beobachtete er, wie der Abt vom Gästehaus zu seinen Privaträumen hinüberlief. Christopherus sah besorgt aus. Wenig später folgte Bruder Peter, seine Kontaktperson im Kloster und derjenige, der den Meister über das Auftauchen eines Forschers informiert hatte.

Peter war ein braver Komplize. Jetzt müssten sie beide nur noch warten, bis sich die Nacht herabsenkte, dann konnten sie leise und ohne viel Wind ans Werk gehen. Die große Abrechnung würde beginnen.

Er fühlte bereits die Vorfreude in sich aufsteigen. Bald würde er dem Meister einen sehr guten Grund liefern, stolz zu sein auf seinen nichtswürdigen Ziehsohn.

28. August, später Nachmittag, Sinai-Gebirge

»Madame?« Die Stimme schien aus dem Nichts zu kommen. »Madame, was tun Sie dort?«, fragte sie in gebrochenem Arabisch.

Yara Omran blickte nach oben. Mit ihren gefesselten Händen versuchte sie, sich Staub und Tränen aus dem Gesicht zu wischen. »Kann ich Ihnen helfen, Madame? Was tun Sie dort?«, wurde die Frage wiederholt. Jetzt nahm sie die schattigen Umrisse eines Mannes am Rand der Öffnung wahr. Er hatte einen langen, zerzausten Bart und war in einen Umhang gehüllt. Mit der Kappe auf dem Kopf wirkte er merkwürdig aus der Zeit gefallen. Seine dunklen Augen blickten freundlich zu ihr hinunter. Halluzinierte sie? Yara traute ihrer eigenen Wahrnehmung kaum. Wäre er gleich wieder verschwunden?

»Bitte holen Sie mich hier raus«, brachte sie hervor. »Gehen Sie nicht weg!«

»Keine Sorge«, beruhigte er sie. In seiner Stimme schwang ein Akzent mit, den Yara nicht einordnen konnte. Jedenfalls war er kein Beduine. Woher kam dieser Mensch? Hatte Gott ihr einen Engel geschickt? Vorsichtshalber sandte sie eine Danksagung gen Himmel. »Sind Sie verletzt?«, erkundigte er sich besorgt.

»Ich weiß es nicht.« Zaghaft versuchte sie, die Beine zu bewegen. Das fühlte sich an wie Wespenstiche.

»Meinen Sie, Sie können hochklettern, wenn ich Ihnen ein Seil reiche?«

Yara biss die Zähne zusammen. Sie betrachtete ihre Arme, deren Fesseln sie mittlerweile fast durchgenagt hatte. Mit einem kraftvollen Ruck riss sie die restlichen Fäden auseinander.

»Ja, ich werde es schon schaffen«, antwortete sie. Sie musste es schaffen! *Gott, wenn du mich hier heil herausholst, schwöre ich … ja, was eigentlich? … Mich nie wieder über irgendetwas zu beklagen, eine wunderbare Ehefrau für Abdol zu sein, jeden Tag ein Gebet für die Armen zu sprechen …*

Sie beobachtete, wie der Mann über ihr das Seil löste, das seine Kutte zusammenhielt, und es in den Schacht hinunterließ, während er selbst sich an den Rand kniete. Als der Strang über ihrem Kopf baumelte, griff sie zu.

28. August, früher Abend, Katharinenkloster, Gästehaus

Um Punkt sechs Uhr abends läutete die Glocke zum Abendessen. Der Abt ließ ihnen durch Bruder Peter ausrichten, dass sie dazu herzlich eingeladen waren.

»Danke schön, das ist sehr freundlich«, sagte Katharina, der dieser Vorschlag gerade recht kam. Zum einen verspürte sie großen Hunger, zum anderen würden dort alle Mönche versammelt sein – und auch die Gäste des Klosters, die versorgt werden mussten. Falls ihr Vater also tatsächlich hier war, sollte auch er dort erscheinen.

Thewes und Omran nickten zustimmend, vielleicht hatten sie ähnliche Gedanken. Nur Grace Dumont behauptete, dass sie einen nervösen Magen habe und das Abendessen lieber ausfallen lasse.

Der Mönch warf ihr einen misstrauischen Blick zu. »Soll ich Ihnen unseren Krankenpfleger schicken?«

»Oh nein, das ist nicht nötig. Vielen Dank«, flötete sie.

Während sie Bruder Peter in der Dämmerung in Richtung Hauptgebäude folgten, merkte Katharina, wie ihre Aufregung wuchs. Würde sie gleich ihrem Vater begegnen? Ohne es zu wollen, begann sie bereits, sich das Wiedersehen auszumalen. Bestimmt wäre er ziemlich überrascht, sie zu sehen ...

Sie betraten das Refektorium. In dem niedrigen Raum mit den durchgebogenen Holzbalken an der Decke herrschte bereits großer Betrieb: Rund zwei Dutzend alte Männer in Wollkutten saßen an langen Bänken rund um eine ebenso lange Tafel; sie reckten die Hälse nach den fremden Gestalten. Aber ihr Vater war nicht unter ihnen. Wo steckte er?

Sie folgte Bruder Peter, der sie zu einem Tisch führte. Dort war für sie gedeckt. Der Mönch bat sie, Platz zu nehmen, und verschwand dann in der Küche. Katharina nutzte den unbeobachteten Moment. »Warum ist mein Vater nicht hier?«, fragte sie Omran im Flüsterton.

»Das frage ich mich auch.« Er warf ihr einen hilflosen Blick zu. Und sie wusste, dass er sich mindestens so viele Sorgen machte wie sie. Weder von Anton Sternberg noch von Yara Omran hatten sie bislang etwas gehört oder gesehen.

Kurz darauf kehrte Bruder Peter mit einem Tablett auf dem Arm zurück. Darauf standen drei dampfende Teller, die randvoll mit einer dickflüssigen Suppe gefüllt waren. Dazu gab es Brot, Butter und Käse. Der Abt sprach ein Tischgebet, dann machten sich alle über das Abendessen her. Die alten Männer am Nebentisch löffelten geräuschvoll ihre Suppe, nur der Abt selbst nicht. Anstatt mit ihnen zu essen, stand er wieder auf und verließ den Speisesaal.

Katharina verfolgte ihn mit dem Blick. Vor lauter Anspannung bekam sie jetzt – trotz des Hungers, den sie eben noch verspürt hatte – kaum einen Bissen herunter. Sie beobachtete, dass ihre beiden Mitstreiter ebenfalls zu kämpfen hatten. Auf Omrans Stirn hatte sich eine steile Falte gebildet. »Ihr Vater muss hier sein«, sagte er so leise, dass die Mönche am Nebentisch es nicht hören konnten.

»Sind Sie ganz sicher, dass er hier untertauchen wollte?«

»So hat er es mir gesagt.«

»Vielleicht hat er seine Meinung geändert.«

»Ich wünsche es meinem Freund«, sagte Omran. »Aber meiner Frau …« Er unterbrach sich und sah sie schuldbewusst an.

»Ihrer Frau wünschen Sie es nicht? Weil dann zwar mein Vater geschützt ist, aber Ihre Frau …«

»Das wollte ich nicht sagen.«

»Doch, das wollten Sie sagen!«

Katharina verstand Omrans Dilemma. Er fürchtete, dass der Entführer Rache an seiner Frau nehmen würde, wenn er Sternberg nicht im Konvent fand. Und im Zweifelsfall würde er sich für seine Frau und gegen ihren Vater entscheiden. Sie grübelte. Konnte sie diesem Mann wirklich vertrauen?

Sie sah Thewes vielsagend an.

28. August, nach dem Abendessen, Katharinenkloster, Räumlichkeiten des Abts

Eine Frau? Ganz allein in der Wüste? Christopherus konnte die Geschichte nicht glauben, die Bruder Josef ihm da erzählte. In einem Brunnen wollte der Mönch die Frau gefunden haben, eine Araberin. Verletzt sei sie gewesen, gefesselt und mutterseelenallein. Nichts anderes als das Gebot der christlichen Nächstenliebe habe schnelles und beherztes

Handeln von ihm gefordert. Habe er überhaupt eine andere Wahl gehabt, als sie huckepack zu nehmen und als Gast ins Kloster zu bringen?

»Nein, nein, ganz sicher nicht«, murmelte Christopherus – und dachte heimlich, dass er auf Josefs Ausflüge in Zukunft ein Auge haben müsse. Was trieb er eigentlich genau, wenn er, wie er sagte, in der Wüste »Zwiesprache mit Gott« hielt? Mal kam er mit einem erlegten Hasen zurück, mal mit einem gezähmten Falken – und jetzt sogar mit einer Frau. Eine recht eigenwillige Form der spirituellen Versenkung.

Was Josef über die Dame erzählte, klang abenteuerlich. Überfallen und entführt worden sei sie in ihrer Wohnung in Jordanien. Auf der Ladefläche eines Lkws habe man sie von Amman bis in den Sinai verschleppt.

»Verschleppt? Auf der Ladefläche eines Lkws?« Christopherus zog eine Braue hoch. Bruder Josef klang tief beeindruckt von der Geschichte des Opfers. Er aber glaubte solche Räuberpistolen nicht. In aller Regel waren die Frauen, die bei ihnen auftauchten, Beduininnen, Mädchen, die von zu Hause weggelaufen waren, oder geschundene Ehefrauen. Manchmal boten sie ihre Dienste in der Küche an, um bei ihnen zu bleiben. Doch Christopherus schickte sie stets zurück nach Hause. Nicht nur, weil er glaubte, dass ihre Präsenz die Gemeinschaft gestört hätte, sondern weil es Selbstmord gewesen wäre, sich in die familiären Angelegenheiten ihrer arabischen Nachbarn einzumischen, niemals endende Fehden.

Bestimmt hatte auch diese Frau einen familiären Leidensweg hinter sich. Christopherus wollte sie gar nicht erst sehen. Er kannte schon zu viele Geschichten dieser Art. Es brach ihm das Herz, um Hilfe angefleht zu werden und sie verweigern zu müssen. Kurz vor dem Eintreffen seines hohen Besuchers hatte er ohnehin anderes zu tun, als sich um die Probleme einer Ausreißerin zu kümmern. Viel wichtiger war jetzt, dass der Tisch für seinen Gast ordentlich gedeckt wurde …

»Finde heraus, aus welchem Dorf sie stammt, und bring sie dorthin zurück. So schnell wie möglich«, sagte er zu Bruder Josef.

Der sah ihn voller Empörung an. »Aber Pater! Heute Nacht können wir sie nirgendwohin schicken. Sie ist verletzt. Ihr Bein ist gebrochen.«

In diesem Moment hörte der Abt von draußen das Gezeter der Frau. Sie hatte ein ungeheuer lautes Organ, das fast überall im Gemäuer zu hören sein musste. Er bekam Angst, dass sie das gesamte Kloster zusammenschreien würde, wenn sie nicht ihren Willen durchsetzte, womöglich genau dann, wenn der Gast eintraf. Wenn sich in Rom herumsprach, dass sie sich von Frauen tyrannisieren ließen, würde das ein sehr ungünstiges Licht auf die Mönche des Sinai-Gebirges werfen.

»Dann bringt sie in Gottes Namen zu mir«, gab er sich schließlich geschlagen, »aber nur fünf Minuten.«

Christopherus rückte das goldene Kreuz an der Kette um seinen Bauch in die ihm zugedachte zentrale Position und bereitete sich mental auf die Begegnung mit einer Frau vor, die ihm grandiose Lügenmärchen auftischen würde, um nicht dorthin zurückkehren zu müssen, woher sie kam. Sein Magen knurrte. Er konnte nur hoffen, dass die Begegnung nicht allzu lange dauern würde.

28. August, Abend, Katharinenkloster, westlicher Gebäudekomplex

Heimlich und leise verfolgten Katharina und Thewes Bruder Peter durch das Kloster. Die dunklen Mauervorsprünge erlaubten ihnen, sich im Verborgenen zu halten. Immer wieder verharrten sie dort, bis sich die hagere Gestalt des Mönchs weit genug von ihnen entfernt hatte. Dann nahmen sie erneut die Verfolgung auf.

Thewes hatte beobachtet, wie Peter nach der Vesper in der Küche verschwunden war. Wenig später sah er ihn mit einer Schüssel und zwei Tellern unterm Arm wieder herauskommen. »Schau mal, da scheint irgendjemand sein Abendessen aufs Zimmer serviert zu bekommen«, hatte er zu Katharina gesagt. Beide hatten sofort denselben Verdacht: Das gab es jemanden, den sie nicht zu Gesicht bekommen sollten.

Unbemerkt folgten sie dem italienischen Bruder, der geradewegs zur Westflanke des Klosters lief. Dort befand sich ein mehrstöckiges Gebäude, das sich an den Moses-Berg schmiegte und zugleich eine der Außenmauern des Gesamtkomplexes bildete. Sie beobachteten, wie er in den Eingang trat, und warteten. Wenig später tauchte sein Gesicht im dritten Stock auf. Er lief an der Balustrade eines zum Hof hin offenen Gangs entlang, dann verschwand er plötzlich.

»Hinterher!«, flüsterte Katharina und eilte in denselben Treppeneingang. Sie erklommen die Holzstufen, die bei jedem Schritt ächzten. Im dritten Stock fanden sie die Balustrade und versuchten, sich möglichst nah an der inneren Mauer entlang zu bewegen, um vom Hof aus nicht gesehen zu werden. An der Stelle, an der der Mönch aus ihrem Sichtfeld entschwunden war, entdeckten sie eine große, mit vielen Schnitzereien verzierte Holztür.

Behutsam drückte Katharina die große, geschwungene Eisenklinke nach unten. Mit einem leisen Klicken gab sie nach, die Tür schwang ein Stück auf. Vorsichtig lugten sie durch den Spalt – in einen riesigen Raum voller Bücher. Er wirkte wie eine Kathedrale, deren hohe Wände sich über zwei Stockwerke erstreckten. Jeder Zentimeter war mit Bücherregalen bedeckt, die von ganz unten bis zur gewölbten Decke des Raums reichten. Anstelle eines zweiten Stockwerks wand sich im oberen Teil ein balkonartiger Vorsprung an den Wänden entlang, der einen einfachen Zugriff auf die oberen Regalabschnitte ermöglichte. Er war über eine frei schwebende Treppe erreichbar. In der unteren Etage standen altmodische Schreibpulte und Leselampen. Ganz ohne Zweifel blickten sie geradewegs in den Lesesaal der Klosterbibliothek. Aber wo war Bruder Peter?

Im ersten Augenblick konnte Thewes ihn nicht entdecken. Doch dann sah er am Kopfende des Raums zwei Gestalten in Mönchskutten. Der eine saß an einem Pult voller Bücher und Schriften, ein Greis mit schneeweißem Bart. Die wollene Kappe, die irgendwann einmal den Formen seines Schädels entsprochen haben mochte, schien das kleine, runzlige Gesicht regelrecht zu verschlucken. Der andere hatte ihm den Rücken zugekehrt, aber von der Figur her zu urteilen, konnte es durchaus Bruder Peter sein. Jetzt erspähte Thewes auch die Schüssel und die beiden Teller, die Peter aus der Küche mitgebracht hatte, auf dem Pult vor ihm.

»Wo ist er denn? Ist er nicht hier?«, hörte er den Italiener fragen. Er klang nervös. Offenbar war von einer dritten Person die Rede. »Ich habe euch extra das Abendessen gebracht, Bruder Alba.«

»Danke schön, mein Junge«, antwortete der Alte und ignorierte die Frage.

»Und wo ist er?«, insistierte Peter.

»Er stöbert wieder auf dem Dachboden herum.«

»Ganz ohne Begleitung?«

»Soll ich etwa auf ihn aufpassen?« Der Greis lachte krächzend.

»Pater Christopherus hat ausdrücklich angeordnet, dass er die Bibliothek nicht mehr verlassen soll«, sagte Peter streng. »Das Kloster ist voller Fremder.«

»Ich werde ihn darüber unterrichten«, verkündete der Alte und schlurfte in Richtung Tür.

28. August, Abend, Katharinenkloster, Büro des Abts

Grace Dumont blätterte durch das Gästebuch des Klosters. Das analoge Zeitalter, das im Konvent noch herrschte, hatte durchaus seine Vorteile. Man brauchte weder einen Techniker, noch gab es aufwendige Codes zu knacken, um an Informationen zu gelangen. Offenbar rechnete der Abt nicht damit, dass sich jemand für seine Buchhaltung interessierte. Alles, wonach sie suchte, lag offen in seiner Schreibtischschublade. Wahres Gottvertrauen nannte sie das.

Der Ruf zur Vesper war ihr sehr gelegen gekommen. Als Katharina, Thewes und Omran ins Refektorium gingen, hatte sie die Gelegenheit genutzt, sich ungestört im Kloster umzusehen. Denn nach allem, was sie wussten, musste Sternberg sich hier irgendwo versteckt halten, und vermutlich waren auch seine Widersacher nicht weit. Die unübersichtliche Gemengelage erforderte ein konzentriertes, professionelles Vorgehen. Und je weniger Amateure ihr dabei im Weg standen, desto effektiver wäre sie.

Zuerst war sie in die Räumlichkeiten des Abts eingedrungen. Grace leuchtete mit der Taschenlampe des Handys umher. Im Gegensatz zu der ansonsten kargen Einrichtung des Klosters mutete Christopherus' Privatwohnung recht prachtvoll an. In einem Esszimmer hingen goldumrahmte Spiegel und alte Gemälde an den Wänden. Auf dem Tisch stand eine Flasche Wein. Speiste der Abt nicht mit den anderen Mönchen im Refektorium, oder gönnte er sich hier hinterher noch ein Schlückchen? Sie klebte einen kleinen Voice-Receiver unter einen der Stühle. Die Gespräche, die hier geführt wurden, dürften allemal interessant sein.

Als Nächstes nahm sie sich Christopherus' Büro vor, das direkt nebenan lag und über einen separaten Eingang erreichbar war. Auf einem Schreibtisch standen ein Telefon und ein Computer der vorvorletzten Generation. Außerdem gab es viele Hängeregister und Ordner, die mit Akten gefüllt waren. Offenbar erledigte das Kloster seine Buchhaltung nach wie vor lieber auf Papier. Wunderbar!

Sorgfältig studierte sie die Eintragungen im Gästebuch. Die letzte trug das heutige Datum; fein säuberlich waren Namen und Nationalitäten notiert worden. Grace blätterte zurück und überflog auch die Einträge der vergangenen Wochen. Die meisten Besucher im Kloster waren Araber; der Name Anton Sternberg tauchte nirgendwo auf. Vielleicht hielt er sich doch nicht hier auf?

An der Wand entdeckte sie einen Plan, der einen Ausschnitt des Klosters zeigte. Bei genauerem Hinsehen erkannte Grace die Mönchszellen. Mit kyrillischen Schriftzeichen war dort eingetragen, wer wo wohnte. Bei einer Zelle allerdings fehlte die Beschriftung. Dort stand lediglich ein lateinisches *S*. S für Sternberg? Eilig machte sie ein Foto mit dem Handy.

Gab es noch andere Aufzeichnungen über die Aktivitäten des Klosters? Erneut wühlte sie in der Schreibtischschublade – und fischte ein großes, schwarzes Buch heraus. Es war der Terminkalender des Abts. Grace schlug das aktuelle Datum auf. *Vesper/R.*, stand dort. Sie legte das Buch zurück in die Schublade.

Eilig untersuchte sie das Telefon. Der Apparat speicherte die Telefonnummern, die zuletzt angewählt worden waren. Sie klickte sich durch die Liste. Am Vormittag hatte ein Anrufer mit der Vorwahl 0216 mehrfach versucht, das Kloster zu erreichen. Sie überlegte, warum ihr die Ziffernfolge so bekannt vorkam. *Istanbul,* schoss es ihr durch den Kopf. Die Bewohner der asiatischen Seite hatten diese Vorwahl.

Istanbul, Istanbul … War das nicht auch der Sitz des syrisch-orthodoxen Patriarchen? Hatte der Abt heute Morgen etwa mit dem Oberhaupt seiner Kirche kommuniziert?

28. August, Abend, Katharinenkloster, östlich gelegener Innenhof

Abdol Omran war besinnungslos vor Sorge. Er hatte seine Frau schreien hören. Unter Tausenden Stimmen hätte er ihr durchdringendes Organ erkannt.

Sie musste ganz in der Nähe sein. So klang Yaras Stimme, wenn sie in Bedrängnis geriet, wenn sie keinen Ausweg mehr wusste. Hatte der Entführer versucht, ihr etwas anzutun? Er würde diesen Kerl umbringen, wenn er sich an ihr versündigte!

Verzweifelt lief Omran in den Innenhöfen des Klosters hin und her. Er musste Yara und ihren Peiniger finden! Aber jetzt, nur ein paar Minuten, nachdem ihr Schrei durch die Nacht gehallt war, herrschte wieder Ruhe. Das Kloster stand still und stumm – und gaukelte eine Illusion von Frieden vor. Der Jordanier erklomm einen Mauervorsprung, von dem aus er den zentralen Hof im Blick hatte, ohne selbst gesehen zu werden. Von dort aus konnte er auch direkt in die Gemächer des Abts blicken, wo jetzt reger Betrieb herrschte. Christopherus selbst saß in einem Sessel am Fenster und sprach mit irgendjemandem, während ein Mönch mit langem, grauem Bart im Hintergrund den Tisch deckte. Deshalb also war der Abt nach dem Gebet so schnell aus dem Refektorium verschwunden.

Omran balancierte ein Stück weiter, um besser sehen zu können. Da entdeckte er noch eine weitere Person. Sie war in eine Decke gehüllt und saß mit dem Rücken zum Fenster, sodass er ihr Gesicht nicht erkennen konnte. Trotzdem war er sich plötzlich sicher, wer da hockte: Yara! Sie lebte! Und es ging ihr gut, zumindest soweit er das von hier oben aus beurteilen konnte. Jedenfalls befand sie sich nicht mehr in den Händen des Entführers.

Jetzt drehte sie ihr Gesicht zum Fenster. Es sah mitgenommen aus, die Wangen geschwollen. War sie geschlagen worden? Auch ihre Haltung gefiel ihm nicht: Das Bein hatte sie seltsam steif ausgestreckt. Omran beobachtete, wie sie mit schmerzverzerrter Miene auf ihr Knie deutete und dem Abt irgendetwas erzählte. Christopherus hörte ihr aufmerksam zu. Aber je aufgeregter seine Frau erzählte, desto skeptischer wurde sein Ausdruck.

Plötzlich sah er, wie Yara sich an die Brust fasste und von dort ein Schmuckstück löste. Sie hielt dem Abt eine Kette hin – was tat sie da? Wollte sie ihn etwa für seine Gastfreundschaft bezahlen? Nein! Jetzt verstand er endlich: Es war die Kette aus antiken Münzen, die er einst als Verlobungsgeschenk für sie hatte anfertigen lassen.

28. August, Abend, Katharinenkloster, Dachboden

Der Bibliothekar, Bruder Alba, ließ sich nicht aus der Ruhe bringen. Ohne Hast zog er seine altersschwachen Beine auf die nächste Treppenstufe und wieder die nächste.

Katharina und Thewes folgten ihm im Schneckentempo.

Sie waren ihm bereits durchs halbe Kloster nachgestiegen, eine Treppe hinauf, die nächste hinunter und so weiter. Mittlerweile hatten sie keine Ahnung mehr, wo sie sich befanden. Jedenfalls in einem älteren Gebäudekomplex. Dort steuerte der Greis das oberste Stockwerk an.

»Warte«, flüsterte Katharina und hielt ihren Begleiter fest, »da ist jemand.«

Sie verharrten am Fuß der Treppe, während der Mönch langsam weiterschlurfte, dann verschwand er aus ihrem Sichtfeld. Aus dem Raum, aus dem ein schwacher Lichtstrahl schimmerte, vernahmen sie flüsternde Stimmen. Zögernd stiegen sie hinauf.

Sie spähten in einen Dachboden, der einzig vom Strahl einer Taschenlampe erhellt wurde. Unter den Schrägen türmten sich Papiere und Bücher, die ohne erkennbare Ordnung in den verschiedenen Winkeln des Raums verteilt lagen. Der muffige Geruch, der von ihnen ausging, ließ erahnen, dass sie bereits seit Ewigkeiten vor sich hinmoderten. Jahre? Jahrzehnte? Bruder Alba und eine zweite Gestalt standen im Schatten des Lichtkegels, der auf einen Stapel von ledernen Mappen gerichtet war.

»Was haben Sie da gefunden, mein Freund?«, vernahm Katharina die krächzende Stimme des Greises.

»Ich weiß es selbst nicht genau«, flüsterte der zweite Mann, dessen Hand jetzt nach der obersten Mappe auf dem Stapel griff und dadurch im Lichtkegel sichtbar wurde. Es war eine sehnige, von Sommersprossen übersäte Hand. Katharina erkannt sie sofort – und ihr blieb fast das Herz stehen. Niemand anders als ihr Vater stand da nur wenige Meter von ihr entfernt!

Sie wollte sofort zu ihm stürmen, aber Thewes hielt sie am Arm fest. Offenbar wollte er die Unterhaltung der beiden Männer noch einen Moment unbemerkt belauschen. Katharina kämpfte mit sich.

Im Lichtstrahl der Lampe sahen sie zu, wie ihr Vater die Mappe untersuchte. Behutsam versuchte er, den seitlichen Riemen, der die beiden Deckel zusammenhielt, zu lösen. Doch sobald er ihn durch den dafür vorgesehenen Schlitz schieben wollte, zerbröselte die Lasche. Er stieß einen Laut des Bedauerns aus, aber immerhin ließen sich jetzt Vorder- und Rückseite auseinanderklappen. Staub wirbelte auf, und eine Reihe von beschrifteten Seiten kam zum Vorschein. Fast zeitgleich beugten die beiden Männer ihre Köpfe über die Entdeckung.

»Sehen Sie nur, die Blätter sind aus Papyrus!«, sagte Sternberg. »Sie müssen ungeheuer alt sein.«

Alba stimmte ihm zu. »In solchen Mappen wurden früher die Liedtexte für die Gottesdienste aufbewahrt. Sie waren oft über Jahrhunderte in Gebrauch.«

»Interessant.«

»Wenn Sie möchten, nehmen Sie die Mappe mit. Im Lesesaal haben wir diverse Nachschlagewerke des Syrischen. Aber wir sollten jetzt gehen. Pater Christopherus wünscht, dass Sie die Bibliothek nicht mehr verlassen …«

Weiter kam Alba mit seinen Erklärungen nicht, denn in diesem Moment durchdrang ein Rumpeln den Speicher.

»Wer ist da?«, krächzte Alba. Sternberg richtete seine Taschenlampe in die Richtung des Geräuschs. Da sah er eine Person inmitten eines umgestürzten Bücherstapels liegen.

28. August, Abend, Katharinenkloster, östlicher Innenhof

Von ihrem Versteck gegenüber dem Esszimmer des Abts beobachtete Grace Dumont, wie Abdol Omran seine Frau in die Arme schloss. Die beiden Eheleute weinten. Sie aktivierte den Voice-Receiver.

»Bist du in Ordnung, Yara? Was ist mit deinem Bein?«, vernahm sie die Stimme des Jordaniers.

»Ich werde Ihre Frau gleich auf die Krankenstation bringen lassen«, versicherte ihm der Abt, der sehr ungeduldig wirkte. Anscheinend wollte er die beiden schnell wieder loswerden. Seine Hände zuppelten nervös an dem Kreuz, das um seinen Hals hing.

»Haben Sie verstanden, was meine Frau Ihnen eben zu erklären versuchte?«, fragte Omran und deutete auf die Münzen. »Es ist nämlich so: Die Kreuze und MHMD-Inschriften, die Sie auf diesen Münzen sehen, deuten darauf hin …«

»Ich kann mich jetzt nicht um Inschriften kümmern«, unterbrach Christopherus ihn. Er nahm die Kette an sich und ließ sie in seiner Kutte verschwinden.

»Es ist aber wichtig. Hier im Kloster befindet sich ein Mann, der sehr gefährlich ist.«

»Lassen Sie uns das morgen besprechen.« Die Stimme des Abts duldete keinen Widerspruch. *Warum um alles in der Welt ist er nur so ungeduldig?*, fragte sich Grace.

28. August, Abend, Katharinenkloster, Dachboden

»Das ist ein Freund von mir, Papa!«, sagte eine Frauenstimme. Ungläubig kniff Sternberg die Augen zusammen, als Katharina aus dem Dunkeln in den Lichtkegel trat. Sein Blick wanderte zwischen Katharina und dem Mann im Bücherstapel hin und her, als seien ihm gerade zwei Gespenster erschienen.

»Was zum Teufel machst du hier?«, fragte er seine Tochter. »Du hättest nicht kommen dürfen!«

»Aber Papa!« Katharina kämpfte gegen ihre Enttäuschung an. Nach all den Strapazen hatte sie sich das Wiedersehen mit ihm irgendwie anders vorgestellt. »Und du hättest nicht einfach so verschwinden dürfen«, entgegnete sie trotzig.

»Ich hatte meine Gründe.«

»Was für Gründe, Papa?«

Sternberg seufzte. »Das ist nicht so einfach zu erklären. Nachdem mein alter Konkurrent von mir die Herausgabe wichtiger Fotos forderte – und diese Fotos zeitgleich in New York verschwanden –, beschloss ich, präventive Maßnahmen zu ergreifen.« Er sah seine Tochter an. »Glaub mir, ich hatte keine andere Wahl.«

»Mir hast du ebenfalls keine Wahl gelassen!«

Der alte Bibliothekar zupfte an Sternbergs Ärmel. »Ich würde vorschlagen, dass Sie alles Weitere in der Bibliothek besprechen …«

Aber der Forscher rührte sich nicht von der Stelle. Seine Augen ruhten auf Thewes, der sich nach seinem Stolpern gerade wieder aufgerappelt hatte.

»Wer ist dieser Mann?«

»Er ist … äh … ein Kollege.«

»Ein Kollege?«

»Wir haben uns zufällig im Jemen getroffen. Mart Thewes bewirbt sich für eine Professur bei der Orient-Gesellschaft.«

»Er arbeitet für Niemeyer?« Sternberg schnappte nach Luft. »Bist du wahnsinnig, ihn hierherzubringen?«

»Es ist nicht so, wie du denkst. Mart hat mit Niemeyers Machenschaften nichts zu tun.« Katharina merkte, dass diese Beteuerung aus der Sicht ihres Vaters ziemlich naiv klingen musste.

»Ich bin in die Sache rein zufällig reingerutscht«, beteuerte Thewes.

»Zufällig, ja, klar ... Als Orientalist sind Sie vorher bestimmt nie mit der Geschichte des Islam in Berührung gekommen ...«

»Hör auf damit, Papa! Mart hat mir sehr geholfen, dich zu finden.«

»Daran zweifele ich nicht. Und sicher nicht ohne eigene Interessen.«

»Das ist nicht fair! Deinetwegen wären wir beide fast umgebracht worden!«

Katharina beobachtete, wie sich auf der Miene ihres Vaters erste Zweifel abzeichneten.

28. August, Abend, Katharinenkloster, Krankenstation

Bruder Sergey hatte einen weißen Kittel über seine Kutte gezogen und stützte Yara Omran beim Gehen. Denn Sergey war der »Arzt« des Konvents, wozu ihn die zwei Semester Medizinstudium qualifizierten. Sein »Behandlungszimmer« bestand aus einer schmalen Zelle mit einer Krankenhausliege, einem Waschbecken und einem weißen Medikamentenschrank, in dem er seine Mittelchen verstaute. Er fand es sehr aufregend, erstmals eine Frau hier als Patientin zu empfangen, aber als Profi versuchte er natürlich, sich das nicht anmerken zu lassen.

Omran wuselte um die beiden herum. Eifersüchtig beobachtete er, wie Sergey Yaras Wunden inspizierte, die blutverkrusteten Hand- und Fußgelenke und das Bein. Als der Mönch es abtastete, entfuhr der Frau ein Klagelaut. Aus dem Schrank holte er Desinfektionsmittel, verschiedene Salben und Verbandszeug und wusch und desinfizierte damit Yaras Wunden, während sie vor Schmerzen die Zähne zusammenbiss. Schließlich bandagierte er das Bein mit einer Schiene. »Morgen früh wird es besser gehen«, versprach er und gab ihr zwei Tabletten gegen die Schmerzen.

»Danke«, erwiderte Yara, bevor sie beide mit einem Glas Wasser hinunterspülte.

Sergey holte eine Decke unter der Liege hervor und breitete sie über ihr aus. »Wir sollten jetzt gehen, damit Ihre Frau sich ausruhen kann«, sagte er zu Omran.

Der Jordanier folgte ihm nur widerstrebend. Als sie hinausgingen, bemerkte er den beunruhigten Blick seiner Frau.

28. August, Abend, Flughafen Sharm el Sheikh
Ismael hatte an Bord des Fliegers ein Glas Wein zu sich genommen, bei der Landung in Sharm el Sheikh fühlte er sich beschwingt. Seine neu geschmiedete Allianz war die Mühe der Extratour nach Istanbul allemal wert gewesen: Bereitwillig hatte ihm der Patriarch von Konstantinopel Unterstützung bei seiner Mission zugesichert.

Leicht war es Ismael nicht gefallen, bei seinem Konkurrenten anzuklopfen. Als Vertreter des rechten Glaubens hatte er selbstverständlich Widerstände verspürt. Und er hoffte doch sehr, dass Patriarch Bartholomäus sich nach seinem Besuch nicht etwa einbildete, die heilige römische Kirche würde ihn als Ihresgleichen akzeptieren!

Aber besondere Situationen erforderten nun einmal besondere Maßnahmen. Man musste über den eigenen Schatten springen. Deshalb hatte er den schweren Gang auf sich genommen. Und er war zu seiner Überraschung sogar auf mehr Verständnis gestoßen, als er gehofft hatte: Auch in den Reihen der Orthodoxen zeigte man sich über die heraufziehende Gefahr durch den Islam beunruhigt.

Ismael hievte seinen Rollkoffer aus dem Gepäckfach und kletterte die Außenbordtreppe hinunter. Auf dem Asphaltfeld wehte ihm ein lauer Wind um die Nase. Angenehm warm war es hier. Kein Wunder, dass die Gegend bei Tauch- und Badegästen beliebt war. Gewöhnliche Menschen legten sich an den Strand, damit die Sonne ihre Leiber erhitzte. Gerne hätte auch er sich einmal solcher Zerstreuung hingegeben. Vielleicht, wenn alles vorbei war, zusammen mit dem Jungen. Es hieß, dass es im Sinai exquisite Hotels gab.

Schluss jetzt! Er hatte keine Zeit für solche Gedanken. Ismael sah auf die Uhr. Um das Kloster heute Abend noch zu erreichen, musste er sich jetzt wirklich beeilen.

28. August, Abend, Katharinenkloster, Bibliothek
Sternberg betrachtete die Papyri unter der Leselampe. »Diese Texte sind sehr alt«, stellte er fest. »Ich tippe auf eine frühe Form des Alt-Arabischen. Oder auf eine Mischform des Syrischen und des Arabischen.«

»Sie stammen also aus derselben Epoche wie die Jemen-Manuskripte?«, folgerte Thewes.

»Nein, sie sind noch älter. Wahrscheinlich stammen sie aus der Zeit, in der die Messen noch auf Syrisch abgehalten wurden.«

Er begann, sich einige Wörter herauszuschreiben, die ihm aus dem modernen Arabisch nicht geläufig waren. Katharina und Thewes assistierten, indem sie sie in den verschiedenen Wörterbüchern nachschlugen, die Bruder Alba ihnen gebracht hatte. Nach und nach erschloss sich so der Inhalt des Textes. *»Iqra bi-smi rabbak, alladi hala … Ruf an den Namen deines Herrn, der erschaffen hat, erschaffen den Menschen vom Lehm. Rufe an, denn dein Herr ist gnädig, der mit der Schrift lehrte, lehrte den Menschen, was er nicht wusste«*, übersetzte Sternberg.

»Das klingt wie ein Gebet«, fand seine Tochter.

»Der Text ist im Duktus eines frühchristlichen Liedes verfasst. Es ist eine Art Hymne.«

Alba nickte. »Vermutlich das Werk eines Bruders aus dem Kloster. In den ersten Jahrhunderten wurden diese Hymnen für die Messen geschrieben.«

Thewes beugte sich über die Schrift. *»Iqra …«*, wiederholte er nachdenklich. »Er beginnt genau mit demselben Wort, mit dem der Prophet der Muslime vom Erzengel aufgefordert wird, den von Gott herabgesandten Text wiederzugeben. Wie geht es doch gleich weiter?«

»Iqra bi-smi rabbak, alladi halaq – ruf an den Namen deines Herrn …«

»Kommt Ihnen das nicht auch irgendwie bekannt vor?«, fragte Thewes und sah Sternberg vielsagend an.

»Um Himmels willen!« Der alte Forscher hielt sich die Hand vor den Mund.

»Was ist denn? Wovon redet ihr?«, fragte Katharina, irritiert von den konspirativen Mienen, die die beiden aufgesetzt hatten.

»Haben Sie vielleicht eine Koran-Ausgabe hier?«, fragte Thewes Bruder Alba.

»Selbstverständlich.«

Der Mönch zog einen riesigen, mit Gold verzierten Wälzer unter den Bibeln hervor und überreichte ihn Sternberg. Der vertiefte sich sogleich in das Buch. Er las die Anfänge verschiedener Suren – und fand schließlich die Stelle, die er suchte. Es war der Beginn der Sure 96. *»Iqra bi-smi-r-rabbi-ka-lladi halaqa«*, hieß es dort. *»Trag vor im Namen deines Herrn, der erschaffen hat, den Menschen aus einem Embryo erschaffen hat! Trag vor! Dein Herr ist edelmütig wie niemand auf der Welt, er, der den Gebrauch des Schreibrohrs gelehrt hat, den Menschen gelehrt hat, was er zuvor nicht wusste.«*

Katharina stutzte. Sie hatte den Wortlaut der Übersetzung, die ihr Vater von der Hymne gemacht hatte, noch gut im Ohr. »Die beiden Texte sind ja fast identisch!«

»So ist es«, sagte ihr Vater. »Ich habe es immer geahnt …«

»Was hast du geahnt?«

»Dass ich in der christlichen Liturgie auf Parallelen zum Koran-Text stoßen würde.«

»Unglaublich! Und wie geht es in dem Liedtext in der Mappe weiter?«

»Keineswegs soll der Mensch sich unklug abwenden, wenn er Gott hoch erhaben sieht. Sieh! Zu Gott muss man sich wenden. Hast du je gesehen, dass ER ablehnt einen Knecht, wenn er betet? Hast du's gesehen? Wenn er fest war im Glauben oder sprach in Gottesfürchtigkeit? Hast du je gesehen, dass ER verleugnete und sich abwandte? Weißt du nicht, dass Gott sieht? Keineswegs! Wenn ER nicht in Ruhe gelassen wird, wird ER gepackt beim Schopf! So rufe denn SEINEN Hohen Rat, so wirst du die Herrschaftsengel herbeirufen. Keineswegs! Wende dich nicht unklug ab! Knie nieder und nähere dich!«

»Was für wunderschöne Zeilen«, sagte sie. »Das klingt ja fast wie Poesie.«

»Der Text ist in der Metrik eines Strophengedichts verfasst«, stimmte Sternberg ihr zu. »Und was steht anschließend im Koran?«

»Nein! Der Mensch ist wirklich aufsässig«, las Thewes, *»dass er sich für selbstherrlich hält. Doch zu deinem Herrn kehrt dereinst alles zurück. Was meinst du wohl von dem, der einem Sklaven wehrt, wenn er das Gebet verrichtet? Meinst du etwa, dass er rechtgeleitet ist oder befiehlt, gottesfürchtig zu sein? Meinst du nicht vielmehr, dass er die Wahrheit der göttlichen Botschaft für Lüge erklärt und sich davon abwendet? Weiß er denn nicht, dass Gott sieht, was er tut? Nein! Wenn er*

nicht aufhört mit seinem Tun, werden wir ihn beim Gericht bestimmt am Schopf packen, einem lügnerischen, sündigen Schopf. Mag er dann seine Clique herbeirufen! Wir werden die Schergen der Hölle herbeirufen. Nein! Gehorche ihm nicht! Wirf dich vielmehr in Anbetung nieder und nähere dich in Demut deinem Herrn!«

Katharina machte ein enttäuschtes Gesicht. »Knapp daneben.«

»Aber ein paar Ähnlichkeiten gibt es schon«, widersprach ihr Vater. »Beziehungsweise ...« Er unterbrach sich selbst. »Siehst du, was ich sehe?«

»Nein.«

»Denk dir einmal alle Punkte und Vokalzeichen im Koran-Text weg!«

Katharina folgte seinem Blick, der zwischen beiden Texten hin- und herwanderte. »Redest du vom Schriftbild?« Und plötzlich begriff sie, was er meinte: »Das ist ja ein und derselbe!«

Thewes beugte sich näher heran. »Das gibt es doch nicht!«, flüsterte er. »Der Grundzeichentext ist gleich. Er ist wie ein Code, den man je nach Interpunktion unterschiedlich interpretieren kann. Man hätte den Text in der Mappe auch exakt so übersetzen können wie den Koran-Text.«

»Wahnsinn«, sagte Katharina. »Da fragt man sich fast, wer bei wem abgeschrieben hat!«

»Da die Hymne auf Syrisch ist, sollte sie auf jeden Fall älter sein als der Koran«, sagte Sternberg.

»Du hältst es für möglich, dass altchristliche Hymnen dem Heiligen Buch der Muslime als Vorlage dienten?«

Sternberg nickte. Nachdenklich strich er über die lederne Hülle der Papyri. »Ich würde sie fast als eine Art Ur-Koran bezeichnen. Ja, ich glaube, das ist das richtige Wort.«

28. August, Abend, auf dem Weg ins Sinai-Gebirge

Kaum saß Ismael im Taxi, meldete sich sein Handy zu Wort. Er ahnte bereits, wer sich hinter der anonymen Nummer verbarg, und drückte auf die grüne Taste.

»Mein treuer Ismael!«, vernahm er die wohlbekannte, leidende Stimme.

»Eure Heiligkeit!« Ismael versuchte, nicht allzu genervt zu klingen. »Ich bin gerade gelandet und auf dem Weg ins Kloster.«

»Das ist gut«, sagte der Alte und hüstelte. »Sind wir denn sicher, dass die orthodoxen Brüder dort auf der richtigen Seite stehen?«

»Ich habe Patriarch Bartholomäus informiert.« Am anderen Ende der Leitung hörte er seinen Gesprächspartner nervös ventilieren. »Selbstverständlich nicht in jedem Detail«, beruhigte er ihn.

»Und?«

»Er hat mir freie Hand gegeben.«

Der Alte seufzte erleichtert. »Guter Mann«, lobte er ihn, »gute Arbeit.«

Ja, das fand Ismael auch. Und trotzdem musste er die Erwartungen des Chefs noch ein wenig im Zaum halten. »Wir werden bald herausfinden, wie weit die Solidarität der Ostbrüder wirklich geht.«

28. August, Abend, Katharinenkloster, Bibliothek

»Ein Ur-Koran«, wiederholte Katharina, während ihr Blick zwischen den Buchstaben-Codes hin- und herwanderte. Es konnte nicht sein! Was war mit Mohammed, was mit dem Engel, der ihm den Text diktiert hatte? Dass die Verse zuerst aus dem Mund christlicher Mönche und dann erst aus dem des islamischen Propheten erklungen sein sollten, war undenkbar.

Sie forschte im Gesicht ihres Vaters. War er sich der Tragweite bewusst?

»So erstaunlich ist das nun auch nicht«, spielte Sternberg ihre Bedeutung herunter. »Selbst einige Muslime gehen heute davon aus, dass der Koran keine wortgetreue Mitschrift der Predigten Mohammeds ist, sondern das Resultat sorgfältiger Redaktionsarbeit, die erst nach seinem Tod stattfand. Warum sollte die zeitgenössische Literatur nicht darin eingeflossen sein?«

»Genau dasselbe Phänomen findet sich im Alten Testament«, unterstützte ihn Thewes. »Die Geschichte von Noah zum Beispiel ist eine uralte sumerische Sage.«

»Aber *christliche* Lieder? Im Koran?«

»Hat Mohammed etwa je behauptet, dass er eine neue Religion erfinden wollte?«

»Muslime wären von diesen Behauptungen zutiefst schockiert«, beharrte Katharina.

»Mag sein«, räumte ihr Vater ein. »Aber der Koran sagt an mehreren Stellen selbst, dass er sich als eine Erklärschrift für das eigentliche Evangelium versteht.« Er blätterte in der Ausgabe, die vor ihm auf dem Tisch lag, und schlug die Sure zwölf auf. *»Das sind die Schriftzeichen der erläuternden Schrift«*, las er den ersten Vers. *»Wir haben sie als arabisches Lektionar herabgesandt, auf dass ihr sie verstehen möget.«*

»Wenn du ›Koran‹ als ›Lektionar‹ übersetzt, legst du die syro-aramäische Lesart des Textes zugrunde?«, erkannte Katharina sein Vorgehen.

»Die einzig sinnvolle Art, diesen Text zu entschlüsseln.«

»Dort klingt es tatsächlich so, als ob der Koran als Begleittext zur Bibel in arabischer Sprache gedacht ist«, musste sie zugeben.

»Es gibt noch mehr Stellen, aus denen dieses Anliegen ganz deutlich hervorgeht«, behauptete Sternberg und blätterte ein paar Seiten zurück. *»Er, also Gott, ist es, der das Buch über dich herabgesandt hat«*, las er aus der dritten Sure den Vers sieben vor. »Hiervon besteht ein Teil aus präzisen Versen, die quasi die Urschrift selbst sind. Und ein Teil aus anderen Versen, die diesen sinnesgleich sind.«

»Und mit der ›Urschrift‹, meinst du, wird hier das Alte und Neue Testament bezeichnet?«

»Dieser Ausdruck bezieht sich ganz eindeutig auf die Bibel. Ihre Kenntnis setzt der Koran voraus – nimmt für sich jedoch in Anspruch, ihre Geschichten zu interpretieren und zu erklären.«

»Aber warum?«, fragte sie.

»Na, das liegt ja wohl auf der Hand. Weil die Interpretation, die der Koran anbietet, vom Dogma der offiziellen Kirche abweicht, insbesondere, was die Person Jesu betrifft …«

»… den der Islam beziehungsweise der Koran nicht als göttliches Wesen begreift«, erinnerte sie sich an die Koran-Verse, die ihr Tanner im Felsendom übersetzt hatte.

»Ganz genau. Immer wieder betont der Text, dass Gott keine Nebenfiguren duldet.« Sternberg blätterte bis zur Sure 112. »Hier heißt es: *Sag: Er ist ein Einziger. Gott, durch und durch. Er hat weder gezeugt, noch ist er gezeugt worden. Und keiner ist ihm ebenbürtig.*«

»Das Gottesverständnis des Islam ist also ein grundsätzlich anderes als das der Kirche.«

»Ein anderes als das der byzantinischen Kirche«, präzisierte ihr Vater. »Aber keinesfalls ein ganz und gar neues. Die Ur-Christen vertraten dieselbe Auffassung.«

»Wie der Koran?«

»Aber ja! Hier sah man Jesus nicht als Gott, sondern als Menschen. Die Vorstellung eines ›Sohnes Gottes‹, der am Kreuz starb, wurde von den Christen des Orients als Blasphemie betrachtet. Die Anbetung von Jesus hielten sie für Götzendienst.«

Katharina überlegte. »Und auch Mohammed wandte sich gegen die Verehrung von Götzen«, erinnerte sie sich.

»Genau. Was glaubst du, von welcher Art ›Götzen‹ er den Schrein von Mekka unter anderem säuberte?«

»Jesusbildern?«

28. August, Abend, Katharinenkloster, Krankenstation

Omran versuchte, nicht damit zu hadern, dass er das Krankenzimmer seiner Frau verlassen musste. Im Kloster galten nun einmal strenge Regeln. Er wollte Yaras Status als »Patientin«, die den Schutz des Konvents genoss, auf keinen Fall durch irgendwelche unbedachten Handlungen gefährden. Und dennoch – seit sie aufgetaucht war, hatten sie keine private Sekunde gehabt.

Unschlüssig trieb sich Omran in der Nähe der Krankenstation herum. Nein, er konnte noch nicht zurück ins Gästehaus gehen. Zumindest kurz musste er seine Frau noch einmal sehen, lediglich einen Kuss auf ihre Stirn drücken wollte er, nichts weiter.

Sobald er sich sicher war, dass der »Arzt« nicht mehr wiederkommen würde, näherte er sich erneut dem Zimmer, in dem sie lag. »Yara?«, flüsterte er und lauschte. Keine Antwort. Hinter der Tür glaubte er, sie leise schnarchen zu hören. Natürlich hätte er einfach die Klinke herunterdrücken und eintreten können, aber er zögerte: Er wollte sie nicht erschrecken. Yara hatte in den vergangenen 24 Stunden schon genug durchgemacht.

Während Omran noch zauderte, vernahm er Schritte, die sich der Tür näherten. Hatte Bruder Sergey sich doch entschlossen, noch einmal nach seiner Patientin zu sehen? Omran drehte sich um und erspähte eine mit einem Vorhang abgetrennte Besenkammer gegenüber dem Krankenzimmer. Hastig verbarg er sich darin, bevor der Mönch im Flur erschien.

Er lugte durch den Vorhangstoff. Aber es war gar nicht Bruder Sergey, der da vor der Tür zum Zimmer seiner Frau stand. Es war Bruder Peter. Er lauschte, genauso wie Omran selbst zuvor, an der Tür, dann griff er in seine Kutte und holte einen großen Schlüsselbund hervor. Blitzschnell steckte er einen der Schlüssel ins Schloss und drehte ihn um.

Omran brauchte einen Moment, um zu begreifen, was geschehen war. Der italienische Mönch hatte seine Frau eingeschlossen!

Bruder Peter entfernte sich rasch, Omran eilte ihm hinterher. Er musste herausfinden, warum er das getan hatte. Im Schutz der Dunkelheit folgte er ihm kreuz und quer über mehrere Höfe, schließlich verschwand Peter in einem Treppenhaus. Die hölzernen Stufen ächzten, als er sie emporstieg. Omran wartete, bis er ihn nicht mehr hören konnte, dann schlich er ihm auf Zehenspitzen hinterher.

Im dritten Stock fand er ihn, wie er an einer Tür lehnte und lauschte. Aus dem Innern des Raums drangen die Geräusche einer gedämpften Unterhaltung. Omran vernahm eine Frauenstimme. Katharina Sternberg? Bruder Peter presste das Ohr noch fester ans Holz. »Hier im Kloster …«, hörte Omran die Frau sagen.

»Abschrift … Koran …«, antwortete eine Männerstimme. Mart Thewes? Nein, die Stimme klang älter. Es war sein

Freund Sternberg! Gott sei Dank, dachte er erleichtert, Katharina hatte ihren Vater also gefunden!

Doch nun sah er, wie sich Bruder Peter aus seiner Lauscherposition löste und erneut seinen großen Schlüsselbund zückte. Zielstrebig wählte er einen Schlüssel aus und steckte ihn ins Schloss.

28. August, später Abend, Katharinenkloster, Räumlichkeiten des Abts

Abt Christopherus begrüßte den römischen Kardinal wie einen guten Freund mit einem Kuss auf die Wange. *Der Bruderkuss,* durchzuckte es Ismael. Er hoffte doch sehr, dass der Orthodoxe sich nicht einbildete, dass er ihm als seinesgleichen begegnete. Er hatte eine Mission zu erfüllen, weiter nichts.

Dass ihn der Patriarch dabei unterstützen wollte, war begrüßenswert, aber nicht überzubewerten. Rom und Konstantinopel würden nie Freunde werden, allenfalls Verbündete. In dieser schweren Stunde befahl der Herr ihnen, zusammenzustehen zum Wohle der Christenheit.

Mit diesem Gedanken überwand Ismael seine Abscheu und erwiderte den Kuss. »Pater Christopherus«, flötete er. »Was für eine Freude, Euch zu sehen.«

»Sie ist ganz meinerseits«, beteuerte Christopherus. »Ihr werdet nach Eurer Reise hungrig sein.« Er verwies auf einen Tisch, der für zwei Personen gedeckt war. Aus den Schüsseln duftete es verlockend nach Fleisch. Sogar eine Flasche mit Rotwein stand auf dem weißen Tischtuch.

Durfte er an diesem Abend noch mehr Alkohol trinken?, fragte sich Ismael. Er entschied sich dafür. Es würde ihm helfen, dem Kollegen Sektierer entspannter zu begegnen. Er musste sich zusammenreißen. Sicher könnte er ihre Probleme mithilfe des Jungen auch allein lösen, aber eleganter – und weit weniger auffällig – wäre eine Lösung zusammen mit dem Klosteroberhaupt.

Ismael sah zu, wie der andere eingoss. »Trinken wir auf das Wohl der Christenheit.«

»Und auf das Wohl der Kirche.«

»Selbstverständlich.« Christopherus prostete ihm zu.

Während des Abendessens unterhielten sie sich über den Klimawandel im Sinai und andere unverfängliche Themen. Ismael glaubte, dass sich der Orthodoxe bereits zu wundern begann, warum er überhaupt gekommen war. Aber er durfte nicht mit der Tür ins Haus fallen. Nachdem sie ihre Teller geleert hatten, beschloss er, ihn nicht länger auf die Folter zu spannen.

»Sicherlich fragt Ihr Euch, was mich so spät am Abend zu Euch führt«, sagte er.

Christopherus sah ihn aufmerksam an. »Ich möchte doch hoffen, dass es der lang ausstehende Freundschaftsbesuch Roms ist«, antwortete er im Stil eines Diplomaten.

»Ja und nein.« Ismael räusperte sich. »Die Anhänger Christi leben heute in stürmischen Zeiten«, begann er. »Die Zeiten, in denen wir uns gegenseitig bekämpften, sind lange vorbei. Heute wissen wir, dass der Feind außerhalb des Glaubens steht. Insbesondere hier im Nahen Osten erleben wir die Gewalt der Muslime ja tagtäglich. Sie verüben schreckliche Terrorakte im Namen ihrer Religion … ist es nicht so?« Er beobachtete die Reaktion seines Gegenübers.

»Nun ja«, antwortete Christopherus unentschlossen.

»Die Muslime haben der Christenheit den Krieg erklärt«, fuhr Ismael fort. »Erschreckt Ihr nicht, wenn Ihr die Nachrichten von ihren Gräueltaten hört? Ihr Gott ist ein gewalttätiger, ein rachsüchtiger.«

»Der Gott des Alten Testaments«, wandte der Abt ein.

»Der die Botschaft der Vergebung, die durch Jesus Christus ausgesprochen wurde, überhört hat.«

»Aber auch Christus hat doch die Rückkehr zur Lehre des Alten Testaments gepredigt, ebenso wie Mohammed.«

»Wie bitte?« Auf Ismaels Stirn bildete sich eine Falte. »Sagt so etwas nicht. Heute ist es wichtiger denn je, dass sich das Christentum auf seinen unverwechselbaren Charakter besinnt. Wir müssen die Gleichmacherei zwischen den Religionen unterbinden.«

Er beobachtete, wie das Klosteroberhaupt unruhig auf seinem Stuhl herumrutschte. Offenbar fühlte sich Pater Christopherus in seiner Gegenwart nicht wohl. In einer versöhnlichen Geste schenkte ihm der Kardinal Wein nach und milderte seinen Tonfall.

»Wir, der Klerus, Ihr und ich, tragen die Verantwortung, dass das Christentum jene Lehre bleibt, mit der sich die Gläubigen identifizieren«, sagte er. »Zu diesem Zweck ist es notwendig, die Differenzen zwischen unserem Glauben und dem Islam hervorzuheben.« Er warf dem Pater einen um Verständnis heischenden Blick zu. »Der Heilige Stuhl steht in engem Kontakt zu muslimischen Kräften, die dies genauso sehen …«

»Tatsächlich?«, entfuhr es Christopherus überrascht.

Ismael nickte eifrig. »Sowohl Christen als auch Muslime verlangen nach einer klaren Abgrenzung voneinander, davon sind wir überzeugt.«

»Wir?«

»Rom.«

»Aha.« Langsam schien der Pater zu begreifen, worauf er hinauswollte.

»Für diese Kampagne sind wir auf der Suche nach Gleichgesinnten. Wie ich Euch kaum zu erklären brauche, könnte

Euer Kloster eine besonders positive oder eine negative Rolle spielen ... Das liegt an Euch. Wollt Ihr uns als Feind oder als Verbündeten?«

Christopherus zuckte ein wenig zusammen. »Geht es um die Geschichte des Klosters, um den Brief?«

»Ihr sagt es.«

»Was verlangt Ihr?«

»Wie tief ist Anton Sternberg bereits in die Geheimnisse Eures Konvents eingedrungen?«

»Nun, äh ... Ich gab ihm die Erlaubnis, unsere Bibliothek zu benutzen.«

»Ein gravierender Fehler!« Er fixierte den schwitzenden Pater über den Tisch hinweg. »Ihr müsst ihm augenblicklich die Basis für seine sogenannten Forschungen entziehen.«

28. August, später Abend, Katharinenkloster, östlicher Innenhof

Während der Kardinal Christopherus zuprostete, glitt Grace aus ihrem Versteck vor dem Fenster der Abtwohnung. Sie hatte genug gehört. Anton Sternberg hielt sich also tatsächlich im Kloster auf und betrieb seine Forschungen als Gast des Abts, was für den Kardinal offenbar ein Problem war.

Die beiden hatten von einem »Brief« gesprochen und waren sich einig, dass er eine entscheidende Rolle in der Geschichte des Klosters spielte, eine Geschichte, die der Gesandte Roms zu verbergen suchte. Aber warum?

Sie zückte ihr Handy, mit dem sie den Lageplan des Konvents abfotografiert hatte. Es gab zwei Orte, an denen sich Sternberg befinden konnte. Entweder in der Zelle, die mit dem lateinischen Buchstaben *S* markiert war, oder in der Bibliothek. Dort würde sie zuerst nach ihm suchen.

Während sie zielstrebig den Innenhof in Richtung Neubau durchquerte, rumorten die Fragen in ihrem Kopf: Welchen Brief hatte der Gesandte Roms gemeint? Und was war aus Sicht des Vatikans so problematisch an ihm?

28. August, später Abend, Katharinenkloster, Neubau / Basilika

Bruder Peter hastete zurück zur Treppe, und Omran duckte sich zur Seite. Gerade noch gelang es ihm, sich im Halbdunkel des Balustradengangs zu verbergen. Er war aufgewühlt. Warum schloss der italienische Mönch alle Türen ab?

Kaum hatte Peter das untere Ende der Treppe erreicht, stob Omran ihm hinterher. Er durfte ihn nicht entkommen lassen. Keuchend folgte er ihm ins Erdgeschoss und hinaus in den Hof, der verlassen und dunkel dalag. Bruder Peter schien zunächst wie vom Erdboden verschluckt, doch dann registrierte er eine leise Bewegung nicht weit von sich. Gebannt starrte er in den Hof. Waren dort neben der Basilika nicht die Umrisse einer menschlichen Gestalt zu erkennen? Schon verschwand sie durch den Eingang.

Omran folgte, verbarg sich in einem der Seitengänge der Kirche, während Peter durch den Mittelgang zum Altar lief, wo er eine Kerze entzündete, die den Ort in ein warmes, flackerndes Licht tauchte. Ein geschmücktes Kirchenschiff kam zum Vorschein. Von der Decke baumelten prachtvolle Öllampen, an den Wänden hingen goldene Heiligenikonen. Rundherum wand sich eine Reihe thronartiger Stühle, die Sitze klerikaler Würdenträger. Und plötzlich entdeckte Omran, dass sie nicht zu zweit, sondern zu dritt in der Kirche waren. Auf einem der Stühle saß ein Mann mit einer hässlichen Narbe im Gesicht.

Ihm übergab der Italiener die Schlüssel.

28. August, später Abend, Katharinenkloster, Bibliothek

Auf Grace' Plan war die Lage der Bibliothek genau eingezeichnet, deshalb hatte sie trotz der Dunkelheit keine Probleme, sich zurechtzufinden. Bald erreichte sie den Eingang zum Neubau und erklomm die Stufen der Holztreppe. Auf dem Balustradengang im dritten Stock hielt sie sich rechts und fand sich vor einer großen Tür mit Holzschnitzereien wieder. Das musste sie sein.

Unter der Schwelle drang ein Lichtstrahl hervor. Offenbar befanden sich also noch Menschen in der Bibliothek, genau wie sie vermutet hatte. Die Ermittlerin lehnte sich an die Tür und horchte. »Er hatte nicht das Anliegen, eine neue Religion zu gründen«, vernahm sie die krächzende Stimme eines alten Mannes. »Und er vergaß auch nicht seine Wurzeln. Sogar schriftlich gab er uns seinen Segen …«

Grace drückte die Klinke nach unten, aber die Tür gab nicht nach.

28. August, später Abend, Katharinenkloster, Räumlichkeiten des Abts

»Lassen Sie mich rein!«, rief Omran und trommelte mit den Fäusten an die Tür der Abtwohnung. Er wusste, dass Christopherus dort drinnen war. Wie er durch die Scheibe gesehen hatte, ließ er sich mit seinem Gast den Wein schmecken. »Bitte, bitte machen Sie mir auf! Ich muss etwas sehr Dringendes mit Ihnen besprechen!«

Endlich hörte er, wie von innen die Verriegelung gelöst wurde. Der Mönch mit dem langen grauen Bart, der zuvor den Tisch gedeckt hatte, öffnete die Tür, allerdings nur einen Spalt. »Was machen Sie da für einen Krach, Mann?« Hinter ihm erschienen zwei weitere Gestalten in Kutten und mit verärgerten Gesichtern. »Sind Sie von allen guten Geistern verlassen?«

»Ich muss mit dem Abt sprechen«, wiederholte Omran. »Bitte!«

»Pater Christopherus ist beschäftigt. Er kann nicht gestört werden.«

»Aber es betrifft meine Frau …«

»Ich weiß, ich weiß. Das kann bestimmt bis morgen warten.«

»Nein, kann es nicht! Ich habe gesehen, wie sie eingeschlossen wurde. Und der Mann, der meine Frau aus Amman entführt hat, hat die Schlüssel … Verstehen Sie? Es geht um Leben und Tod!«

Der Mönch sah ihn bedauernd an. »Gehen Sie schlafen«, riet er ihm. »Morgen sieht die Welt anders aus.«

28. August, Nacht, Katharinenkloster, Innenhof

Bruder Peter schleppte die Bibeln aus der Basilika. Er ächzte unter der Last, denn es waren schwere Wälzer mit Hunderten von Seiten.

Mehr als ein Dutzend von ihnen trug er auf die gegenüberliegende Seite des Hofs, wo sich der Generator befand, mit dem das Kloster seinen Strom erzeugte. Abend für Abend knatterte er, um ihnen Licht zu bringen. Peter keuchte, als er seine Last neben dem Gerät ablegte, öffnete den oberen Verschluss des Tanks und kontrollierte den Füllstand. Der Geruch nach Benzin drang ihm in die Nase; der Tank war noch fast voll.

Peter stapelte die Bibeln unterhalb des Behältnisses, dann drehte er den zweiten Hahn auf, der sich auf der Bauchseite des Tanks befand. Nach einigem Ruckeln gab das Gewinde nach, und der Treibstoff begann zu fließen. Eilig hielt Bruder Peter die Bibeln unter den Strom.

28. August, Nacht, Katharinenkloster, Räumlichkeiten des Abts

»Der arme Mann, völlig verwirrt«, sagte Abt Christopherus zu seinem Gast. Am liebsten hätte er den Krach an der Tür einfach ignoriert, aber Ismaels fragende Miene ließ ihm keine andere Wahl, als darauf einzugehen.

»Glaubt nicht, dass ich kein Herz habe«, beteuerte er. »Ich habe bereits mit dem Mann geredet ...«

»Was ist sein Problem?«

»Seine Frau wurde gekidnappt.«

»Um Himmels willen!« Ismael machte ein bestürztes Gesicht.

»Ja, in der Tat, aber jetzt ist es vorbei. Einer der Brüder hat sie in der Wüste gefunden, und sie wird auf unserer Krankenstation versorgt. Ihr Mann braucht sich wirklich keine Sorgen mehr zu machen ... Nehmt Ihr noch einen Schluck?« Auffordernd hielt er ihm die Flasche hin.

»Gerne.«

Gerade wollte Christopherus ihm nachschenken, als ein fürchterlicher Schrei ertönte, der verzweifelte Schrei einer Frau in Panik. Der Kardinal sah ihn erschrocken an. »Haben Sie das gehört?«, fragte er ihn überflüssigerweise.

Christopherus nickte erschrocken. Was um Himmels willen war geschehen? Vor dem Fenster sah er eine Gruppe von Mönchen in Richtung Krankenstation ziehen.

28. August, Nacht, Katharinenkloster, Bibliothek

Katharina schaute ihren Vater erschrocken an. »Was war das?«, fragte sie – und wusste es selbst: Es war der Schrei eines Menschen in Todesangst. Auf den fürchterlichen Laut folgte eine fast noch schrecklichere Stille.

»Ich werde nachsehen«, sagte Sternberg und ging in Richtung Tür.

»Nein, du bleibst hier!« Katharina hielt ihn am Arm fest. »Vergiss nicht, dass im Kloster ein Kerl herumläuft, der dich umbringen will.«

»Ich werde gehen«, sagte Thewes.

Sternberg warf ihm und seiner Tochter verständnislose Blicke zu. »Bildet ihr beide euch etwa ein, dass ihr vor diesem Menschen sicherer seid?«

Aber Thewes war bereits zur Tür gestartet und versuchte, sie aufzudrücken. Aber sie bewegte sich nicht. »Was ist los? Klemmt sie?«, fragte Katharina.

Er versuchte es noch einmal. Vergeblich. »Sie ist verschlossen«, konstatierte er.

»Oh mein Gott«, sagte Katharina schrill. Sie bekam es mit der Angst zu tun. Verzweifelt rüttelte sie an der Tür und hämmerte mit den Fäusten gegen das Holz.

Da vernahm sie von der anderen Seite die Stimme einer Frau. »Bitte bewahren Sie Ruhe!«, sagte Grace Dumont. Die Ermittlerin machte sich an der Verriegelung zu schaffen.

28. August, Nacht, Katharinenkloster, Krankenstation

Um die Krankenstation hatte sich eine Traube von Mönchen gebildet. Es waren die Vorboten eines Skandals, dachte Abt Christopherus, während er sich seinen Weg durch die Brüder bahnte. War einer von ihnen schwach geworden, nur weil sie eine Frau in den Mauern beherbergten? »Herr, lass es irgendetwas anderes sein!«

Eine Sekunde später wünschte er sich, das Gebet wäre ihm nie über die Lippen gekommen. In der Zelle lag der Körper der Araberin blutüberströmt auf dem Boden. Ihre Augen starrten zur Decke.

»Man hat sie umgebracht! Ermordet!«, schrie ein Mann, der das Gesicht eines Wahnsinnigen hatte. Es war Omran, ihr Mann, der gerade noch an seine Tür gehämmert hatte. Er fuchtelte wie wild herum. Die Mönche versuchten, ihn festzuhalten. Als er Christopherus erblickte, verfinsterte sich sein Blick.

»Sie sind an allem schuld!«, brüllte er. »Sie wollten meine Warnungen nicht hören. Sie stecken unter einer Decke mit dem Mörder!«

Christopherus war schockiert, gleichzeitig überfiel ihn ein fürchterlich schlechtes Gewissen. Der Mann hatte ja recht. Zumindest anhören hätte er ihn sollen. Wie gelähmt sah er zu, wie sich Omran auf den Körper seiner Frau warf. »Yara, Yara!«, rief er, als ob er sie auf diese Weise aufwecken könnte. »Verzeih mir, dass ich nicht bei dir war! Ich werde dieses Monster finden …« Er schluchzte hemmungslos. Christopherus konnte den Anblick kaum ertragen.

Unterdessen hatte Bruder Sergey hinter Omrans Rücken eine Spritze vorbereitet und setzte ihm die Nadel in den Nacken. Omran fuhr herum, als er den Stich in der Haut spürte, aber da war es bereits zu spät. Der Mönch hatte eine Ader erwischt und drückte das Morphium rasch in Omrans Körper. Augenblicklich entspannte er sich.

Die Brüder lösten ihn von der Leiche und stützten ihn. Mit nur noch sehr wenig Kraft versuchte er, sich zu wehren, schließlich gab er den Widerstand vollends auf.

Während sie ihn wegbrachten, wanderte Christopherus' Blick zu seinem Gast, der alles mit angesehen hatte. Sein Eindruck von den Zuständen im Kloster musste katastrophal sein. Was würde Ismael erzählen, wenn er zurück in Rom war? Dass bei den Orthodoxen noch tiefstes Mittelalter herrschte?

Christopherus überlegte, was er sagen könnte, um diese Wahrnehmung zu zerstreuen. »Dieser Mann gehört nicht zu den Brüdern«, beteuerte er. »Er und seine Frau befanden sich zu Gast im Kloster …«

»Ehrenmord?«, fragte Ismael.

Christopherus stutzte. Wollte der Kardinal etwa andeuten, dass der Jordanier seine Frau eigenhändig umgebracht hatte? Er starrte auf den blutgetränkten Brustbereich der Frau. Diese Möglichkeit war ihm noch gar nicht in den Sinn gekommen. Ein Ehrenmord wäre eine bequeme Erklärung für den römischen Besucher – und vor allem eine, die sämtliche Verantwortung außerhalb der Klostermauern verortete.

»Das könnte sein«, überlegte er. »Solche Dramen spielen sich in der Gegend nicht gerade selten ab. Wahrscheinlich ein bedauerlicher Fall von Familienstreitigkeiten.«

»Die arme Frau«, murmelte Ismael voller Abscheu. »Sehen Sie nun die Unterschiede, von denen ich vorhin sprach? Es ist unsere Aufgabe, sie den Christenmenschen wieder ins Bewusstsein zu rücken!«

28. August, Nacht, Katharinenkloster, Bibliothek

Endlich gab das Schloss nach, und die Tür schwang auf. Grace stand der Gruppe in der Bibliothek gegenüber. Katharina und Thewes kannte sie bereits, die beiden graubärtigen Männer noch nicht. Im ersten Augenblick hielt sie sie für Mönche, doch dann sah sie, dass nur der Greis die Kutte des Ordens trug. Der andere, ein Mann um die 70 mit wuscheligen Augenbrauen und Brille, war in Zivil gekleidet. Grace ahnte, wen sie vor sich hatte.

»Herr Sternberg?«, vergewisserte sie sich. Der Angesprochene nickte. »Sie sind also das Phantom, dem wir die ganze Zeit hinterherjagen.«

»Ich bin Antiquitätenhändler und Forscher«, korrigierte Sternberg. »Und Sie?«

»Grace Dumont, CIA.«

Sternberg zog die Brauen hoch und warf seiner Tochter einen unsicheren Blick zu.

»Sie ist eine Freundin, Papa.«

»Ganz schön viele Freunde hast du mitgebracht«, brummte er.

»Wie auch immer. Jedenfalls sollten wir hier nicht lange herumstehen …« Grace sah sich nervös um. »Die andere Seite führt etwas im Schilde. Wenn Bruder Peter und seine Komplizen wiederkommen, sollten Sie besser nicht mehr hier sein.«

Thewes nickte zustimmend und ging hinaus auf den Balustradengang. Er wartete, dass sie ihm folgen würden, aber Sternberg rührte sich nicht vom Fleck. »Meine Gegner wollen die Beweise vernichten, die ich zusammengetragen habe«, sagte er. »Ich kann nicht weggehen. Wenn ich die Bibliothek verlasse, verhalte ich mich genau so, wie die Gegenseite es wünscht.«

»Sie wollen also bleiben?«

»Ich habe nicht jahrelang gesammelt und geforscht, um jetzt die Vernichtung der alten Schriften zuzulassen.«

»Es wäre unverantwortlich«, stimmte ihm Bruder Alba zu. »Wir können die Bibliothek nicht unbewacht zurücklassen.«

Grace seufzte. Sie ahnte, dass es nichts nutzen würde, mit den beiden Männern zu diskutieren. Offenbar wurden sie einzig von ihrer Sorge um die alten Schriften getrieben, Schriften, die sie um jeden Preis erhalten wollten. Ihr Blick schweifte über die Regale, die an sämtlichen Wänden bis zur Decke hinaufragten. Sie waren prall gefüllt mit alten und uralten Büchern und Dokumenten. Wahrscheinlich hatte Bruder Alba sogar recht: Hier lagerten unschätzbare Kostbarkeiten. Sie konnte verstehen, dass der Bibliothekar und Sternberg sie vor unbefugtem Zugriff bewahren wollten. Und ein wenig imponierte ihr dieser Starrsinn sogar.

Sternberg hatte auf einigen der Lesepulte seine Schätze ausgebreitet. Grace' Blick fiel auf eine alte Ledermappe. In ihr befanden sich Blätter mit Schriftzeichen, die wie arabische Lettern anmuteten, nur dass die Punkte auf ihnen fehlten. Daneben stapelten sich Wörterbücher des Arabischen und Syrischen.

Auf einem anderen Tisch lag ein noch viel größeres, sehr buntes Pergament ausgebreitet. Es war ebenfalls mit arabischen Lettern und allerhand Zeichnungen versehen. Grace glaubte, eine Kirche zu erkennen, die durch einen geschlängelten Weg mit einem viereckigen Quader und einem spitzen Gebetsturm verbunden war. Die Kaaba? Zeigte das Dokument etwa einen christlichen *und* einen muslimischen Gebetsraum? »Was ist das?«, fragte sie Sternberg.

»Das ist …« Er warf Alba einen fragenden Blick zu. Der signalisierte sein Einverständnis. »Das ist der Schutzbrief des Klosters«, sagte Sternberg daraufhin.

»Ein Schutzbrief von wem?« Grace vertiefte sich in die Schriftzeichen, aber obwohl sie eigentlich Arabisch lesen konnte, stieß sie bei den altmodischen Lettern an ihre Grenzen.

»Dies ist eine Nachricht des gelobten Sohns des Abdullah«, las Sternberg die Übersetzung vor, die er bereits vor Tagen angefertigt hatte. »Wissen Sie, wer damit gemeint ist?«

»Mit dem Sohn des Abdullah? Nein.«

»Es ist ein Synonym für Mohammed. Damals zu seinen Lebzeiten hatte man ihm noch nicht seinen späteren Ehrentitel zugewiesen. Man nannte ihn also nach seinem Vater Abdullah.«

»Wollen Sie damit sagen, der Brief stammt von Mohammed *persönlich?*« In Grace' Stimme schwang Skepsis mit.

»Das ist ja unglaublich, Papa!«, entfuhr es Katharina.

»Aber genau so ist es«, bestätigte Sternberg. »Ich habe in den alten Registern recherchiert. Dort ist die persönliche Beziehung Mohammeds zu den Sinai-Brüdern einwandfrei dokumentiert. Vor Aufnahme seiner Predigertätigkeit hielt er sich längere Zeit hier auf. Und daraus resultierte in späterer Zeit dieses Schriftstück. Es ist *ein Vertrag für die, die dem Christentum anhängen*«, übersetzte er. »*Wahrlich ich, meine Diener, meine Helfer und meine Anhänger verteidigen sie, weil Christen meine Bürger sind; und bei Allah! Ich wende mich gegen alles, was ihnen schadet …*«

Grace näherte sich dem Pergament und verspürte den Wunsch, es zu berühren. »Ein Vertrag zwischen Mohammed und den Christen«, wiederholte sie fasziniert. Ein Dokument, in dem der Mann, den man später Mohammed nannte, die Christen als »seine Bürger« bezeichnete … Warum um Himmels willen hatte sie nie davon gehört?

28. August, Nacht, Katharinenkloster, vor der Krankenstation

Der Tumult vor der Krankenstation wollte sich nicht mehr legen. Eine Frauenleiche im Kloster – so etwas hatte es in den vergangenen eineinhalbtausend Jahren nicht gegeben! Was sollten die Mönche nur mit ihr anfangen?

»Meine lieben Brüder«, beschwor sie der Abt, vermochte aber kaum die durcheinanderredenden Stimmen zu übertönen. »Ich bitte euch alle, euch jetzt schlafen zu legen. Morgen früh wird uns der Herr den richtigen Weg weisen.«

»Es ist doch nicht hygienisch, sie über Nacht hier liegen zu lassen«, wandte ein Mönch ein. »Was ist mit der Totenwaschung?«

»Morgen werden wir eine Frau aus dem Dorf kommen lassen«, sagte Christopherus. »Und die Polizei.« Sollte er das wirklich tun? Unwillkürlich sah er sich nach seinem Gast um, konnte ihn aber nirgendwo mehr entdecken.

Plötzlich wurde es stockdunkel, sämtliche Deckenleuchten erloschen. »Was ist los?«, riefen die alten Männer panisch. »Der Herr möge uns beschützen!«

»Bitte bewahrt Ruhe!«, versuchte Christopherus, sich Gehör zu verschaffen. »Der Generator muss versagt haben, weiter nichts.«

Aber niemand achtete auf seine Worte. Die verwirrten Mönche stolperten in der Finsternis umher.

»Bruder Peter?«, rief Abt Christopherus den Mönch, der sich normalerweise um die Wartung der »Technik« im Kloster kümmerte. Er brauchte dringend seine Hilfe. Aber auch der Italiener war nirgendwo zu finden.

28. August, Nacht, Katharinenkloster, Bibliothek

In der Bibliothek war schlagartig das Licht erloschen. Aus Richtung des Hauptgebäudes hörten sie die erschrockenen Rufe der Mönche. »Was ist denn da los?«, fragte Katharina.

»Nur ein Stromausfall«, krächzte Alba. »Das passiert manchmal. Unser Generator ist nicht mehr der jüngste.«

»Aber warum schreien dann alle so?«

»Es ist überall stockdunkel«, rief Thewes, der noch immer auf dem Balustradengang draußen stand. Doch just in diesem Augenblick entdeckte er im Innenhof zwei flackernde Lichter. Sie überquerten den Hof und verschwanden dann durch die Tür des Gebäudes. »Ich glaube, da sind Mönche mit Fackeln unterwegs.«

»Das ist gut«, meinte Alba. »Sie werden uns Licht bringen.«

Schon hatten die beiden Neuankömmlinge die Treppenstufen erklommen. Jetzt erreichten sie den dritten Stock. Vorneweg lief ein Mann, auf dessen Gesicht eine hässliche Narbe prangte. Hinter ihm her eilte Bruder Peter, der einen riesigen Stapel Bücher auf dem Arm trug.

»Aus dem Weg!«, befahl der Mann mit der Narbe und schubste Thewes durch die offen stehende Tür ins Innere der Bibliothek zurück.

»Was wollen Sie?«, schrie Katharina, als ihr ein stechender Geruch in die Nase drang.

Die beiden Männer stürmten in den Lesesaal. Der Mann mit der Narbe zündete mit der Fackel eine der Bibeln an, die Bruder Peter ihm reichte. Sie brannte sofort lichterloh. Mit einem diabolischen Grinsen warf er sie in einen entfernten Winkel der Bibliothek.

Grace hastete hinterher, um das Feuer zu ersticken. Aber da wiederholten die beiden ihr Spiel bereits. Bald flackerten überall im Raum kleine Brandherde.

Als alle Bibeln verteilt waren, hasteten die beiden Männer aus der Bibliothek und knallten die Tür von außen zu. Es ging so schnell, dass Katharina und Thewes kaum wussten, wie ihnen geschah. Sie vernahmen, wie draußen ein Vorhängeschloss zuschnappte. Überall zwischen den Pulten züngelten Flammen empor.

28. August, Nacht, Katharinenkloster

Der Mann mit der Narbe liebte das Feuer. Wenn der Rauch langsam in seine Nase kroch, vernebelten sich seine Sinne, und ein angenehmer Schwindel überkam ihn. Schon als kleiner Junge hatte der Geruch des Feuers ihm den Verstand geraubt – und er liebte es.

Aber noch mehr liebte er seinen Anblick: die wilde Energie, die die Flammen entfesselten, ihre gefräßige Zerstörungskraft, ihr mystisches Leuchten. Sie hatten eine mächtige Sogwirkung. Wenn er sie einmal erblickt hatte, wollte er sich nie wieder abwenden. Und auch jetzt konnte er nicht genug kriegen. Den Auftrag, die Dokumente in der Bibliothek zu zerstören, hatte er zwar bereits erfüllt, doch er verspürte große Lust, seinen Feldzug noch gründlicher anzugehen. Er wollte das gesamte Kloster in Brand setzen. Welch ein überragender Anblick würde sich ihm darbieten, wenn die Flammen erst überall im Gebäude wüteten! Welch göttliche Kraft würden sie entfalten!

Er und der Meister würden das Panorama gemeinsam genießen, und der Meister würde erkennen, dass dies *sein* Werk war, sein Liebesdienst an ihm.

Er folgte Bruder Peter in einen Schuppen, wo noch weitere Fackeln lagerten. »Bist du bereit für das große Finale?«, fragte er den Mönch.

28. August, Nacht, Katharinenkloster, Bibliothek

Die Flammen loderten überall. Sternberg rannte zu dem Pult, auf dem er die Ledermappe abgelegt hatte, aber es gab im gesamten Lesesaal keinen Platz mehr, wo er sie hätte in Sicherheit bringen können. Verzweifelt tat er es Bruder Alba gleich und drückte die Papyri gegen seinen Körper.

Katharina verzagte, aber Grace behielt einen kühlen Kopf. Sie hatte unter der Treppe, die in die obere Etage führte, einen Feuerlöscher entdeckt, ein uraltes Modell. Beherzt nahm sie das Gerät vom Haken, richtete den Sprühkopf in den brennenden Raum und betätigte den Hebel. Er klemmte. Vielleicht war er eingerostet? Schließlich entwich dem Gerät etwas übel riechende, weiße Flüssigkeit. Da zu wenig Druck auf der Flasche war, reichte sie keinen halben Meter weit. Das Mobiliar wurde mit einer stinkenden Schicht überzogen. Alba keuchte, Sternberg bekam einen Hustenanfall.

Aber die Flammen loderten noch immer. Zudem vernahmen sie jetzt von draußen fauchende Geräusche und Hilferufe. Tobte das Feuer etwa nicht nur innerhalb der Bibliothek?

»Haben die etwa das ganze Haus angesteckt?«, fragte Katharina und rüttelte an der Tür. Doch Grace wusste, dass das keinen Zweck hatte. Sie würden sie von innen nicht öffnen können.

Fieberhaft überdachte sie die Optionen. »Haben Sie diesen Saal je im Rohbau gesehen?«, fragte sie Alba, der röchelnd in einer Ecke kauerte.

»Ja, natürlich«, keuchte er. »Bei unserem Umzug in den Neubau vor ungefähr 50 Jahren.«

»Können Sie sich noch daran erinnern, ob es hier ursprünglich Fenster gab?«

Alba japste nach Luft. »Doch … Ich glaube, im Obergeschoss.«

»Sie müssen sich hinter den Regalen befinden«, folgerte Grace.

Sie rannte die Treppe hinauf, Thewes und Katharina folgten ihr. Gemeinsam begannen sie, die Bücher aus den Regalen zu reißen und in die untere Etage zu werfen. Hinter ihnen befand sich eine weiß getünchte Wand, kein Fenster. Grace war enttäuscht, aber sie ließ sich nicht entmutigen. Prüfend klopfte sie den Trockenbau ab, um festzustellen, ob sich dahinter nicht irgendwo ein Hohlraum verbarg.

Sie wiederholte die Prozedur ein paarmal, bis das Klopfen an einer Stelle weniger flach und deutlich lauter klang. »Hier muss es sein!«, rief sie aufgeregt. »Ich brauche den Feuerlöscher!«

»Wozu?«, fragte Thewes.

»Den Feuerlöscher, verdammt!«

Katharina war bereits losgespurtet und brachte der Amerikanerin das Gerät. Sie drehte es mit der Unterseite nach oben und hämmerte damit gegen die Wand, so fest, dass sich ein Loch im Trockenbau auftat. Dahinter kam ein Fenster zum Vorschein, dessen Glas mit einer dicken Schmutz- und Staubschicht bedeckt war. Katharina musste niesen.

Grace war nicht mehr zu bremsen. Sie vergrößerte das Loch, bis es den Maßen des Fensters entsprach. Dann machte sie sich am Griff zu schaffen. Offenbar war er seit einer Ewigkeit nicht benutzt worden. Mit Gewalt gelang es ihr, ihn nach unten zu drücken. Nun ließ das Fenster sich öffnen. Gierig atmeten beide Frauen die frische Luft ein, die von draußen zu ihnen drang. Allerdings entfaltete die Luftzufuhr sofort eine Art Sogwirkung.

»Der Sauerstoff wird den Brand anheizen«, warnte Thewes. Von jenseits der Tür waren jetzt ein Knacken und ein Ächzen zu hören, Balken krachten.

»Ja«, sagte Grace. Sie musste sich beeilen. Sie wusste, dass sie selbst die Fitteste in der Runde war, und die Entscheidung fiel ihr nicht schwer. »Ich werde Hilfe holen!«

Keiner wagte ihr zu widersprechen. Katharina stützte sie, als sie sich aufs Fensterbrett stellte und in die Dunkelheit unter sich blickte. Dann sprang Grace.

28. August, Nacht, Katharinenkloster, Mönchszelle

Die Brüder hatten Abdol Omran in eine der Zellen verfrachtet. Nun fand er sich auf einer harten Matratze wieder. Trotz nachlassender Wirkung der Morphiumspritze war er noch nicht ganz wieder Herr seiner Sinne, aber er hörte deutlich das Geschrei, das von draußen zu ihm drang. Das Getrappel von Füßen, Menschen, die irgendwohin liefen.

In seine Nase drang der stechende Geruch von Rauch. Sein Instinkt sagte ihm, dass das nichts Gutes verhieß. Er versuchte, sich zu bewegen, musste aber feststellen, dass er mit den Armen ans Bett geschnallt worden war. »Hilfe!«, schrie er, aber niemand reagierte. In dem allgemeinen Trubel hatte man ihn anscheinend völlig vergessen. Sein Gehirn registrierte, dass das ziemlich gefährlich für ihn war.

Doch sonderbarerweise blieb er ganz ruhig. Und wennschon, dachte er, seine Frau war gestorben. Und da sollte er sich noch vor Flammen fürchten?

Jetzt konnte er die Hitze spüren, die von draußen hereindrang. Die Stimmen waren verstummt, nur noch das Knacken und Fegen des Feuers waren von jenseits der Tür zu hören. Die Luft wurde immer schwerer, doch Omran verspürte keine Panik; ganz im Gegenteil fühlte er eine große Ruhe und Frieden in sich aufsteigen. Gleich würde der Mangel an Sauerstoff ihm das Bewusstsein nehmen, das wusste er.

28. August, Nacht, Katharinenkloster, am Fuß des Neubaus

Grace Dumont rappelte sich auf. Ihre Glieder schmerzten. Verdammt, auch sie wurde nicht jünger. Solche Stunts hatte sie früher jedenfalls leichter weggesteckt.

Aber Selbstmitleid war nicht ihr Stil. Darüber hinaus hatte sie keine Zeit dafür. Sie musste Hilfe holen. Dort oben in der Bibliothek wartete eine Gruppe von Menschen, die verbrennen würde, wenn sie nicht schleunigst etwas unternahm.

Sie blickte nach oben. In dem Gebäude, aus dem sie gesprungen war, brannten mehrere Etagen. Auch in anderen Teilen des Klosters war Feuer ausgebrochen. Die Brandstifter hatten ganze Arbeit geleistet.

Grace biss die Zähne zusammen. Sie befahl sich, einen Fuß vor den anderen zu setzen und die Schmerzen zu ignorieren. Bald spürte sie sie tatsächlich nicht mehr.

28. August, Nacht, Katharinenkloster, vor dem Tor

Pater Christopherus wies alle Mönche an, das Areal zu evakuieren. Aufgeregt stoben die alten Männer durch das Tor ins Freie, viele in ihren Nachtgewändern, da sie im Schlaf überrascht worden waren. In ihrer Not riefen sie Jesus und die Mutter Gottes um Beistand an. Christopherus bat sie, Ruhe zu bewahren, aber angesichts der Tragödie fiel ihm das selbst nicht so leicht.

Vor dem Eingang versuchte er, sich einen Überblick zu verschaffen. Waren alle draußen? Fehlte noch jemand? Er zählte 42 Mönche, zwei zu wenig also. Zudem sah er keinen ihrer Gäste, nicht einmal den Kardinal. Um Himmels willen! Schlief er etwa? Hatte denn niemand daran gedacht, ihn zu wecken, als das Feuer ausgebrochen war?

Der Abt schaute sich erneut um. Da das Flackern des Feuers jenseits der Mauern die einzige Lichtquelle war, konnte er leicht jemanden übersehen haben. Und tatsächlich, da entdeckte er eine der Ausländerinnen, die am Nachmittag angekommen waren. Kaum hätte er sie mit dem rußverschmierten Gesicht wiedererkannt. »Wo sind die anderen?«, fragte er sie atemlos.

»Sie sind oben in der Bibliothek! Sie sind eingeschlossen!« Sie zeigte in Richtung des Neubaus am anderen Ende des Klosters. Das mehrstöckige Gebäude, in dem sich die Bibliothek befand, brannte hell wie eine Fackel. Aber was war das? Christopherus kniff die Augen zusammen. Hatte er da nicht irgendetwas aus dem Fenster fliegen sehen? Er starrte in die Richtung. Da, ein weiterer Gegenstand fiel nach unten.

»Jesus!«, entfuhr es ihm.

28. August, Nacht, Katharinenkloster, Neubau

Eine Gruppe Mönche folgte Grace, als sie zurück ins Innere der Klostermauern humpelte. Im Eingangsgewölbe nahmen sie ein massiges Holzkreuz vom Haken und schleppten es auf den Schultern zum Neubau. Als Grace die Tür zum Treppenhaus öffnete, schlug ihnen ein Schwall heißer Luft entgegen. Sie hielt den Atem an, die Mönche in ihrem Gefolge japsten. Mühsam keuchten sie das von Rauchschwaden geschwängerte Treppenhaus hinauf.

Dann standen sie vor dem mit einem Schloss verriegelten Eingang zur Bibliothek. Kurz überlegte Grace, ob es ihr möglich wäre, die Verriegelung auf irgendeine Weise zu knacken, aber sie hatten keine Zeit für langwierige Experimente. Schnell verwarf sie den Gedanken und befahl den Mönchen stattdessen, sich vor dem Portal zu formieren. Sie hielten die beiden kurzen Seiten des Kreuzes wie Ruder vor ihre Bäuche und richteten das lange untere Ende in Richtung des Portals.

»Sind da drinnen alle weg von der Tür?«, rief Grace, die die Position an der Kopfseite eingenommen hatte. Sie erhielt keine Antwort.

»Grace? Sind Sie das?«, hustete irgendwann eine Stimme. Grace seufzte erleichtert, als sie Katharina erkannte.

»Weg von der Tür!«, wiederholte sie. »Ich zähle bis drei: eins, zwei, drei!«

Auf ihr Kommando rannten die Mönche los und rammten das untere Ende des Kreuzes gegen die Tür. Die gab keinen Zentimeter nach. Die Mönche stöhnten unter der Wucht des Rückschlags und scherten zu beiden Seiten aus. Krachend fiel das Kreuz auf den Boden.

»Verdammt!«, fluchte Grace.

»Was ist passiert?«, keuchte Katharina von innen.

»Einen Moment noch, gleich haben wir es geschafft«, rief die Amerikanerin.

Sie hieß alle Mönche, auf ihre Positionen zurückzukehren, und gab sich Mühe, sich die eigene Verunsicherung nicht anmerken zu lassen. Hatte ihr Vorhaben angesichts der geringen Muskelkraft dieser Alten überhaupt eine Chance? *Nur nicht zweifeln,* sagte sie sich.

Grace zählte abermals bis drei, und wieder rammten sie das Kreuz mit voller Wucht gegen die Tür. Diesmal gab das alte Portal nach. Die Wucht des Stoßes drückte die Türplatte aus dem Rahmen.

Von innen kam Grace dichter Qualm entgegen. Der akute Sauerstoffmangel machte sie schwindelig. Hinter ihr husteten die Mönche, die ihr in den Raum folgten. »Katharina?«, rief sie. Sie konnte die Hand vor Augen nicht erkennen.

»Ja, wir sind hier!«, tönte ihre Stimme von unweit der Treppe, die ins obere Stockwerk führte. Beim Näherkommen erkannte Grace drei Gestalten: Katharina und Thewes kämpften gegen einen Flammenherd an, der die Stufen erfasst hatte. Unweit von ihnen lag ein menschlicher Körper auf dem Boden. Es war Bruder Alba, der augenscheinlich das Bewusstsein verloren hatte.

»Schaffen Sie ihn hier raus!«, befahl Grace ihren Mitstreitern. »Wo ist Sternberg?«

»Er ist dort oben!«, antwortete Katharina schrill und zeigte auf die brennende Treppe. »Er hat die ganze Zeit Bücher aus dem Fenster geworfen …«

Grace verstand. Der alte Sternberg war so fixiert darauf gewesen, die alten Schriften zu retten, dass er sich selbst eine Falle gestellt hatte. Die Flammen hatten ihm den Weg abgeschnitten. Und nichts anderes würde ihnen allen auch passieren, wenn sie nicht schleunigst den Rückweg antraten!

»Herr Sternberg!«, brüllte Grace nach oben. Sie bekam keine Antwort. »Kommen Sie bitte sofort runter! Springen Sie!«

Sie horchte, aber außer dem Tosen des Feuers war nichts zu hören. »Herr Sternberg! Hören Sie mich?«, rief sie abermals.

Nichts.

»Wir müssen jetzt gehen«, sagte sie zu den beiden anderen. Ihr Tonfall duldete keinen Widerspruch.

»Aber wir können ihn doch nicht allein lassen!«, rief Katharina und machte einen Versuch, die brennenden Stufen zu erklimmen. Aber bevor sie sich in die Flammen stürzen konnte, hielt Thewes sie fest.

Grace versetzte ihr einen Schlag in die Magengegend, Katharina taumelte.

Kapitel 6

29. August, sehr frühmorgens, Katharinenkloster, Basilika

Bei Tagesanbruch betrachtete der Abt die rauchenden Ruinen vom Dach der Basilika aus. Wo einst das Kloster gestanden hatte, ragten verkohlte Mauerreste in den Himmel. Seine Büroräume, das Refektorium und die Mönchsunterkünfte sowie der Neubau mit der Bibliothek waren niedergebrannt. Nur die steinerne Kirche und die Umfassungsmauer hatten standgehalten.

Jenseits der Mauer entdeckte er Katharina Sternberg, sie sah elend aus. Mit verheultem Gesicht lief sie umher und sammelte irgendwelche Blätter auf. Abt Christopherus schnürte es das Herz zu: Sie hatte ihren Vater verloren. Anton Sternberg war im Feuer umgekommen. Und auch Abdol Omran hatte das Inferno nicht überlebt.

Christopherus ging hinab in den Altarraum, der einem Krankenlager glich. Der Amerikanerin Grace wurde von Bruder Sergey gerade das Bein verbunden. Sie keuchte, da sie zu viel Rauch eingeatmet hatte. Auch Mart Thewes stöhnte. Der alte Alba, den die Brüder aus der Bibliothek geschleppt hatten, lag bewusstlos auf dem Steinboden. Die meisten anderen Mönche waren geflüchtet.

War dies das Ende des Klosters? Es fühlte sich so an. Der ranghöchste Mönch haderte mit dem Schicksal und mit seinem Gewissen. »Herr, womit habe ich dich erzürnt?«, fragte er. »Warum tust du mir das an?«

Während er sich noch das Hirn zermarterte, warum

und wie es zu der Katastrophe hatte kommen können, war Katharina zu ihnen in die Basilika getreten. Sie trug einen Packen Papier im Arm und presste die Blätter und Schriften eifersüchtig an sich. Thewes rückte ein Stück zur Seite, damit sie sich neben ihn setzen konnte. »Was hast du da?«, fragte er.

Sie unterdrückte ein Schluchzen. »Das sind die Schriften, die mein Vater aus dem Fenster geworfen hat.«

29. August, morgens, Dorf in der Nähe des Katharinenklosters

Bruder Peter marschierte schon seit Stunden durch die Wüste, als er endlich einen Minarett-Turm in der Morgensonne schimmern sah.

Er betrat die Hauptstraße der kleinen Ortschaft. Die meisten Läden hatten ihre Rollläden noch nach unten gezogen, aber immerhin fand er eine Art Kiosk, in dem Süßigkeiten angeboten wurden – und in dem es hoffentlich auch irgendeine Möglichkeit gab, sich mit der Außenwelt in Verbindung zu setzen.

»Ich muss dringend telefonieren«, sagte er zu dem Verkäufer, der ihn schief anlächelte. Nachdem er ein paar Scheine aus der Kutte geholt hatte, reichte ihm der Mann sein Handy. Hastig gab Peter die Nummer des Kardinals ein. »Hochwürden?«

»Alles in Ordnung?«

»Leider nein. Die Truppe konnte aus der Bibliothek entkommen.«

»Um Himmels willen! Hast du nicht aufgepasst? Wie konnte das passieren?«

»Doch, aber diese Amerikanerin …«, stammelte er. »Sie hat in letzter Minute Hilfe organisiert.«

Ismael fluchte. »Und was ist mit den Dokumenten?«, fragte er.

29. August, morgens, Katharinenkloster, Basilika

»Sie werden wiederkommen«, sagte Grace, die sich, nachdem ihr Bein versorgt worden war, fitter fühlte. Ihr Gehirn arbeitete auf Hochtouren. »Sie können unmöglich hier herumsitzen und abwarten«, ermahnte sie Katharina. »Ihre Gegner werden nicht ruhen, bis das Material vollständig vernichtet ist.«

Katharina nickte. Sie hatte keinen Zweifel an Grace' Worten, aber Abt Christopherus sah sie wenig überzeugt an. »Wen meinen Sie damit?«

»Ich meine Ihren Freund aus Rom«, sagte Grace. »Hat Ihr Besucher Sie nicht aufgefordert, Sternbergs Recherchen zu stoppen?«

Sie sah ihn herausfordernd an. Der Abt wirkte perplex. »Aber er würde doch nie … Glauben Sie etwa, dass *er* den Brand gelegt hat?«

»Alle, die sich in der Bibliothek befanden, können bezeugen, dass seine Helfer am Werk waren«, sagte Katharina.

Der Abt bekreuzigte sich. »Aber warum? Warum nur?«

»Weil sich Sternberg den Forderungen des Vatikans verweigert hat«, erklärte Grace. »Schon vor Jahrzehnten, als er und Niemeyer zusammen im Jemen ihre Forschungen betrieben, verschloss er sich dem Deal, auf den Niemeyer sich einließ: die Schriften unter Verschluss zu halten.«

»Woraufhin man ihn seiner Stimme als Wissenschaftler beraubte«, fügte Katharina bitter hinzu. »Bis er auf die Idee kam, diese Mohammed-Biografie zu schreiben.«

»Aber hier im Kloster wissen wir seit Langem um die Verwandtschaft beider Religionen!«, wandte der Abt ein. »Ich verstehe nicht, weshalb dieses Wissen nicht außerhalb der Mauern des Konvents dringen darf.«

»Das Bedrohliche für Rom ist die Forderung, die Mohammed aus seiner Kritik an der Kirche ableitet, sein Appell an alle Gläubigen, zum Ursprung des Glaubens zurückzukehren.«

»An alle Gläubigen«, wiederholte der Abt nachdenklich, »also auch an die *Christen?*«

»An die Christen, die sich von der Lehre der arabisch-syrischen Kirche abgewandt hatten«, präzisierte Thewes. »Sie stachelte er an, die Verfälschung der Religion durch den Klerus nicht weiter hinzunehmen. Eine Forderung, die heute nichts von ihrer Aktualität eingebüßt hat.«

Christopherus verstand. Es war der alte Streit zwischen Orient und Okzident, das ewige Schisma zwischen den römischen und den arabischen Christen. Wie hatte er nur eine Sekunde lang annehmen können, dass der Katholik und er gemeinsame Ziele verfolgten. Fast wäre er seinem Adversarius auf den Leim gegangen!

Schuldbewusst sah er in die Runde. Sein Blick blieb an Katharina und ihren Dokumenten hängen. »Hier sind Sie nicht sicher«, sagte er zu ihr. »Jedenfalls nicht, solange diese Leute in der Nähe sind. Sie sollten sofort zum Flughafen aufbrechen!«

29. August, morgens, Sharm el Sheikh, Flughafen

Der Anruf hatte den Kardinal völlig aus dem Konzept gebracht. Er und sein Zögling standen in der Schlange des Egypt-Air-Schalters, gerade hatten sie sich mit der nächsten Maschine nach Rom absetzen wollen, um dort – endlich und verdienterweise – den Lohn für ihre Arbeit einzuheimsen.

Nun aber hatte sich alles ins Gegenteil verkehrt. Ismaels Gewissheit, seinen Auftrag endlich abzuschließen, war verflogen. Und mit ihr seine Siegerlaune. Sein Begleiter beobachtete das Mienenspiel des Kardinals mit Besorgnis. Ungefähr eine halbe Sekunde nach Beendigung seines Telefonats bekam der Kleriker einen Tobsuchtsanfall. »Du elender Nichtsnutz!«, schrie er ihn an. »Hattest du mir nicht versichert, dass die Bibliothek brennt?«

»Aber sie brannte, Vater, sie brannte!« Er fiel vor ihm auf die Knie und bettelte um Vergebung. Aber der Ältere rollte nur mit den Augen und befahl ihm, wieder aufzustehen.

»Das nützt uns jetzt auch nichts!«

»Das ganze Kloster stand in Flammen …«

»Das ganze Kloster, ja. Nur offenbar nicht die Dokumente, die du zerstören solltest! Und auch nicht die Menschen. Zumindest Sternbergs Tochter und der Amerikaner leben. Und sie wissen mittlerweile *alles.*«

Der Mann mit der Narbe bekreuzigte sich.

»Ja, ganz recht«, kommentierte Ismael die Geste. »Dieser Zustand ist unhaltbar.« Der Alte wäre erledigt. Mit seinen wütenden Reden hätte er sich bis auf die Knochen blamiert, wenn das Geheimnis ans Licht käme. Denn seine Demagogie funktionierte nur, solange der gemeinsame Ursprung beider Religionen verborgen blieb. Sobald aber bekannt würde, dass Mohammed nichts anderes als eine Rückkehr zur ursprünglichen christlichen Lehre gepredigt hatte, entlarvte sich die Mär vom »barmherzigen Christentum« und vom »rachsüchtigen Islam« selbst. Und wem würde der Alte die Schuld für das PR-Desaster in die Schuhe schieben? Ihm natürlich!

Der Kardinal grübelte. »Katharina Sternberg und ihr amerikanischer Freund dürfen den Sinai auf keinen Fall verlassen«, sagte er zu seinem Zögling.

29. August, vormittags, Nasq am Roten Meer, Polizeirevier

Am Akzent erkannte Kommissar al-Abadi, dass der Anrufer kein Einheimischer war. Aber seine Worte elektrisierten ihn. »Komplett niedergebrannt?«, fragte er nach. »Und warum hat niemand die Feuerwehr verständigt? Ach so, die Leitungen waren durchgeschmort …« Er machte sich eine Notiz. »Hm. Ich verstehe.«

Der Anrufer war aufgeregt. Verständlicherweise, denn laut eigener Angabe handelte es sich um einen der Mönche, die im Kloster gelebt hatten. »Es wäre gut, wenn Sie persönlich aufs Revier kämen«, bat er ihn. Aber der Mann dachte nicht daran, sich von ihm unterbrechen zu lassen.

Er erhob immer wildere Anschuldigungen. Alle Mönche, betonte er, hätten dieselben Beobachtungen gemacht, auch jene, die jetzt noch in den Klostermauern verweilten. »Eine Gruppe von Ausländern? Fremdländische Forscher?«, fragte al-Abadi erneut. »Ja, selbstverständlich werden wir der Sache nachgehen.«

29. August, mittags, Katharinenkloster, in den Ruinen

Als Katharina und Thewes vor die Basilika traten, merkten sie, dass sie nicht mehr allein in der Ruine waren. Männer in blauen Uniformen liefen in den qualmenden Überresten umher und entnahmen Ascheproben an verschiedenen Stellen.

In unmittelbarer Nähe redete der Abt mit einem Mann, der einen Stern auf der Schulter trug. Der Ägypter mit der hohen Stirn und den pharaonenhaften Wangenknochen hatte einen Block aus seiner Aktentasche geholt und machte sich eifrig Notizen.

»Wir sind sozusagen alle Ausländer hier«, hörte Katharina den Abt zu ihm sagen. »Einige kommen aus Griechenland, aber wir haben auch Russen, Italiener und Kasachen in unseren Reihen.«

»Ich meine nicht die Mönche«, unterbrach ihn der Polizist. »Ich meine Ausländer, die sich normalerweise nicht im Kloster aufhalten!«

»Ja, wir hatten gestern Gäste«, bestätigte der Abt und spielte nervös mit dem rußgeschwärzten Goldkreuz am Bauch. Und auch Katharina war besorgt. Die Ermittlungen schienen in eine merkwürdige Richtung zu laufen.

»Was waren das für Leute? Deutsche? Amerikaner?«

Der Abt hüstelte. »Woher wissen Sie das?«

»Wir haben einen Tipp bekommen.«

»Komm, wir verschwinden lieber. Das gefällt mir nicht«, raunte Katharina Thewes zu.

Gerade wollten sie wieder zurück in die Basilika, da entdeckte sie der Polizist. »Hallo, Sie da!«, rief er. »Würden Sie bitte mal zu mir kommen?«

»Aber natürlich.« Sie machten auf dem Absatz kehrt. Thewes ging auf den Polizisten zu und streckte ihm die Hand entgegen. »Wie können wir Ihnen helfen?«

»Ich hätte da ein paar Fragen an Sie, Herr … Thewes?«

»Richtig, Mart Thewes«, antwortete er, überrascht, dass der Fremde seinen Namen kannte.

»Und Sie sind Frau Sternberg?« Der Polizist setzte ein professionell freundliches Lächeln auf. Offenbar genoss er den Moment seiner Überlegenheit. Dann stellte er die entscheidende Frage: »Wo waren Sie und Ihre Begleiterin gestern Nacht, als das Feuer ausbrach?«

29. August, nachmittags, Polizeiwache in Nasq

Die Wachstube in Nasq lag verwaist. Sämtliche Polizisten waren in die Berge aufgebrochen. Die Stunde war günstig, um sich unbemerkt Zutritt zum Kommissariat und dem angeschlossenen Untersuchungsgefängnis zu verschaffen.

Der Mann mit der Narbe nutzte die Gelegenheit. Er wählte die hintere der beiden leer stehenden Zellen und versteckte sich unter der Pritsche. Sacht strich er mit dem Daumen über den Lauf der Walther. Er würde geduldig ausharren, bis seine Beute sich einfand. Katharina Sternberg und Thewes hatten ihn oft genug zum Narren gehalten. Sie würden es nie wieder tun.

29. August, nachmittags, Katharinenkloster

Kommissar al-Abadi hatte Katharina und Thewes Handschellen angelegt und sie an den Altar in der Basilika gefesselt, um sie später in ein Untersuchungsgefängnis zu überführen. Natürlich hatten beide ihre Unschuld beteuert. Thewes hatte verlangt, sich sofort mit seiner Botschaft in Verbindung zu setzen, Katharina hatte darauf hingewiesen, dass ihr Vater bei dem Brand gestorben war. Aber er ließ sich durch ihre Einwände nicht irritieren. Aus irgendwelchen Gründen war er überzeugt, dass der Brand auf ihr Konto ging.

»Hoffentlich sieht er seinen Irrtum bald ein«, sagte Katharina, nachdem sie der Kommissar in der Kirche allein gelassen hatte. Einzig der alte Bibliothekar Alba, der inzwischen wieder zu sich gekommen war, aber noch reichlich verwirrt schien, harrte mit ihnen in der Basilika aus.

»Darauf scheint nichts hinzudeuten.«

»Glaubst du, er verfolgt absichtlich die falsche Spur?«

»Irgendjemand muss ihn auf diese Fährte gesetzt haben.«

Thewes' Blick wanderte zu den Dokumenten. Sie lagen auf einem Stapel unweit des Altars und waren der Aufmerksamkeit des Ägypters bislang entgangen. Doch wie lange würden sie sie schützen können?

»Ich wünschte, wir könnten sie in Sicherheit bringen«, sagte Katharina, die seine Gedanken erriet. Aber beide wussten, dass es diese Sicherheit nicht gab, nirgendwo auf der Welt.

Von draußen drangen die Stimmen der Ermittler zu ihnen, die ihre Erkenntnisse miteinander austauschten. Dann vernahmen sie Motorengeräusche. Hatte die Polizei Verstärkung angefordert, mehr Experten? Wo waren all diese Leute gestern Abend gewesen, als sie dringend ihre Hilfe benötigt hätten?

In Katharinas Trauer mischte sich Wut. Drei Menschen hatten die Nacht nicht überlebt. Sie hatte das Gefühl, die ganze Welt hätte sich gegen sie und ihren Vater verschworen. Wer versuchte noch alles zu verhindern, dass seine Erkenntnisse an die Öffentlichkeit gelangten?

»Und hier befand sich die Bibliothek«, hörte sie in diesem Moment Grace' Stimme ins Innere ihres Gefängnisses dringen.

»Faszinierend!«, vernahm sie die Stimme einer anderen Frau, die ebenfalls amerikanisches Englisch sprach. »Bob, nimm bitte noch mal die Totale. Und dann den Abt auf dem Schuttberg. Könnten Sie bitte recht betroffen schauen? Ja, genau so, super!«

Katharina und Thewes sahen sich an. Sie konnten sich die Unterhaltung, die da draußen stattfand, nicht erklären. Die Stimmen entfernten sich, dann kamen sie wieder näher. »Und dann brauchen wir noch ein Interview mit dem Kommissar!«, vernahmen sie die Stimme der Frau, die sich mit Grace unterhielt. »Und natürlich mit den Opfern des Brandes.«

»Mit den beiden Hauptverdächtigen«, korrigierte al-Abadi sie.

»Ja, natürlich. Wo sind sie?«

»In der Basilika.«

»Wunderbar!«, rief die Frau. »Komm, Bob! Das macht bestimmt eine herrliche Kulisse her!«

Schon stürmte die Sprecherin los. Keine halbe Minute später steckte eine junge, sehr gut aussehende Frau mit arabischem Teint ihren Kopf in die Kirche. Sie war auffällig gut geschminkt und trug das lange, sorgfältig geglättete Haar offen. Ihr folgte ein erheblich weniger gut aussehender Mann mit Dreitagebart und Bauchansatz, der eine Kamera und ein Stativ trug. Ohne zu zögern, steuerten die beiden auf Katharina und Thewes zu.

»Ach, Sie sind ja in Handschellen!«, rief die Frau beim Näherkommen und drehte sich zu ihrem Kompagnon um. »Das lassen wir so, oder?«

»Ja, das ist gut«, sagte der Mann, der das Stativ bereits im Mittelgang aufbaute und die Lichtverhältnisse prüfte. »Am besten, du stellst dich zu ihnen vor den Altar mit ein paar von den Heiligenikonen im Hintergrund.«

Endlich folgten ihnen auch der ägyptische Kommissar und Grace Dumont in die Kirche. Grace lächelte Thewes und Katharina verschmitzt zu – und die junge Frau schien sich zu erinnern, dass sie sich noch nicht vorgestellt hatte. »Ich bin Julie vom lokalen CNN-Team«, sagte sie. »Grace hat uns von dem schrecklichen Brand im Kloster berichtet. Sie sagte, dass ihr nichts dagegen hättet, wenn ich euch ein paar Fragen stelle.«

»Nein, überhaupt nicht«, beeilte sich Thewes zu versichern. »Die Hintergründe der Katastrophe sind sehr spannend.«

»Grandios«, jubelte Julie. »Dann gehen wir gleich im Anschluss an die Nachrichten auf Sendung.«
»Live?«, erkundigte sich Katharina.
»Natürlich live.«

29. August, später Nachmittag, Kairo, Flughafenlounge
Kardinal Ismael ließ sein Gesäß in einen der Sessel in der Flughafenlounge sacken. Was für eine Nacht, welch schreckliche Aufregung! Das Auf und Ab seiner beruflichen Perspektiven strengte ihn emotional über alle Gebühr an. Wenn er nach Hause kam, musste er sich erst einmal von den Strapazen der Reise erholen. Hoffentlich war es ihm dann vergönnt, dem Alten gute Nachrichten zu verkünden. Er kontrollierte sein Handy. Nein, noch hatte er keine SMS aus dem Sinai erhalten; sein Ziehsohn hatte noch keinen Vollzug gemeldet.

Um sich abzulenken, konzentrierte er sich auf das Fernsehprogramm, das aus dem Apparat schräg über seinem Kopf flimmerte. Der Sender CNN brachte eine Talkrunde, die die neuesten wirtschaftlichen Entwicklungen diskutierte. Dann folgten die Nachrichten. In der muslimischen Welt hatte es in Reaktion auf die Papstrede wütende Proteste gegeben. Von Istanbul bis Karthum waren die Menschen auf die Straße gegangen. Vereinzelt hatten Autoreifen gebrannt … Wie leicht sich die muslimischen Hitzköpfe doch provozieren ließen! Die christliche Gemeinschaft hingegen hatte in ruhiger Besonnenheit applaudiert. Genauso wollte es der Alte, so sollte es sein.

Und trotzdem … Trotzdem wäre es Ismael lieber gewesen, der Heilige Vater hätte sich mit seinen neuerlichen Beleidigungen noch ein wenig zurückgehalten. Zumindest so lange, bis er ihm grünes Licht gab, dass alle Spuren der

Verwandtschaft zwischen Islam und Christentum endgültig beseitigt waren.

Im Fernsehen folgten Aufnahmen aus dem Sinai. Ismael erkannte die Ruinen des Katharinenklosters. Er war überrascht. Hatte es der Brand bis in die internationalen Nachrichten geschafft? Sogar ein Kamerateam schien vor Ort zu sein. Eine junge Reporterin interviewte den Abt zu den Vorfällen. »Unser Konvent wurde in Brand gesteckt, um die Dokumente zu vernichten, die wir hier seit Jahrhunderten bewahren«, hörte er ihn sagen.

Verflucht! Der Sektierer hatte sich also entschlossen, ihm in den Rücken zu fallen!

Wie gebannt verfolgte Ismael die Entwicklungen auf dem Bildschirm, wo nun das Innere der Basilika zu sehen war. Die Reporterin stand vor dem Altar und kündigte exklusive Enthüllungen an. Dann erschienen Mart Thewes und Katharina Sternberg im Bild.

»Mein Vater musste sterben, weil er Beweise dafür zusammengetragen hat, dass Mohammed zu seinen Lebzeiten als christlicher Prediger unterwegs war«, sagte Katharina Sternberg. »Er verlangte von seinen Anhängern eine Rückkehr zum unverfälschten christlichen Glauben.«

»Der ›Islam‹, also die von Mohammed geforderte Unterwerfung unter den Glauben, war anfangs eine oppositionelle Variante des oströmischen Christentums«, unterstützte Thewes ihre These. »Er entstand aus der Kritik am Christentum. Eine eigenständige Religion sollte aus der Sicht Mohammeds daraus gar nicht entstehen.«

Dem Kardinal blieb fast das Herz stehen, als er sah, dass Katharina die Dokumente in die Kamera hielt und forderte, dass eine unabhängige Kommission der UNESCO sie untersuchen sollte.

29. August, später Nachmittag, Katharinenkloster

»Madame!«, krächzte Alba aus dem Off. »Madame, ich habe noch etwas zu sagen.«

Die Kamera schwenkte auf einen alten Mönch, der sich zittrig vom Boden erhob.

»Ach, das ist ja wunderbar! Noch ein Überlebender«, frohlockte Reporterin Julie, während sie zu ihm eilte. »Wie aufregend! Waren Sie zugegen, als das Kloster brannte? Mein Gott, Ihre Kutte ist ja an den Rändern versengt …«

»So ist es. Ich bin der Bibliothekar des Klosters, und ich möchte Ihnen etwas zeigen.«

»Grandios!«

Bruder Alba zog ein kleines Büchlein unter seinem Gewand hervor. »Dies ist das Johannes-Evangelium«, sagte er. »Genauer gesagt, die einzige vornizäische Abschrift dieses Evangeliums, die erhalten geblieben ist. Eine aramäische Übersetzung aus dem Griechischen. Und in ihr findet sich der Beweis, dass der Vorwurf der Muslime, dass die Kirchenväter die Heilige Schrift gefälscht haben, gerechtfertigt ist.«

»Tatsächlich? Wie spannend!«, beeilte sich Julie zu beteuern.

»Sagt Ihnen der Name *Bahira* etwas?«

Julie zuckte mit den Achseln.

»Das ist der Einsiedlermönch, der bei Mohammed das Siegel des Propheten entdeckte«, soufflierte Thewes. »Der islamischen Überlieferung zufolge besaß er ein uraltes christliches Buch, das *von Generation zu Generation weitergegeben* worden war, also die unverfälschte Abschrift des Evangeliums.«

»Und in dieser ursprünglichen Version wird uns tatsächlich das Kommen eines Propheten Mohammad versprochen!«

»In diesem Evangelium?«, fragte Julie aufgeregt. »Bob, bitte gib in der Zentrale Bescheid, dass wir hier mehr Sendezeit brauchen!«

»Schon geschehen«, versicherte ihr der Kameramann und zoomte auf das Buch. Die beiden Journalisten waren ganz aufgekratzt.

»Jesus tröstet seine Jünger, weil er sie für immer verlassen muss. Und als Ersatz für seine eigene Person kündigt er ihnen das Kommen eines PRQLYTA an.« Alba zeigte auf die Stelle und buchstabierte den Namen. Keiner verstand so recht, was er meinte.

Bei Mart Thewes fiel der Groschen zuerst. »Die griechische Buchstabenfolge wurde in der aramäischen Version beibehalten«, sagte er. »Das kann nur bedeuten, dass es sich um einen Eigennamen handelt. Bei den Buchstaben PR handelt es sich im Griechischen vermutlich um die Präposition *peri*. Und das Hauptwort müsste wohl so ähnlich wie QLYTA geklungen haben. Ich tippe auf *Klytos*, was so viel wie ruhmvoll, herrlich, hochgepriesen bedeutet. Also *peri-Klytos* – der Gepriesene.«

»Oder arabisch: *Mohammad*«, konstatierte Katharina.

»Ganz genau«, bestätigte Alba. »Hier, in Johannes 14, Vers 16 sagt Jesus zu seinen Jüngern: *Wenn ihr mich liebt, werdet ihr meine Gebote halten. Und ich werde den Vater bitten, und er wird euch einen anderen peri-Klytos geben, der für immer bei euch bleiben soll.*«

»Einen anderen *Gepriesenen* als Jesus also?«

»Darum geht es ja!«, sagte Alba. Er rutschte mit dem Finger ein paar Zeilen tiefer bis zum Vers 26. »*Der peri-Klytos aber, den der Vater in meinem Namen senden wird, der wird euch alles lehren und euch an alles erinnern, was ich euch gesagt habe,* verspricht Jesus. *Wenn aber der peri-Klytos kommt, den ich euch vom Vater aus senden werde, der Geist der Wahrheit, der vom Vater ausgeht, dann wird er Zeugnis für mich ablegen.«*

»Das ist quasi die Vorwegnahme, dass sich Mohammad zu der christlichen Lehre bekennen und auf sie aufbauen wird«, folgerte Katharina.

»So kann man die Stelle interpretieren. Allerdings kündigt Jesus hier auch an, dass die Worte des Mohammed, seines Nachfolgers, direkt von Gott kommen und somit eine Komplettierung seiner eigenen Lehre sind. *Wenn aber jener kommt, der Geist der Wahrheit, wird er euch in die ganze Wahrheit führen. Denn er wird nicht aus sich selbst heraus reden, sondern er wird sagen, was er hört, und euch verkünden, was kommen wird.«*

»Das ist ja unglaublich!«, sagte Julie. »Und wie kommt es, dass die Christen heute nichts mehr davon wissen? Wurde die Passage in modernen Bibeln gestrichen?«

Alba lachte krächzend. »Aber nein«, beteuerte er, »die findet sich auch in jeder modernen Ausgabe des Johannes-Evangeliums. Sie wurde lediglich abgewandelt. Der Unterschied besteht in diesem winzigen Häkchen.« Sein Finger rutschte auf ein Häkchen, das wie ein i ohne Punkt aussah. Es befand sich mitten in dem Wort *peri-Klytos.*

»Ein *Jota?*« Thewes erkannte den aramäischen Buchstaben.

»Ein unscheinbares Ding, nicht wahr? So unscheinbar, dass es beim Abschreiben des Textes leicht vergessen werden kann. Und wie der Zufall so will, *wurde* es vergessen. Und zwar systematisch. Bei allen fünf Erwähnungen des Namens übersetzte man später dementsprechend *Parakletos.«*

»Und was bedeutet *Parakletos?*«, fragten Julie und Katharina fast unisono.

»Tröster, Beistand. Später übersetzte man die Vokabel schlicht mit *Heiliger Geist.*«

Sie starrten ihn an. Katharina tippte sich auf die Stirn. »Das muss wirklich wahnsinnig verlockend gewesen sein. Nicht nur wurde man den lästigen Mohammad los – nein, man bestätigt auch noch die umstrittene Lehre der Dreifaltigkeit!«

»Da mag man kaum an Zufall glauben, nicht wahr? Mit dieser kleinen Korrektur rückte die Lehre, dass Jesus Christus Gottes Sohn sei und nach seinem Tod vom Heiligen Geist auf Erden vertreten werden würde, ins Zentrum des Johannes-Evangeliums.«

Julie lächelte in die Kamera. »Ja, das sind ganz unglaubliche Dinge, die wir hier erfahren, liebe Zuschauer«, sagte sie. »Wenn ich es richtig verstehe, ist dieses alte Buch der Beweis dafür, dass wichtige Passagen des Johannes-Evangeliums erstunken und erlogen sind …«

»Nun ja, dass sie falsch übersetzt wurden«, korrigierte Katharina. »Aber dafür, dass die Redakteure der Bibel die Ankündigung eines zweiten ›Gepriesenen‹, also die des Propheten Mohammad, unterschlagen haben, liefert dieses Buch durchaus den Beweis.«

29. August, später Nachmittag, Berlin

Bassam hätte sie küssen mögen, jetzt sofort und auf der Stelle. Er platzte geradezu vor Stolz, als er seine Verlobte im Fernsehen sah.

Jawohl, sie war *seine* Verlobte. Katharina, die da neben einem anderen Mann stand, war genauso schön wie immer. Außerdem sagte sie unglaublich wichtige Dinge. Endlich wies eine Christin einwandfrei nach, was die Muslime schon lange wussten: dass nämlich die ursprüngliche göttliche

Lehre in der von Menschenhand redigierten Bibel verfälscht worden war. Und dass Mohammed sich angeschickt hatte, diese Verfälschungen zu korrigieren. Es war wirklich höchste Zeit, dass dies auch die Christen zur Kenntnis nahmen!

Hoffentlich würden Katharinas Erkenntnisse helfen, die Gräben zwischen beiden Religionen zu überwinden. Er schämte sich, dass er nicht mehr Vertrauen in sie gehabt hatte. Hatte er wirklich geglaubt, dass sie oder ihr Vater seiner Religion schaden würden? Wie war er nur auf diesen absurden Gedanken gekommen? Er hatte sich beschwatzen lassen! Auch die absonderliche Idee, Katharina gegen ihren Willen zurück nach Berlin zu holen, bereute er zutiefst. Anstatt sie zu behindern, hätte er sie bei ihrer wichtigen Mission unterstützen sollen.

Schuldbewusst griff Bassam zum Handy. Hoffentlich war es nicht zu spät, Katharinas Herz zurückzuerobern. Er schrieb ihr eine SMS. *Liebling, du hast Großes geleistet. Ich kann es nicht erwarten, dich wiederzusehen,* textete er und drückte auf *Senden.*

Dann wartete er.

29. August, Abend, Sharm el Sheikh

Sternbergs Dokumente lagen im Schließfach einer Bank. Morgen würden Julie und Bob erneut mit der Kamera dabei sein, wenn das Personal der UNESCO sie abholte. Grace hatte sich indes bereits in ein Taxi gesetzt, um den letzten Flug nach Washington nicht zu verpassen. »Jetzt sind Sie beide frei«, hatte sie zu Katharina gesagt. »Egal, was passiert, die Nachricht ist in der Welt. Das ist nicht mehr rückgängig zu machen.«

»Ja. Vielen Dank für alles«, sagte sie. Die Idee der Ermittlerin, direkt an die Medien zu gehen, war ein genialer

Schachzug gewesen. Während sie neben Thewes die Strandpromenade hinauflief, atmete Katharina tief durch. Erst morgen würde sie in ihr altes Leben zurückkehren. In das, was von ihm übrig geblieben war.

»Wie stehen eigentlich deine Chancen auf die Professur in Berlin?«, fragte sie Thewes.

»Ich weiß es nicht«, gab er zu. »Ich fürchte, ich habe mich dort nicht gerade beliebt …« Er grübelte. »Und du? Du bist verlobt, nicht wahr?«

Die Frage kam ohne Vorwarnung. »Na ja«, sagte Katharina zögernd. War sie eigentlich noch verlobt? Während sie noch über die richtige Antwort nachsann, vibrierte ihr Handy. Bassam, natürlich.

»Katharina, mein Schatz!«, vernahm sie seine vertraute Stimme. »Wie gut, dass ich dich erreiche. Ich habe dir einen Flug nach Berlin herausgesucht. Aber du musst dich beeilen, er geht in einer Stunde.«

»In einer Stunde schon?« Katharina warf einen Blick auf Thewes. Aber der tat so, als ob er das Gespräch gar nicht hörte. »Ich glaube, das wird knapp …« Es entstand eine Pause.

»Ich weiß, dass ein paar Dinge passiert sind, die nicht hätten passieren dürfen. Aber wir können über alles reden«, sagte Bassam. »Komm jetzt erst mal zurück nach Hause.«

Nach Hause? Katharina merkte, wie seltsam dieses Wort für sie klang. »Du bist mein Leben, Katharina«, sagte er. »Das weißt du doch, oder?«

Seine Worte schmerzten sie. Katharina verlangsamte ihren Schritt, schließlich blieb sie ganz stehen. »Bassam«, unterbrach sie ihn, »jetzt hör mir mal zu. Ich glaube nicht, dass ich zu dir zurückkommen kann.«

30. August, Morgen, Sharm el Sheikh / Rom

Als Katharina morgens in den Frühstücksraum des Hotels kam, drang ihr der verlockende Duft nach frischem Kaffee und gebratenem Ei in die Nase. Ihr Magen knurrte. Sie entdeckte Thewes an einem Tisch am Fenster, aber er würdigte sie keines Blicks. Seine gesamte Aufmerksamkeit war dem Fernseher gewidmet.

»Das glaubst du nicht«, sagte er, als sie sich zu ihm setzte, und deutete auf die Nachrichtensendung, die gerade lief. Unter dem Sprecher blinkte ein roter Streifen mit der Aufschrift *Breaking News*. »Da, pass auf«, sagte er und fasste sie aufgeregt am Arm. »Sie wiederholen es schon wieder!«

Auf dem Bildschirm erschien eine Aufnahme vom Petersplatz in Rom. Die nächste Einstellung zeigte den Papst, der zu Katharinas Überraschung aber nicht sein strahlend weißes, sondern ein pechschwarzes Gewand trug. Der alte Mann wirkte grau und von seiner Krankheit gezeichnet. »Ich habe eine wichtige Mitteilung zu machen«, verkündete er mit zittriger Stimme. »Die Tage der Wut liegen hinter uns, die Zeit harscher Worte, die Zeit der Gewalt zwischen den Religionen. Gott aber kennt nur Vergebung. Und deshalb bitte ich um Vergebung. Ich bitte unsere muslimischen Glaubensbrüder, mir zu verzeihen, wenn ich mit meinen Worten ihre Gefühle verletzt haben sollte.«

Katharina sah Thewes ungläubig an. »Er bittet die Muslime um Verzeihung?«, fragte sie. »Die muslimischen *Glaubens*brüder? Hat er das wirklich gesagt?«

»Jeder weiß, dass der Islam und das Christentum Brüder sind«, wiederholte der Papst, »zweierlei Äste, die einem einzigen Stamm entspringen. Wie alle monotheistischen Religionen wachsen sie am selben Baum der Erkenntnis …«

»Was ist denn in *den* gefahren?«

»Warte, das Beste kommt noch!«, prophezeite Thewes.

»Wie ihr sehen könnt, bin ich alt geworden. Ich habe keine Kraft mehr, die Gläubigen durch diese neue Ära zu führen.« Der alte Mann seufzte. Es war ihm anzusehen, dass es ihm nicht leichtfiel, das auszusprechen, was er sich vorgenommen hatte. »Deshalb werde ich mich als euer Papst zurückziehen, aus Altersgründen. Ich hoffe sehr auf euer Verständnis für diesen Schritt.«